Volevo dirti che ti amo.

我想告诉你我爱你

达尔林

2023.10.30.

魅丽文化 花火工作室

嫁给俞先生

达尔林 著

江苏凤凰文艺出版社
JIANGSU PHOENIX LITERATURE AND ART PUBLISHING

图书在版编目（CIP）数据

嫁给喻先生 / 达尔林著 . -- 南京：江苏凤凰文艺出版社，2023.10
ISBN 978-7-5594-8002-6

Ⅰ．①嫁… Ⅱ．①达… Ⅲ．①长篇小说－中国－当代 Ⅳ．① I247.5

中国国家版本馆 CIP 数据核字 (2023) 第 185404 号

嫁给喻先生

达尔林 著

责任编辑 张 倩
出版统筹 曾英姿
特约编辑 黄 欢 江佩仪
装帧设计 苏 荼
内页设计 刘芳英
出版发行 江苏凤凰文艺出版社
南京市中央路 165 号，邮编：210009
网 址 http://www.jswenyi.com
印 刷 湖南天闻新华印务有限公司
开 本 880mm × 1230mm 1/32
印 张 9
字 数 242 千字
版 次 2023 年 10 月第 1 版
印 次 2023 年 10 月第 1 次印刷
书 号 ISBN 978-7-5594-8002-6
定 价 46.80 元

目录
Contents

Married to
Mr. Yu

第一章
猫和老鼠

★ ☆ ★

时笙看综艺节目看得正入迷，完全没有听到门口的动静。当她见到喻文州时，第一反应就是将手里的薯片扔了出去，然后手忙脚乱地开始收拾客厅。

喻文州站在门口没有说话，只是看到她的动作时眉头蹙了起来。

时笙心虚。

喻文州是一个稍微有点儿强迫症和洁癖的人，家里任何地方都是整整齐齐一尘不染的。而她身为一个女生，不修边幅的样子和他比起来确实是显得邋遢了。

她匆匆忙忙地将桌面收拾好，喻文州也换好鞋子，从玄关那边走了过来。

时笙规规矩矩地站定在沙发前，准备接受来自喻文州的检查。

喻文州只是瞥了一眼桌子，随后目光落在了她的身上，说："少吃点零食。"

时笙的心里有些碎碎念。只是面对喻文州，她㞞，她不敢说真话，甚至是不太敢说话。

她随意答了一声"嗯"后，室内陷入了寂静。

二人面对面站着，都没有说话。唯一的交流大概就是喻文州的眼神一直都在时笙身上，而时笙却一直盯着自己的脚尖。

“今天没去学校？”喻文州下巴对着她身后的沙发扬了扬，“坐下说。”

时笙抿唇，纠结了片刻还是坐下了。

虽然早有心理准备，但真的感受到喻文州靠近的气息时，她还是忍不住开始紧张。

美是客观的，审美是主观的，但喻文州的长相无论从哪个角度来评判都是无可否认的好看。然而不管这张脸有多好看，配上他那生人勿近的气场，时笙对他就是发怵的。

“时笙。”喻文州微微偏头。

被点到名的时笙背脊一下就挺直了，脱口而出一句：“我在！”

喻文州微愣，而后嘴角微微勾起，低低地笑了起来：“要我重复一次？”

时笙又拨浪鼓似的摇了摇头说：“今天去了一趟，然后又回来了。”

她简单地说明了自己今天的行程。

时笙现在已经是大四下学期了，这学期的主要任务就是去实习。

昨天开学，老师只是简单地点了名，公布了一下毕业考和论文答辩的时间，其他就可以自由发挥了。

时笙的三个室友都出去实习了，她如果要待在宿舍就只有一个人，想想都觉得晚上会害怕，索性就回来了。

就在她犹豫要不要再说点儿什么的时候，喻文州的手机响了。他先“嗯”了一声，算是回应了她刚刚说的话，然后起身去了阳台接电话。

喻文州这通电话打了多久，时笙就在那里坐了多久。

喻文州没让她走，她也不敢瞎蹦跶，更何况这间公寓还是喻文州的。

喻文州大概讲了七八分钟的电话，转过头的时候也没想到时笙还坐在那里，而且好像连姿势都没变过。

从他去年年底回来任教开始，他的课一直都是堂堂爆满，应该也算得上是有个人魅力的那一种了吧，怎么到时笙这儿就怕他怕得不行？

喻文州捏着手机回了客厅，对着僵在那里一动不动的时笙问："晚上我有一个聚会，要一起去吗？"

这话给时笙带来的惊吓不比刚才的小，除了疯狂地摇头拒绝，她已经忘记自己还长了张嘴。

跟喻文州去参加聚会，开什么玩笑。

喻文州见她拒绝得快，也没打算强求，转开话题问："你的晚饭怎么办？"

"你不用管我！"时笙立刻义正词严地回答。

她虽然跟喻文州已经领证有一段时间了，但才刚刚搬到一起一周。与其说他们是夫妻，还不如说仅仅是在结婚证上看似亲密的陌生人。

加上喻文州最近很忙，这一周她压根儿就没跟他一起吃过饭。再说了，跟他一起吃饭，她怕自己会消化不良。

"不用管你？"喻文州反问。

时笙继续认真点头："嗯，我自己解决。"

喻文州轻笑出声："嗯，那你说说你怎么解决？"

时笙："……"

不知道她说不吃会不会气死喻文州？

她一般下午吃过零食，都会直接略过晚饭这个流程，前面几天她也是这样干的。

"我自己做。"她抿着唇小声说。

很显然她说这话的时候底气就不足，但喻文州是存了心思要逗她："你会做饭？"

时笙张了张嘴，最后只憋出几个字："嗯……会吧……"

她是真的不太会说谎，现在睁眼说瞎话属实是为难她了。

"那你妈说把厨房炸了的那个人不是你？"喻文州浅笑着反问。

时笙脸上的表情都要扭曲了。

她妈怎么什么话都往外说？！她不要面子的吗？！

喻文州见她一张小脸表情丰富，竟有一种傻得可爱的感觉。

“想吃什么？”他一边说话一边朝着冰箱走过去。

时笙看到他的动作，心中顿时警铃大作，冰箱不能开！

她猛地起身，一个疾步冲了过去，在冰箱门被打开的一瞬间，又“啪”的一声将它拍了回去。

动作过于迅速，两个人都愣在原地。

喻文州低头瞥了她一眼：“藏什么东西了？”

除了笑，时笙也不知道该用什么表情来掩饰自己慌张的内心了。

这一周喻文州都很忙，别说白天一直不在家，连晚上都不一定能回家，家里几乎就是她一个人的天堂。

所以时笙不只是占领了客厅，还顺便把冰箱也占领了。

喻文州看着她的样子就知道她肯定是干了什么坏事了，直接伸手搂住了她的腰，只是稍微一用力，她就双脚离地了。

时笙被吓得不轻，赶紧搂住了他的脖子。

喻文州轻笑出声，一个转身将她放在自己身后，然后迅速打开了冰箱门。

顿时，一阵臭味席卷而来，很快便占据了整个空间。

时笙还没从刚刚那个拥抱里反应过来，又赶紧跑过去挡在了冰箱面前。当然，她还看到了喻文州那张黑得像锅底一样的脸。

喻文州闭眼深呼吸，额角的太阳穴此刻还在突突直跳。

“我上次说什么？”他问。

时笙认错态度积极，低垂着眉眼道：“对不起。”

“嗯？”

“我错了。”时笙抿着唇，已经不敢看喻文州了。

搬来的第一天他就说过，他不喜欢气味很重的东西。她现在在冰箱里放榴梿，简直就是在挑战他的底线。

“错哪儿了？”他又问。

时笙都快要哭了，明明是不咸不淡的语气，怎么她就听出了威胁的意味呢？

“我不该在冰箱里放榴梿。”她态度积极地认错，想了一下又觉得这个答案还不够诚恳，继续改口，“我不该在冰箱里放有气味的东西，我错了，下次一定不会了。”

喻文州吐了一口气出来，硬生生把怒意给压了下来。

“自己收拾。”丢下这么一句话后，他直接去了书房。

看到他没真的发火，时笙就谢天谢地了。

喻文州一离开，她先去把家里的窗户都打开了，然后才开始腾冰箱里的东西。

榴梿是她下午才买的，想的就是晚上饿了还能吃，谁知道就被喻文州发现了。

时笙的肚子还不饿，但是又舍不得扔了，几经纠结以后，还是选择把它们通通装进肚子里。

时笙端着装榴梿的盒子直接坐到了阳台上，含泪吃了三大块，真香！

喻文州在书房里处理了两封邮件，来来回回也就十多分钟。不过外面一直都是安安静静的，一点都不像在收拾屋子的样子。

他想着出去看看时笙用不用帮忙，结果推开书房门就觉得榴梿的气味越来越浓烈了。

他捂着鼻子走了出去，扫视了屋内一圈，发现时笙正坐在阳台上。虽然她背对着他，但看她那摇头晃脑的样子，就知道她现在正开心着呢。

他踱步过去，离得越近，气味越冲。

“在干什么？”他轻咳一声后开口。

时笙的胆子本来就不大，喻文州又突然在她背后出声，吓得她手一抖，直接把手里剩下的半块榴梿扔了出去。

好巧不巧，刚好就落在了喻文州的脚边。

喻文州顿在了原地，眼中满是震惊和惊吓，差点儿控制不住自己。

只是他正欲开口讲话，时笙就抢了个先：“对不起！！”

语毕，她以迅雷不及掩耳之势扑了过来，一把将地上的榴梿捡了起来。

速度之快，宛如闪电。还没等他反应过来，她已经跑了。

喻文州一阵无语。

他是什么洪水猛兽吗？

他又看了一圈室内，确认只有榴梿这么一个“臭源体”以后，才稍微松了一口气。

只能说时笙把窗户打开透气这个想法是好的，但她又坐在风口上吃榴梿，那气味也就随风满屋飘了。

自从跟时笙结了婚，他发现自己的忍耐力一路飙升。

喻文州站在窗边透了透气，转身准备去看看他的冰箱还好不好。

冰箱的电源线已经被时笙拔掉了，现在正开着柜门透气。他这才看清了里面的全貌：薯片、果干、辣条等杂七杂八的零食一堆，还有各类的方便速食，连他放矿泉水的空位都被塞满了各种碳酸饮料。

她吃得还挺杂。

他去找了个收纳箱出来，一边把零食拿出来往箱子里放，一边喊她：“时笙。”

时笙刚刚躲回了卧室的阳台，榴梿虽然掉在地上了，但是没有超过五秒钟，捡起来洗一洗还是可以吃的，扔掉了属实是可惜。

她刚刚吞下最后一口榴梿，就听到了喻文州的声音。

她感觉自己要对他的声音产生恐惧了，每次听到都没什么好事。

“时笙。”又是一声。

时笙吐掉漱口水，对着门口喊：“来了！”

时笙一出来就看到喻文州正在搬她的零食。是她理亏，现在就算再舍不得也只能忍住，好汉不吃眼前亏。

“少吃点零食。”喻文州把所有东西收拾好，又对着她语重心长道。

时笙点了点头，现在她能怎么办，除了答应，她还能造反不成？

就在她以为喻文州会直接连东西带箱子一起扔出去的时候，他竟然往书房的方向走了。

时笙眨眼，心道：还可以抢救，还可以抢救！

趁着喻文州还没出来，她主动拿毛巾准备去擦冰箱。

此时不努力表现更待何时！

“你闻闻还有气味吗？”喻文州出来刚好见她完工。

时笙偏头看了他一眼，然后乖乖地去闻了闻冰箱。

说实话，气味还是有的。但她闻习惯了，所以并没觉得气味有多大。

喻文州就看着她先摇了摇头，而后又点了点头，摇头晃脑的还怪可爱。

时笙也不知道该怎么办了，她的手机还在沙发上，不然她还能现场搜索一下。

叮咚一声，门铃声响起，打破了二人之间逐渐僵硬的气氛。

“去开门。”喻文州对时笙说。

时笙“哦”了一声，顺手就将手里的毛巾塞进了他手里。

“您好，×× 超市外送。”看到门开了一条缝，外卖小哥先出声表明自己的身份。

时笙将门推开，嘴里打招呼的话都还没说出口，就听到小哥又出声了：“您家是水管出了什么问题吗？”

时笙不知如何接话。

我真的是谢谢你！

小哥见她一脸尴尬，赶紧闭嘴把东西递了过来。

时笙简单地道谢后便关上了门。

袋子里全是生鲜和蔬菜，还挺重的。她把东西放到了茶几上，对着厨房里的喻文州喊：“你的东西。”

“把东西拿进来吧。”他说。

时笙拎着东西进去，看到喻文州把砧板和菜刀都摆好了，疑惑道：“不是要去参加聚会吗？”

“你不是不去？”

时笙蒙了一秒又反应了过来，这是准备给她做饭？她连忙说：“不用麻烦的，我可以……”

“吃零食还是不吃？”喻文州反问她。

时笙彻底噤了声。是她莽撞了。

“把活性炭放冰箱里去。”喻文州指了指购物袋。

时笙点头。还是给她找点事情做比较好，不然就这么跟喻文州站着，能把她憋死。

冰箱那边收拾好后，时笙自觉地坐回了沙发上。倒不是她不想去帮忙，是她去了只能帮倒忙。

她重新在电视上看综艺节目，不过才看了没几分钟就听到了手机铃声。

因为是没设置的原始铃声，时笙的第一反应就是自己的。但她的手机就在沙发上，声音的远近不对。

家里能有的第二部手机就只能是喻文州的。

时笙在餐桌那边找到了喻文州的手机，本来想喊一声的，但现在厨房里的动静不小。她就拿着他的手机进了厨房：“你的电话。”

“你帮我接一下。”喻文州还在处理鱼，头都没抬。

时笙顿时觉得手里拿的不是手机，而是烫手的山芋。但是铃声已经响很久了，估计马上就要挂断了。

时笙急中生智，按下接通键以后迅速跑去了喻文州的旁边，伸手将手机递到他的耳边，做口型说：“你自己接。”

喻文州嘴角微扬，看了她一眼，而后对着电话那头开口：“喂？”

“老喻，怎么还没来？”

“对，干什么呢？”

“快点来！”

听到喻文州的声音，电话那头的三个人就直接同时讲话了。

这天喻文州的一个大学室友临时来出差，问了一下其他三个人有没有时间聚一聚。巧的是这天晚上大家都有空，择日就不如撞日了。

他们四个室友，现在有三个人在本地，不过不在一个区，来出差的这个室友毕业以后就回了老家。

唯一遗憾的是，当初四个医学生，现在竟然只有喻文州还在干这一行。

行业不同、时间不同、地点不同，毕业这么多年，见面的次数屈指可数，但听到他们的声音，喻文州还是觉得像上学的时候那么亲切。

“马上就到。”他答。

电话那头的人明显不信：“马上是多久，你不会还在家吧，你现在到哪里了？”

喻文州有点儿无奈，他们猜得还真准：“嗯，还在家，可能要再等二十分钟才能出门。”

“哟，干啥呢，你刚刚不就说自己在家吗？”

喻文州轻笑一声，低头看了看自己手上正在处理的鱼，回答说：“喂猫。”

“喂猫喂二十分钟，你逗我玩儿呢！”不过只是片刻，电话那头的人好像猜到了什么，狐疑道，“你该不会是金屋藏娇吧？”

喻文州含糊地“嗯”了一声，然后又随便扯了几句。

因为要帮他举着手机，时笙离他很近。电话的声音不小，她将内容听了个大概。

尤其在喻文州说出“喂猫”两个字的时候，她的表情管理彻底失败了。一秒的震惊过后，一股热气瞬间升腾而上，她的整张脸，连带着脖子都红了起来。

电话那头已经说了道别的话语，喻文州也转头看向时笙，提醒道：“回神了。”

时笙脸上好不容易降下去的温度又升了上来。难道她刚刚偷看他被发现了？

喻文州看着食材差不多都处理好了，便对时笙说：“先出去吧，有油烟。”

时笙有点儿犹豫。她好像已经耽误他不少时间了，便说：“要不你先去吧。”

喻文州看出了她的愧疚，安慰道：“不差这点时间。”

如果不是现在手上还沾着东西，他是真的想去拍拍她的脑袋，看看她一天天的都在想些什么。

过了十多分钟，喻文州端着两盘菜出来了。他对着沙发那边的时笙招招手：“来吃饭。”

语毕，他又钻进了厨房。

时笙盯着他的背影，心情有点儿复杂。

喻文州很快又端着碗筷出来了，看她还坐在沙发上，又喊了一声。

时笙忐忑地走过去坐下，看着丰富的晚饭一阵犯愁。她是真的不饿！

喻文州看出了她眼中的纠结，说：“只给你盛了半碗饭。”

“我下午……”

“必须吃完。”喻文州严肃地开口。

时笙撇着嘴想，她怎么这么难！在学校被老师管，在家被她妈妈管，怎么结婚了还不能拥有自由！

“锅里的鱼汤还炖着，待会儿喝的时候先关火。”喻文州的声音软了下来，摸了摸她的头道。

时笙咬着嘴唇点了点头。她拿起碗筷一点一点地开始吃饭，味道确实不错，但人不饿的时候吃什么都不得劲儿。

过了几分钟，喻文州从房间里出来了，还换了一身衣服。

待他关上房门，时笙瞥了一眼手机上的时间，竟然刚好是二十分钟，还真是严谨得离谱。

喻文州迟到了。

他到的时候菜已经上好了，只是三个室友为了等他，硬是一口没吃，就在旁边干喝酒。

“我自罚三杯。”喻文州自觉地过去端起了酒杯。

不过很快三个室友就觉得他主动喝酒是别有用意。

喻文州的手生得好看，手指修长，骨节分明。而且身为医学生，他们几个人曾经有过共同的习惯——不戴饰品。

是程杰先看到喻文州手上有东西的。只是他不太确定，总觉得是自己眼花了。

他晃了晃旁边的乔远：“老乔、老乔，你看老喻的手。”

他这一喊，乔远也觉得自己出现错觉了，又拉着旁边的许家恒说：“老许、老许，你看老喻的手。”

许家恒的眼睛瞪得老大，嗓门扯得更大：“老喻，你手上戴的是什么玩意儿？”

喻文州刚好喝完第三杯，放下酒杯后故意看了看自己的左手。

“戒指。”他的语气依旧波澜不惊。

许家恒绷不住了，惊讶道：“我刚刚说你金屋藏娇你还‘嗯’，原来是来真的？！”

喻文州看着他的样子有点儿好笑，反问：“你见过我开玩笑吗？”

此话一出，包间里安静了。

过了一会儿，程杰开口，带着点儿苦涩：“老喻，怎么结婚都不告诉我们？”

话题说到这里，场面变得伤感起来。

医学生的日常并不轻松，以前他们天天不是在去实验室的路上就是在实验室里，根本没有空闲的时间，到毕业了他们都还是单身。

出于对未来美好的向往，他们在分别前许下了要给对方当伴郎的愿望。

喻文州主动开口，缓解沉闷的氛围：“我们才领证没多久，还没办婚礼。”

几个人的面上稍微缓和了一些，又听到他继续说："我没忘，办婚礼的时候一定请你们来。"

简简单单的一句话，让这几个大男人绷不住了，开始悄悄地擦眼泪。

时笙这顿晚饭是真的吃撑了，撑到她这种可以躺着就绝对不坐着的懒人都不得不出去散步消食。

回来的时候洗碗机刚好停，感谢人类伟大的发明给了懒人更懒的理由。

将碗筷拿出来放好以后，时笙就回了自己的房间。

她是美术学院的，主修国画专业，选修油画，上课的时候没觉得有多累，现在要做毕业设计就开始头疼了。

他们专业的毕业设计除了需要论文，还需要一幅画，总的来说就是为了文字和图案相互印证。而她的选题就是关于国画和油画的融合发展，论文难写就算了，画还要创新。

时笙真想给当初提交开题报告的自己一个耳光，现在流的泪，都是当时脑子进的水。

她的画已经接近尾声了，导师的评价也还不错，只是她一直觉得不满意。但一幅画，无论再怎么融合，也还是只能从构图布局、色彩、线条上去考虑。

她在画板面前一坐就是两个小时，依旧没有一点儿该如何修改的思路。

时笙有点儿走神，手机铃声突然响起，吓得她打了一个哆嗦。她将手机拿起来一看，"喻文州"几个字差点闪瞎她的眼。

她有点儿社恐，每次手机铃声响都能吓得她一激灵，相比之下，用微信就自在不少，毕竟不用听到对方的声音。

她和喻文州是相亲之后加的微信，到现在二人的聊天内容都没超过十句。

有几次喻文州主动找她都是打的电话，现在想起来还会心跳加速。

时笙不知道他去参加聚会怎么还突然给她打电话，只能深呼吸一口气，然后按下了接听键：“喂？”

对面的人轻咳一声，然后开口：“喂，嫂子。”

好了，时笙的心跳漏跳了一拍。

陌生的声音，惊悚的称呼，简直是她生命无法承受之重。

时笙抿唇没有讲话，那头的人继续说：“嫂子，老喻喝高了，你来接他一下呗。”

听到这话，时笙的脑子里突然闪过喻文州耍酒疯的样子。说实话，还真的有点儿想象不出来。

不过她转念一想，喻文州这天是开车出去的，应该可以找代驾吧？

于是她赶紧给电话那头的人出主意。

许家恒将手机拿下来看了看，上面的备注是“宝贝”没错，刚刚喊嫂子也没被反驳，怎么让她来接一下就开始推脱了呢？

许家恒看着在一旁闭着眼睛休息的喻文州，这家伙该不会是假结婚吧？但他刚刚说到结婚时候的表情，好像又不是这么一回事。

不管是为了看一眼时笙，还是为了喻文州的终身幸福，反正许家恒是成功地把时笙给骗出来了。

时笙挂断电话后，先用打车软件叫了个车。喻文州开了车，她只能先打车过去，然后再把他的车开回来。

她懊恼自己怎么就鬼使神差地答应了，这种专门打个车过去当司机的买卖怎么想怎么亏。

时笙到的时候，他们几个人正互相搀扶着从包间里出来。

除了喻文州，其他三个人都睁着眼睛，就是左动右晃的样子一看就知道喝了不少。

许家恒看到站在门口盯着他们这边看的女生，一下就猜到是时笙。

她的五官一眼惊人，又妖又艳，又清又俏，明明是几种矛盾的形容词，但放在她身上就是那么合适。

“嫂子！”许家恒对着时笙招了招手。

他这一喊，乔远跟程杰也看了过来，跟着喊“嫂子”，声音一个比一个大，语气听起来还带着激动。

时笙虽然觉得不好意思，但还是不得不硬着头皮上。

“你们好。”她走上前，跟他们打招呼。

其实她到现在都不知道这几个人跟喻文州是什么关系，反正不像学校里的教授。

许家恒主动介绍了他们的身份，然后自来熟地开始絮絮叨叨。

时笙话不多，他们疯狂地讲话，她除了点头就是笑，到后面脸都要笑僵了。一想到喻文州这种沉默寡言的人竟然有这么一群话痨朋友，她的头已经开始疼了。

当然，也不排除喻文州只在她面前沉默寡言。

过了好一阵子，他们叫的代驾总算是到了。

时笙目送着他们一个个离开，那个“自己为什么要过来当司机”的问题又冒了出来。不过也没有那么多时间来给她东想西想了，因为其他人走了，喻文州现在靠在她身上，甚至能感受到他滚烫的体温。

一想到这里，时笙的脸就跟着红了起来。

“喻文州？”她微微抬头，喊了一声正闭着眼睛的人。

一秒钟过去了，五秒钟过去了，十秒钟过去了，喻文州的眼皮都没抬一下。

时笙不喝酒，自然也没喝醉过，不知道这样是不是正常的醉酒反应。不过刚才许家恒都说没事，那应该就没问题。

站在这里吹冷风也不是办法，时笙在喻文州的外套口袋里摸到了车钥匙，想着还是先回家比较稳妥。

大部分女生对车的外形都不太熟悉，时笙也是。到现在为止，众多车辆停在一起她都分不清哪辆是喻文州的，车牌号她就更记不清了，能找到车全靠按开锁的时候闪的那两下车灯。

看着离自己这里最远的位置，时笙有点儿崩溃。喻文州虽然不胖，但身高摆在那里，现在他靠在她身上，走起来简直是龟速。

挪到车前，时笙气喘吁吁，又喊了一声：“喻文州？”

喻文州依旧没什么反应。

时笙撇嘴，不禁思索自己这是造的什么孽！她认命地打开车门，准备扶喻文州进去。

但是，她低估了扶一个意识模糊的人坐进车里的难度。

突然，“砰”的一声响破天际。

喻文州闷哼了一声，时笙的呼吸也在这一刻停滞了。她竟然把喻文州的头磕在了车的门框上！！

“喻文州？”时笙赶紧喊了一声。

如果能像前面两次一样，没有人回答她就好了。可惜，是她想多了。

“嗯。”喻文州从鼻腔里发出了这么一声。他倒吸了一口凉气，手欲抬起来摸摸额头，但还是忍住了。

真疼，他就装个睡，时笙还真是特别会给人惊喜。

“你还好吗？”时笙要哭了。她怕喻文州直接手撕了自己。

喻文州低下头，不答反问：“你说呢？”

如果不是知道时笙没什么坏心思，他都要怀疑自己哪里惹到她了。

时笙委屈巴巴地看着他，一双眼睛睁得老大，睫毛还扑闪扑闪的。

喻文州叹了一口气，算了，算了，自己娶的老婆，除了忍着，还能离了不成？

“走吧。”他一边说，一边坐进了车里。

时笙看到他的动作，非常贴心地抬手替他挡在了门框上，见他坐好了，又非常殷勤地俯身替他系了安全带。

“稍等一下。”说完，时笙帮喻文州把车门关上，然后绕到另一边坐到了驾驶座上。

时笙的科目三考了三次才过，拿到驾驶证以后也没开过几次车。现在突然坐上一辆不太熟悉的车，她有点儿紧张。

喻文州察觉到她的紧张，问：“没开过车？”

时笙先点了点头，随即又摇了摇头，面色难堪地看向他：“开过。”

喻文州还没讲出第二句话，就听她继续道：“但是只开过……”

时笙将自己的一只手举起来，片刻后还收起了一根手指。

喻文州挑眉，行吧。

好在时笙也是拿了驾照的人，再紧张也不至于连怎么开车都忘记。只是她一心求稳，不敢开太快，车子就以四十码的速度行驶在路上。

没一会儿，一辆电动车从车旁呼啸而过。待到电动车超到了前面，车主还鄙夷地往后看了一眼。

坐在驾驶座上的时笙一脸憋屈。

车是好车，但以这么诡异的速度行驶在路上，很快就引起了交警的注意。刚刚过了一个十字路口，就有一个交警骑着摩托拦在了前面。

交警下车，走过来敲了敲车窗。

“您好，我是市交警大队的警察，例行检查，请您出示驾驶证。”交警先敬了个标准的礼，然后对着驾驶座上的时笙开口。

一说到驾驶证，时笙忽然就瞪大了眼睛，然后一脸焦虑地先转头看向喻文州。

“同志，请您先把车窗降下来。”交警又敲了敲车窗。

喻文州觉得自己猜到了什么，问：“没带驾驶证？”

时笙绝望地点了点头。她这天好像一直在给喻文州找麻烦。

“先把车窗打开。”喻文州递给她一个安抚的眼神。

时笙吸了吸鼻子：“哦。”

车窗降下来的第一秒，交警就闻到了酒味。虽然不浓，但他的鼻子很灵。

好好一姑娘，竟然酒驾。交警重复道：“同志，请您出示一下驾驶证。”

时笙抬头看着交警，语气艰难地开口：“我忘记带驾照出门了。”

看到交警的脸色变了，她立刻解释：“我有驾驶证！但是忘记带了。”

前半句话她还底气十足，后半句话声音越说越小。

交警点了点头，而后道：“再测一下酒精。”

时笙本来就紧张，还被怀疑酒驾，表情有点儿绷不住了。

她转头看了看喻文州，喻文州对着她点了点头。

时笙对着测酒精的仪器吹了一口气，没什么问题，喻文州也补充说明喝酒的是自己，并非时笙酒驾。她又提供了证件号，交警查到了她的驾照信息，确定了不是无证驾驶。只是她这次开车没带驾驶证，车被扣留带回交警队，要等她带上原件才能去取车。

就这样，大晚上的，喻文州和时笙孤零零地站在了路边。

时笙只觉得无比愧疚。明明她是来帮忙的，结果变成了帮倒忙。自己出问题就算了，还连累了喻文州。

她抬头看着喻文州，一脸愧疚和委屈：“对不起，今天老是给你找麻烦。”

喻文州摇了摇头：“是我不对，刚刚没有提醒你要带驾照。”

都这个时候了喻文州还在替自己找补，时笙心里更不是滋味了：“你怎么这么好？”

喻文州又好气又好笑，摸了摸她的头发：“不想了。”

时笙乖乖地点头：“嗯。”

现在这个地方前不着村后不着店，能打到车已经实属不易了。但是看着打车软件上面显示还要十五分钟，时笙还是觉得好难挨。

现在不过三月，晚风吹起来带着几分凉意，没一会儿，喻文州觉得自己的手都有些凉了。他偏头一看，时笙正站在原地发呆。

喻文州怕她冷，准备把身上的风衣外套脱下来给她。只是他刚抬手，她就先说了话：“我不冷。”

但是她稍微颤抖的尾音还是暴露了她的真实情况。

喻文州都不知道说什么好了，还真是一个倔强的女生。

“过来。”他扬了扬下巴。

时笙抬头，有点儿蒙了。但看着喻文州的眼神，她好像没办法拒绝。

她挪步到他面前站定，下一秒，喻文州揽着她，而后解开自己的风衣将她也裹了进去。

喻文州的体温很高，此刻就显得有点儿烫，时笙的身高刚刚过了他的肩膀，靠在他的肩头刚刚好。

路上的车不多，现在风也被挡去了，但时笙并没有觉得自己的耳朵清静了。因为贴得太近了，她能清晰地听到喻文州的心跳声。

咚，咚，咚。每一声都沉稳有力，让人无端地感到心安。

二人就这么静静地抱在一起，直到打的车到了。

回到家的时候已经快十二点了。

喝了酒又吹了风，喻文州觉得头有点儿疼。

客厅里的灯很亮，时笙一眼就看出来他的脸色好像有点儿不对。

“你不舒服吗？”她问。

喻文州下意识地想摇头，但转念一想，说了一句“嗯”。他倒要看看，如果他真的不舒服，时笙会怎么办。

时笙的神色确实慌了些。她不喝酒，也不懂喝醉酒了要怎么办，只是看他的脸色实在太差，提议道：“要不你先去躺着休息一下？”

喻文州看了她一眼，没说话，点了点头。

时笙盯着喻文州进了房间，赶紧把手机掏出来打开浏览器，搜索：醉酒的人脸色差是怎么回事？

下面的第一条回复就是酒精中毒引起的内脏问题。

时笙吓得手抖了一下，这么严重？

时笙被那些回复说得一愣一愣的，翻了半天终于看到了一条这天晚上的最新回复，时间是刚刚：可能就是饮酒后吹风引起的头疼。

她仔细对照了一下症状，这个应该才是对的。然后她又看了一下解决办法，要么醒酒药，要么醒酒汤。

可惜了，家里没有醒酒药，也没有可以做醒酒汤的材料。

最后时笙只好搜索了一下可以醒酒的食物，排在第一位的就是蜂蜜水。

这个家里倒是有。

她先去厨房烧了一点开水，倒了一杯出来，等凉了些才加了两勺蜂蜜进去。

喻文州出来就看到时笙正在厨房里，背对着他这边也不知道在捣鼓什么。

“时笙？”他喊了一声。

怕她把厨房炸了是一回事，更怕她受伤。

时笙听到声音，赶紧转过身来，入目就是刚刚洗完澡的喻文州。他的头发都垂了下来，软软地贴在额头上，让他看起来比平时温和了很多。

他身上还穿着浴袍，露出来的肌肤有些红，还透着些水汽。

时笙只是看着，脑子里好像就已经出现他沐浴时候的样子了。

喻文州见她发愣，低低地笑起来，问：“好看吗？”

他的声音带着酒后的沙哑，还有隐隐的笑意，真的很性感。

时笙觉得自己的脸好像又红了。她有点儿不好意思地摸了摸鼻子，啧，真是不争气。

“在干什么？”喻文州问。

时笙没有说话，献宝似的双手将蜂蜜水杯递给了喻文州，说：“把这个喝了吧，解酒。”

喻文州挑眉，接过杯子的时候还碰到了她的指尖。

时笙猛地将手缩了回去，光是垂下还不放心，干脆将手背在了腰后。

喻文州浅尝了一口，温度刚刚好，便端着杯子一饮而尽。

“怎么样？”时笙眼巴巴地望着他。

“有点儿甜。”喻文州拿着空杯子进了厨房。

时笙跟着进去：“我是问，你现在感觉怎么样了？”

喻文州将杯子洗好，转过头来看向她：“你觉得呢？”

时笙抿唇。她怎么知道怎么样，既然这么问她，应该就是没事了吧。

喻文州见她不搭话，故意伸手捂上了太阳穴。

“头还疼吗？”时笙赶紧问。

喻文州点了点头，故意蹙着眉：“很疼。”

时笙有点儿慌：“那我扶你进去躺着休息吧？”

这种让她主动投怀送抱的机会，喻文州又怎么会拒绝，赶紧点了点头。

时笙走过去，将他的手臂抬起来从自己的脖子后面绕过去，然后用一只手抱住他的腰，一步一步带着他进了房间。

终于到了房间，喻文州刚刚坐下又开始咳嗽。

时笙总觉得他的情况是变严重了，说：“要是你晚上不舒服一定要来喊我，我今天晚上不锁门。”

时笙说得很认真，一副要舍己为人的表情。

喻文州无奈。一想到现在他们还分房睡，喻文州就有苦说不出。好不容易想趁着这天这个机会装可怜，但他家时笙是真不好骗。

时笙见他很久没说话，以为他是不信，赶紧补充：“我睡觉不沉的，你喊我我肯定能醒。”

喻文州抿唇，片刻后点了点头。

时笙见他答应了，心里松了一口气，指了指门口的方向：“那我先回去了？”

喻文州闭眼点了点头：“嗯。”

时笙看他的动作以为他准备睡了，出去的脚步飞快。

吧嗒一声，门从外面关上，室内陷入一片沉静。

喻文州眼睁睁看着到手的老婆飞走了。

以前家里一个喝酒的人都没有，时笙完全没有照顾醉酒的人的经验，以至于晚上睡觉都不踏实。

梦里的喻文州一会儿掉河里了，一会儿摔地上了，一会儿又喊不醒了，反正是怎么糟糕怎么来，每一个片段都吓得她心颤。

终于在被喻文州摔下楼梯的场景吓醒以后，时笙果断地起了床。

她轻手轻脚地推开喻文州的房门，看见床上有一团拱起来的影子。她又不敢开灯，只能摸黑往里走，不过幸好很快就适应了室内的黑暗。

她蹲到喻文州的床前，又仔细地看了看，差不多能分清他的轮廓。

刚刚搜索结果里还说，喝酒以后吹冷风，半夜可能会发烧。

时笙缓缓地伸手探过去，将喻文州额头上的碎发撩起来，然后把自己的手贴了上去。也不知道是不是她的手太冰了，她总觉得他的额头有点儿烫。

时笙看喻文州睡得正香，也不敢喊他起来，准备去给他弄一条湿毛巾降降温，实在不行再去医院。

她怕在这边的卫生间放水会吵到喻文州，转身回了房间。

她刚刚溜出去，喻文州的眼睛就睁开了。

喻文州刚刚确实是睡着了，甚至睡得还挺香，只是时笙的手实在是太冰了。而且，她摸他额头的时候还碰到了他磕到的地方。

反反复复好几次，要不是在装睡，他都得倒吸凉气了。

他家时笙想照顾人的心是好的，就是有点儿神经大条。

很快，喻文州又听到了门口的动静，赶紧将眼睛闭起来。

时笙贡献出了自己的最后一条新毛巾，是上次她觉得图案好看才买下来的。

她将毛巾叠成一个方形，然后放到了喻文州的额头上。

喻文州被磕伤的地方刚刚被她二次伤害以后有些发烫，现在突然盖上冰冰凉凉的毛巾还怪舒服的。

但是他转念一想，明明都是她弄的，怎么到头来自己竟然还有点儿想感谢她？

喻文州觉得自己完蛋了。

时笙见喻文州没有要醒过来的迹象，又安安静静地看了一会儿，确定他没事以后才又回了自己的房间。

然而时笙心里一直惦记着要给喻文州换毛巾，睡一会儿就会醒来，然后去喻文州的房间看一下。

她睡不好，喻文州也好不到哪里去。每次他刚刚睡着没一会儿，额头上就会重新换上冰凉的毛巾，瞌睡就是被这么给冷没的。

就这样来来回回三四次，喻文州彻底醒了，一点瞌睡都没有了。为了老婆能来看他，他也是豁出去了，明明没有发烧，还要硬生生地装成不省人事的病患来享受她的照顾。

时笙最后一次来给喻文州换毛巾的时候天都快要亮了。她回去以后实在是太困了，很快便睡得不省人事。

喻文州也没有了睡意，看看时间干脆起床了。

他很想给时笙解释一下，他并没有发烧。能让她觉得烫的，可能是他被磕到的伤口有点儿发热。

喻文州想去看看时笙怎么样了，于是悄悄进了她的房间。

昨晚可是她自己说的不会锁门。

时笙睡得正香，头窝在枕头里，被子拉到了下巴处，整张脸都红扑扑的。

喻文州盯着时笙看了很久，她动都没动一下。

昨晚她说的那句话突然就在喻文州的脑海中冒了出来："我睡觉不沉的，你喊我我肯定能醒。"

他没有喊她，但盯了她这么长时间，她竟然一点感觉都没有，睡眠质量是真不错。

喻文州回房间去洗漱，看到镜子里的自己简直可以用狼狈来形容。

昨晚额头被磕到的地方有点儿破皮，中间肿了起来，周围发着青紫，眼下也是浓重的黑眼圈。这些因素出现在一张脸上，说他昨天被打了估计都有人信。

这天上午他还有课，他现在都不知道自己顶着这张脸该怎么面对一教室的学生。

喻文州在衣柜里寻了半天，找到了一顶鸭舌帽。他都忘记是什么时候，自己以怎样的心情买下的了。

他将帽子戴好后照了照镜子，可以遮住他额头上的伤不说，帽檐的阴影还能顺便挡挡他的黑眼圈，一举两得。

就这样，他这天以一身风衣加鸭舌帽的装扮去了学校。

一路上他总觉得有人在看自己，还以为是这身穿着太奇怪了，想着待会儿上完课就回去换掉。

结果喻文州刚刚走上讲台，就听到有人说话："请问您是新来的老师吗？您是不是走错教室了？难道我们换老师了？"

喻文州一听就知道是自己的课代表。他抬头道："没有。"

课代表看清了帽子下的脸，惊讶地开口："喻老师！"

他这一声称呼落音，全班同学的眼睛都看向了讲台上。

刚刚大家都以为是新老师走错教室了，没想到竟然是他们亲爱的喻老师！可是这个样子，跟喻老师以前的形象相差太远了吧！

如果形容以前的喻文州是稳重的学术教授，那这天的打扮就是妥妥的韩剧男主角形象。尤其是他把刘海散下来，还戴着鸭舌帽，一秒变回大学生好吗？！

有人偷拍了喻文州的照片发到了学校的论坛上，标题是：惊！教授秒变韩剧男主角！

帖子很快被顶了起来。

还有几分钟上课，陆陆续续又来了好多人，全是来旁听蹭课的。

更准确地说，他们是来看喻文州的。

一节大课分成了两段，中间有十分钟的休息时间。

喻文州看时间已经九点多了，也不知道时笙起来没有。她的作息习惯一直不好，晚上熬到很晚，早上又不起床，自然也不吃早饭。

她也就是仗着年纪轻才敢这么胡作非为。

这天的早饭是他亲自做的，还特意准备了时笙的份，想着这天一定要喊她起来吃。

在微信和电话两种联系方式之间纠结了一下，他还是选择拨通了时笙的手机号。

手机铃声响起的那一刻，时笙是崩溃的。她闭着眼睛摸了很久也没摸到手机在哪里，气得坐起来找手机。

可能是她昨天晚上没怎么管，手机被挤在了床垫和床头的缝隙里，差点儿就掉下去了。

时笙急忙去拿手机，终于赶在即将挂断的最后一秒按了接听键。

“喂？”听筒里传来的是喻文州的声音。

这下时笙的瞌睡全醒了，甚至还受到了惊吓。她刚刚没注意来电显示上面的名字，要知道是喻文州，会选择挂断。

她硬着头皮开口：“你好些了吗？头还疼吗？”

电话那头的喻文州勾起了嘴角：“嗯。”

时笙蒙了，“嗯”是什么意思？

是回答好些了的“嗯”，还是回答头还疼的“嗯”？

她一时摸不清他到底想表达什么，干脆闭了嘴。

“还没起床？”喻文州又问。

时笙又生出一种做坏事被抓包的感觉，立刻说：“我马上就起。”

喻文州先“嗯”了一声，然后补充道：“早饭还在锅里热着，记得吃。”

“好，谢谢你。”想到又是喻文州照顾自己，时笙的愧疚心又开始作祟了。而且他的车昨天被拖走了，那他是怎么去上的班？！

她心一急，直接就问了出来：“对了，你今天是怎么去的学校？”

喻文州得逞地笑了笑，她终于问到这里了。他确实不止一辆车，但他这天故意没开，而是选择打车去学校，目的也很明确。

“打车。”喻文州回答。

听到这里，时笙咬了咬唇，又开始道歉：“对不起。”

喻文州没多说什么，依旧“嗯”了一声。

时笙思考了一下，问：“你今天下午几点下班？”

喻文州回忆了一下课表，而后回答：“四点。”

时笙一听，觉得肯定来得及，连忙说：“我待会儿就去交警队取车，下午去接你下班？”

如果不是得装，喻文州真想笑出声，这不就对了嘛。

他还故作思考地想了一下，而后问她：“你下午没事吗？”

时笙赶紧否认：“没有，没有。”

“嗯，那就辛苦你了。”

“不辛苦，不辛苦。”

喻文州这才应了下来，然后又想到了什么，继续说：“爷爷让我们今天回老宅吃饭。”

领证的前一天时笙跟他回过一次老宅，后来就一直没有去过。

爷爷一直喊他们回去，但时笙有点儿不敢去，总是找理由推脱。他也惯着她，并不是非要她去。

这次也一样，喻文州按照惯例转达了爷爷的意思。只是他万万没想到，这次时笙短暂地思考了一下后就同意了。

很快，事情讲完了，二人也找不到闲聊的话题，就挂断了电话。

喻文州仅仅站在走廊外面讲话就把一群女生迷得神魂颠倒。看他的嘴角带着笑，虽然听不见内容和语气，但还是甜得能溺死人。

喻文州刚回到教室，就有胆大的学生问：“喻教授，您刚刚跟谁打电话呢，笑得那么开心！”

喻文州看了那个学生一眼，然后平静地回答：“我太太。”他都不知道自己的语气有多温柔。

顿时，讲台底下传来一阵女生们的尖叫声和男生们的起哄声。

喻文州是去年年底来的，当时大家对他的印象是不苟言笑的学术派，不过长得好看，还单身。

这才过了一个寒假，突然就结婚了？！

又有学生大胆地问：“喻教授，您跟师母什么时候结的婚？”

喻文州听到这话，微微笑了。

“寒假。”他言简意赅地回答。

一时间教室里又是一阵起哄声。

还好这个时候上课铃响了，不然这些学生的问题肯定又收不住。

第二章
戒指风波

★ ☆ ★

另一边的时笙，挂断喻文州的电话后又倒回床上。不过睡得迷迷糊糊的她突然又惊醒了，无端有一种自己被监视了的错觉。

要是不去吃饭，待会儿喻文州肯定又要生气。于是时笙还是不情不愿地起了床，在浴室里磨磨蹭蹭老半天才洗漱好。

她去厨房看了一眼，砂锅里有小米粥，另一口蒸锅里有蒸饺和包子，旁边还贴了张字条，写着：冰箱里有小菜。

她顺着提示又打开了冰箱，将里面的碗拿出来一看，是酸萝卜。她从小就喜欢酸酸的东西，一看到这碗酸萝卜，条件反射地开始分泌唾液。

临关冰箱前，她还特意嗅了嗅气味。嗯，活性炭的除味效果还真不错。

她找碗和盘子把东西都盛了出来，想了一下，为了证明自己有吃饭，顺手拍了一张照片发给喻文州。

喻文州正在上课，看到手机屏幕突然亮了一下，瞥眼一看。

宝贝：“我在吃饭了。”

他的嘴角往上勾了勾。

时笙吃饭的速度很慢，主要是因为她喜欢一边看手机一边吃，这次也不例外。

闲来无事，她打开了学校的八卦聚集地——论坛。谁知道这天里面的人特别活跃，帖子也是出奇多。

她承认她是标题党，看到什么教授变韩剧男主角，手非常自觉地点了进去。

看了前面几张照片，她觉得那个人有点儿眼熟，但不敢认。直到她翻到评论区，各种发言证实了她的猜测，照片上的人竟然真的是喻文州！

他身上的风衣和昨天那件挺像，但是好像更长一点，颜色更浅一点。里面依旧穿着很简单的白T恤，下半身是一条黑色的直筒裤，脚踩帆布鞋。鸭舌帽往头上一扣，妥妥的韩剧男主角形象！

时笙看到那些激动的发言，满屏的感叹号，竟然也生出一种激动的心情。她甚至想，要是自己这天早点起来，应该就能亲眼看到了吧。

时笙又往下翻了翻，劲爆发言接连不断。

喻文州竟然还在课上承认自己已婚。

下面那张配图是专门将他的左手放大了截下来的，上面的戒指实在是耀眼。

时笙抬手看了看自己的左手，光秃秃的，什么也没有。

戒指是领证以后喻文州去买的，当时他们交流很少，更别说交换戒指这种亲密的动作了。

喻文州把戒指交给了时笙，她就连带着盒子一起锁进了柜子里，一次都没戴过。但她实在没想到，喻文州戴上了戒指。

而且他们待在一起那么长时间，她竟然都没有注意到，突然觉得自己好不称职。

婚后两个人虽然谈不上亲密，却也算得上相敬如宾，时笙自认为能相处成这样也算不错了。而且她很肯定，自从跟喻文州领了证，她就没想过以后有离婚这种可能。

她的心理还没有转变成已婚的状态，但连喻文州都愿意戴戒指告诉大家自己结婚了，她好像也没什么好避讳的。

时笙向来想起一出是一出，饭还没吃完就丢下碗筷跑回了房间。

她记得自己搬来喻文州这边的时候是把戒指盒子带来了的，结果翻箱倒柜愣是没找到。

她不死心地给妈妈打电话，得到的回答却是家里也没有。

连结婚戒指都能弄丢，时笙都想弄死自己了，这下是真的完了。

她的脑子里一直在纠结该怎么办，以至于去交警队取车的时候都心不在焉的。

三百元的罚款，还要扣一分，时笙觉得这些都是小事。大事是她刚刚把喻文州的车开出交警队，他的电话就打了过来。

她将车开出一段路，暂时停在路边，然后赶紧去拿手机接电话。

“喂？”电话那头传来了喻文州的声音，一如既往地富有磁性。

时笙轻轻地喊了一声“喻文州”。

即使没有看到她的表情，喻文州还是觉得她的声音有点儿不对劲。于是他赶紧问：“怎么了？交警队的人教育你了？”

时笙摇完头才想起来，喻文州现在也看不见她的动作，于是补充道：“没有。”

喻文州突然笑出声：“该不会是因为罚款了吧？”

时笙哑口无言。

你猜得可真准。

但是，她看起来像这么小气的人吗？

不过这倒是给自己不对劲的表现找了台阶，于是她对着电话轻轻地“嗯”了一声。

喻文州忍俊不禁。

他是车主，刚刚时笙取完车出来，交警队处理违章的短信就发到他这边来了。

他刚好没事，才打来电话，结果时笙因为被罚款的事情不开心了，还真是个小财迷。

“罚了多少？”喻文州又问。

时笙顿了一秒，缓缓吐出几个字：“三百元。”

喻文州轻笑一声，就三百元，让她纠结成这样？

他先“嗯”了一声，将通话页面滑了上去，顺手点开微信，找到“宝贝”那个备注，直接点开了下面转账的图标。

时笙手机微信的提示音和喻文州的声音几乎是同时响起的。

“去看微信。”他说。

时笙“哦”了一声，看到喻文州转账数额的时候差点儿没惊掉下巴。

四个零？！她就被罚款三百元，喻文州给她转了三万元？！

喻文州就算工资再高，这应该也差不多是他一个月的工资了吧。现在全部转给她，他后面是打算喝西北风吗？

喻文州仿佛有读心术，说：“收吧。”

“可是……”时笙欲言又止。

“放心，还养得起你。”喻文州无奈地说道。

他有点儿怀疑自己在时笙心目中到底是个什么形象，竟然连收他的钱都要犹豫，他这老公当得多多少少是有点儿失败了。

见时笙还是没有收款，喻文州叹了一口气：“再不收我真的生气了。”

时笙咬了一下嘴唇，说：“可是我不能随便收别人的钱。”

这话把喻文州说得火大：“我是别人？”

时笙无语。她只是陈述事实，又不是故意说他。

“时笙。”喻文州又喊了她的大名。

“嗯。”

他问：“我是谁？”

时笙纠结片刻，回答：“喻文州。”

“再想想。”他又叹了一口气。

时笙闭嘴了。她总觉得自己的思路跟不上喻文州的。

“时笙。”这次喻文州将声音拖长了一些，里面的无奈都快溢出屏幕了。

时笙吸了吸鼻子，又“嗯”了一声。

“我是你丈夫。”喻文州一字一字说得很清楚，“老公给老婆花钱很正常，老婆花老公的钱也很正常。”

时笙被这老公和老婆的称呼整蒙了，张了张嘴，最后一个字也没说出来。

沉默了片刻，喻文州又问：“懂了吗？”

时笙咬了咬嘴唇，从鼻腔里发出了一声“嗯”。她的脑袋里还在消化这件事情，手上并没有什么动作。

喻文州快要疯了，不知道她怎么这么倔。

“就当我谢谢你去帮我取车好不好？”喻文州又转换了套路。

时笙一直没有把自己的身份转变过来，他得想想办法才行。

时笙却不按套路来：“对不起，昨天都怪我，今天我来取车也是应该的。”

喻文州无言以对。

原来油盐不进是这个意思。

他安慰自己，算了算了，这说明他家时笙有原则。

“你再不收，我就跟你妈说你天天在家好吃懒做，还搞破坏。”没办法，喻文州只能出绝招了。他知道时笙很怕她妈妈。

果然，听他这么说，时笙的背脊一下挺直了。

“不要！”她的音调都跟着升了上去。

喻文州笑了笑，果然还是得用点计谋才行。他问：“收还是不收？”

这么浓烈的警告意味，时笙怎么可能感受不到。

喻文州看着微信图标上多了一个红点，点进去一看，是时笙收款的消息。

俗话说，无功不受禄，更何况时笙还是做错事的，现在心里特别不踏实。

喻文州见她的情绪还是不对，以为是刚刚的威胁吓到她了，忙哄道："下次不吓你了。"

时笙想哭，怎么每次都是喻文州为她着想，这简直就是在疯狂刺激她的泪腺啊。

"喻文州。"她郑重其事地开口。

喻文州难得听到她这么严肃的语气，也清了清嗓子问："要说什么？"

时笙蔫了，搞丢戒指这种不知好歹的事情到底要怎么开口！

两边都没有讲话，沉默了片刻。

时笙道："我有罪。"

喻文州笑出声："你有什么罪？"

时笙不敢说，战术性闭嘴。

喻文州突然很想见她，光是在电话里听到她的声音远远不够。

"我来找你？"他问。

时笙深呼吸一口气，认错还是当面比较有诚意。

"还是我来找你吧，我开了你的车。"她说。

喻文州没反对，又嘱咐了她"好好开车，不要着急"之类的话。

时笙开得很慢，技术不好是一回事儿，主要是还能拖延点时间。她总觉得自己现在的行为特别像上赶着去送死，途中多耽误一秒，她就能多活一秒。

可只要是路，就一定会有尽头，车终于还是开到了校门口。

隔了很远，时笙就看到站在那里的喻文州，只不过穿着变成了一身黑。黑色的风衣、黑色的针织衫、黑色的长裤还有黑色的皮鞋，又恢复了他平日里一丝不苟的样子。

时笙后悔，要是这天早上早点起床，说不定就能看到"韩剧男主角"的喻文州了。

喻文州刚刚挂断同事的电话，一抬头，就看到了停在几米外的车。他笑着走过去，直接打开了副驾驶座的车门坐了上去。

时笙转过头来盯着他看，欲言又止。

这样的眼神令喻文州想到这天上午的那身穿搭。因为被人盯得有点儿不自在，下课以后他就回宿舍换了一身。

怎么现在恢复原样了时笙还是这副样子？难道他穿得很奇怪？

“怎么了？”他问。

时笙抿唇摇头，依旧不语。

“开个车吓成这样？”他调侃道。

时笙承认，看到喻文州的时候她就是㞞了，能拖一秒是一秒吧。于是她赶紧点了点头：“路上车很多，我的技术太差了。”

她以为这样说，喻文州就会主动来跟她换位子。谁知道他一动不动，平淡地道：“差才要多练。”

时笙欲言又止。

她刚刚的铺垫好像白做了。

“走吧，我在旁边看着你开。”喻文州看着她。

时笙抿唇，腹诽道：你不知道被人盯着开车更吓人吗？

她不动，喻文州也盯着她不动。

时笙无奈，也只能硬着头皮上了。

车停在一个红绿灯路口的时候，喻文州突然将头转了过来，问：“你刚刚在电话里是准备说什么来着？”

时笙的心颤抖了一下，但脸上还算淡定，只打着哈哈说：“有吗？”

现在可不是个谈事情的好地方和好时机，要是把喻文州气到揍她一顿，她开着车在路上该多危险哪。

喻文州的嘴角还带着浅笑，她现在故意敷衍的样子简直不要太明显。但他就是想逗她，故意点了点头道：“有。”

时笙见他这么不给面子，只得假装跟着应和：“是哦，好像是有这么回事。”

喻文州点头：“嗯，所以是什么事？”

时笙瞪大了眼睛。她这是遇到对手了。

不过此时刚巧绿灯亮了，车刚刚起步语音导航就响了起来："路口直行，前方两百米到达目的地。"

听到这里，时笙松了一口气。还好她刚刚开了导航，没想到关键时刻还能救她一命。

很快到了餐厅，时笙借着点菜的名头叽叽喳喳说个不停，一会儿问喻文州要吃什么，一会儿问喻文州要喝点什么，那样子还真像个温柔贤惠的小媳妇。

服务员走了，场面陷入了寂静。

时笙说得口都干了，赶紧拿起茶杯喝了一口茶。只是放杯子时不经意间的一瞥，她就发现喻文州的眼神正在自己身上。

他不说话，只是坐在那里，时笙就觉得周遭的空气都变得有点儿稀薄了。

"时笙。"喻文州开口。

他总喜欢叫完她的名字后就停顿下来，以至于时笙每次都要跟着大喘气。

"又干什么坏事了？"他补充道。

时笙微愣，心里有点儿无奈，又有点儿无语。她在喻文州这里就剩这点信任度了？怎么就用上"又"了呢？

她见躲不过了，抱着必死的决心，闭上眼睛迅速开口："我把戒指搞丢了！"

语毕，包间内再次陷入寂静，落针可闻。

时笙闭着眼睛不敢睁开，心想：喻文州是什么意思？要杀要剐倒是给个准话啊！

"时笙。"沉默片刻后，喻文州又是以她的大名作为开场白。

时笙紧张地睁开了眼睛，看到喻文州表情淡然地坐在那里。但脸上没表情不代表心里很平静，片刻后就听到他语出惊人。

"你是不是想气死我！"喻文州说完，甚至闭上眼睛深呼吸了一口气。

他没有开玩笑，给时笙戒指的动作虽然随意，但戒指是他画好设计稿，专门找人定制的。

结果到头来她一次都没戴过就弄丢了？！

亏他刚刚还以为她顶多就是又把家里怎么样了，最坏的设想就是她又往冰箱里放榴梿了。

想着这点小事就让她紧张成这样，他甚至还怀疑是不是自己的问题。结果听到是戒指搞丢的那一刻，他觉得自己的血压都跟着上去了。

"喻文州？"时笙试探着开口。

喻文州抬头："你有罪？"

时笙心里咯噔一下。她就知道，这次是真的出大事儿了。

"嗯，我有罪。"她诚恳地望向他。

喻文州点了点头，看似随意地说："行，那你赔罪吧。"

时笙一头雾水，按套路他不是应该说"没关系，不怪你"吗？

短暂的沉默过后，时笙问："你想让我怎么赔罪？"

喻文州一直没讲话，时笙就跟等着被宣判一样坐立不安。

好不容易熬到了上菜，喻文州把一大盘子小龙虾全推到了她这边。

时笙还兴奋了一下，小龙虾是她点的。现在这个季节刚刚开始吃小龙虾，她就是嘴馋。

"剥吧。"喻文州开口。

时笙刚刚因为兴奋而勾起的嘴角瞬间落了下来，看向喻文州的眼神充满了疑惑。该不会是她想的那个意思吧？

喻文州见她拎着一只小龙虾不动手，表情淡定地补充："给我剥。"

时笙瞪大眼睛说："可小龙虾是我点的。"

喻文州不以为意："嗯，我要吃。"

时笙无语了。

你要吃你自己不剥！

"不想剥？"喻文州瞥了她一眼，慢条斯理地坐在旁边擦手。

只是那有意无意拂过左手无名指的动作看得时笙心惊。这真的不是在威胁她？

“嗯？”喻文州这次是直接看过来了。

时笙赶紧动手：“想、想、想！”

就这样，时笙剥一只喻文州就吃一只。本来她还指望着全部剥出来再吃自己还能蹭上两口，现在真是一点活路都不给她留啊。

时笙越剥越慢，看得着却吃不着，简直要馋死了！

时笙又剥了一只虾出来，趁着喻文州不注意直接塞进了自己嘴里。

“干什么？”喻文州语气平淡。

时笙本来就偷吃得心惊胆战，被他这一吓，直接一口把虾肉囫囵地吞了下去。

辛辣的味道瞬间从口腔蔓延至喉咙，时笙被呛住了，弯下腰咳得昏天黑地。

喻文州也被吓了一跳。这是第二次了，时笙总是这么不禁吓。

他赶紧倒了一杯温水递过去，一边拍她的背一边帮她顺气。

过了好久，咳嗽总算是止住了，时笙一口气把一杯水全喝了下去。她靠在椅背上喘气，总算是活过来了。

时笙也顾不上现在到底谁对谁错了，看向喻文州就是一句：“都怪你。”

她的嗓音本就软糯，明明是在生气，结果毫无气势，反倒是能听出一丝娇嗔的意味。

喻文州见她整张脸和脖子都咳红了，脸色难得露出了一丝窘迫，承认道：“嗯，怪我。”

听他认错认得这么直接，时笙瞬间没了脾气，反而是自己搞丢戒指的事情又涌上了脑海。想想还有点儿后怕，她刚刚是怎么敢直接冲着他发脾气的？

可能是喻文州略有愧疚，接下来吃饭的时间算得上是和谐，时笙一边剥虾一边吃，很是开心。

很快一顿饭结束，两个人一起走去了前台。

服务员又确认了一下他们的包间号以后开始核对账单。

“一共是七百二十三元。”服务员将账单递给了喻文州。

见喻文州看得仔细，服务员又继续补充：“现金、支付宝、微信、刷卡都可以。”

喻文州点了点头，而后语惊四座：“我结婚了。”

时笙一脸惶恐地看向他，好家伙，大庭广众之下这是干什么呢！

服务员倒是秒懂，将账单从喻文州手里拿了过来，转而递到了时笙手里。

“太太，一共是七百三十二元，您看您是微信、支付宝，还是刷卡或者现金呢？”服务员始终保持着得体的笑容。

时笙蒙了，这是什么她听不懂的暗号？

“太太？”服务员试探着开口。

“哦，好，支付宝。”时笙一边说一边将手机拿了出来。

疑惑是疑惑，但总不能赖账吧。

喻文州一副看热闹的样子，她如果不付款，那他们就抵押在这里洗碗得了。

总算是出了餐厅，时笙忍了很久还是问了出来：“结账的时候你为什么要那么跟服务员说？”

喻文州停下脚步，侧过身看向她：“想知道？”

时笙不假思索，点头道：“嗯。”

“过来点，我告诉你。”喻文州冲她招了招手。

时笙狐疑地看了喻文州一眼，身体诚实地靠了过去。

喻文州脸上的表情依旧，手却伸进了风衣的口袋里。

时笙还等着喻文州给她解惑，结果出现在眼前的却是喻文州的车钥匙，是刚刚她趁着出包间的那点空隙放进去的。

“去开车。”喻文州的声音再次响起。

时笙要崩溃了，别人拿到驾照很想开车练手，但自己是一点都不想。她每次开车都心惊胆战的。

要是自己一个人还好，有喻文州在旁边看着，她就紧张。

她刚刚想悄悄把车钥匙塞回去，待会儿才好找理由不开车，原本以为是天衣无缝，谁知道暴露得这么快。

时笙气鼓鼓地接过车钥匙："你告诉我为什么，我就开。"

喻文州见她这样子实在像是耍赖："威胁我？"

时笙不自然地轻咳了一声，心里虽然是㞞了，但脸上依旧是一副"你今天不说我们就耗在这里"的表情。

喻文州低声笑了起来："因为结了婚的男人不管钱。"

时笙消化了两秒才反应过来，合着刚刚那么说，服务员就可以正大光明地让她结账了。

既然服务员能秒懂，那也一定是身经百战了。

"可我也没管你的钱哪。"时笙小声地嘀咕。

喻文州听见了，勾着嘴角说："嗯，今天回去就给你管。"

时笙吓得不轻："不、不、不，我不是这个意思！"

喻文州始终勾着嘴角，故意俯身在时笙的耳边道："不，我得有已婚男人的自觉。"

他故意凑得近，连呼出来的热气都打在了时笙的耳后，令她的整个后背都紧绷了起来。

"走吧，走吧，我送你回学校！"她赶紧退开两步，脚步凌乱地往车边走。

喻文州看她一副落荒而逃的样子，没忍住直接笑出了声。

时笙好像真的很容易害羞。

二人坐在车里，时笙开车的样子已经明显没有前两次那么局促了，看来多练练还是有用的。

"去 ×× 商场。"出了停车场，喻文州又开口了。

时笙开车的时候注意力很集中，听到喻文州这么一说，脑子下意识开始分析路线，没心情问去那里干什么。

中午，路上的车不多，时笙的车速稍微快了些。

很快便到了商场的地下停车场，待到车停好后她才问："来这里干什么？"

喻文州伸手敲了敲她的额头："晚上不是要去看爷爷吗？"

时笙倒吸了一口气才想起来，自己这是答应了些什么？虽然还有好几个小时，但她已经开始紧张了！

喻文州见时笙脸上的表情变化丰富，前一秒还是慌张，下一秒就变成紧张了。他存心要吓她："今天爸妈也回去。"

时笙看向他的眼睛瞪得更大了，心中哀号，她这算不算搬起石头砸自己的脚？

喻文州脸上始终带着浅笑，伸手拉过她的手腕道："走吧。"

直到进了商场，时笙才发现他们是手牵着手的。虽然有点儿脸红，但她也没急着抽手。

喻文州的手比她的手大很多，干燥又温暖，很有安全感。

商场有好几层，喻文州很有目的性地带着时笙去了其中几层。

因为时笙对喻家人的喜好一概不知，具体买什么东西全是喻文州在张罗，只有包装时她能帮上忙。但事实上这也没什么实用性。

喻文州见时笙的情绪有点儿低落，赶紧俯身问："累了？"

时笙摇摇头，抿着唇抬头看他："就是感觉自己特别不用心。"

喻文州勾起嘴角："我跟爷爷还有爸妈生活了几十年，不知道他们的喜好才是不孝子孙。你就见过他们一次，今天也是临时决定要去的，不知道很正常，下次就记住了。"

"嗯。"时笙点了点头，脑子里开始回忆喻文州刚刚提及的关于家里人的喜好。

东西买完，时笙抬脚就准备下楼，结果被喻文州拽了个踉跄。

"怎么了？"她一脸蒙地扑进了他怀里。

喻文州搂着她的腰让她站好："去楼上。"

时笙蹙眉，楼上一整层都是珠宝首饰，去那里干什么？

"戒指不是丢了？"喻文州捏了捏她的鼻子。

虽然他得知这个消息时是有点儿生气的，但戒指丢了就是丢了，再生气也没用。与其见时笙因为愧疚害怕而天天提心吊胆的，倒不如直接再去买枚新的。

时笙突然好感动。她觉得自己被喻文州拿捏了，他每次总能顾及她在意的细节。

喻文州直接带着她进了一家品牌珠宝店，扶着她坐在了柜台外面的凳子上，问：“喜欢哪个？”

时笙的眼睛都要看花了，一堆亮闪闪的东西放在一起，令人审美疲劳。她一脸求助地望向喻文州，他摸了摸她的脸：“没有喜欢的？”

时笙又摇头：“看起来都一样，我挑不出来。”

喻文州轻笑出声，转头去问柜姐：“可以帮忙推荐一下戒指吗？”

柜姐应道：“二位可以形容一下喜欢的款式，我再给你们推荐。”

时笙看着满柜夸张的钻戒，对着柜姐开口：“简单一些的款式就可以了。”

柜姐点头，热情地挑了几款没那么夸张的拿出来给时笙介绍。

“怎么了？”喻文州见时笙又看了过来，赶紧问。

时笙冲他招了招手，喻文州配合地弯下了腰。她伏在他的耳边悄悄说：“都好夸张，我怕戴上去人家以为我是暴发户。”

这话配上时笙一本正经的表情，喻文州没忍住直接笑出了声。

不都说女生喜欢钻戒吗，而且还是钻石越大越好，怎么到时笙这里就不一样了？

时笙见他不说话，又继续补充：“而且我天天都要戴着，太夸张的我都不好搭配衣服。”

不得不说，这话听得喻文州身心愉悦。这不就是她以后都打算戴戒指的意思了吗？

他脸上的笑意变得明显，转而对着柜姐说：“那就看看对戒吧，日常款式就可以。”

时笙拽住他的衣袖：“你要跟我一起换？”

喻文州捏了捏她的鼻子："不然呢？谁让某人把戒指都搞丢了。"

"这样会不会显得我很败家？"时笙郑重其事地问。

喻文州无奈地笑道："反正你管钱。"

只见柜姐脸上的笑意无限放大，手指了指不远处的柜台说："那我们去那边看对戒吧。"

事实证明，对戒这边的款式确实要正常很多，但这丝毫不妨碍时笙挑不出来。

换作其他东西她还可以把纠结的款式都买了，戒指这种东西，难不成她还要一天换一个？

喻文州见时笙一脸纠结，跟着看了半天后道："要不多买两对，一天换一枚？"

时笙被他的发言震沉默了。

我们的想法还怪相似的。

喻文州说这话的时候不知道是认真的还是开玩笑，反正柜姐是听进去了，在旁边极力推销戒指："先生和太太的手都这么好看，款式倒是没什么限制的，只用挑看着喜欢的就行。"

很显然，喻文州十分受用这个称呼。不管柜姐把什么戒指拿出来，他都会配合地看一看，遇到不错的还会让时笙试一试。

最后，看着摆在面前的五款对戒，时笙觉得头有点儿大。

"还是挑不出来？"喻文州看着她。

过了一阵子，时笙依旧没什么反应。

喻文州正欲开口对柜姐讲话，时笙就拉住他的手，指了指最中间的那一对说："这个。"

刚刚她只是在心里默默地来了个"点兵点将"，因为她笃定，要是她这天挑不出来，喻文州绝对会把五款全部买回去。

刚刚他应该就是准备让柜姐全部包起来的，还好她及时阻止了他的败家行为。

虽然没有多挑几款，但时笙指的那款戒指可是这几对里价格最高的，柜姐的脸上都笑开了花。

“那先生太太是包起来还是直接戴着呢？”

“包……”时笙才蹦出来一个字，就被喻文州抢了个先：“你先拿去结账吧，我们待会儿再戴。”语毕，喻文州直接从钱夹里拿了一张卡递给柜姐。

柜姐喜笑颜开地拿着卡和戒指先走了。

时笙还在发呆，手里突然被塞进来一样东西。她低下头一看，竟然是喻文州的钱夹。

“不是要管钱吗？”喻文州笑着说。

时笙眉头紧蹙：“我真的没有这个意思！”她要将手里的钱夹塞回去，可喻文州却躲开了。

他依旧表情淡然：“其他的存款和不动产要等回家以后再拿给你。”

“我……”

说到这里，喻文州又想到了什么，继续补充道：“以后家里的各项开支还有我的零花钱，就都交给你来分配了。”

时笙无话可说。

她这是被安排得明明白白了。

时笙瞬间就泄了气，不仅眉心紧蹙，连嘴角都耷拉下来了。

喻文州见她这个样子，哑然失笑。

柜姐很快就拿着卡回来了，看到钱夹在时笙手里，非常自觉地将卡递给了她。

时笙手抖地接过银行卡，甚至产生自己已经开始管家了的错觉。

“先生太太现在要把戒指戴上了吗？”柜姐问。

喻文州点了点头，而后转身对着时笙非常自觉地将手伸了出来。

相较于喻文州的坦然自若，时笙就显得有些僵硬了。柜姐还在，她总不能当着外人拂了他的面子。

时笙小心翼翼地先将喻文州手指上的那枚戒指取下来，乍一看是很简单的款式，但仔细一看上面还有不少小细节。

就是她这个不争气的把自己的戒指给搞丢了，想到这里，她又在心里默默地说了一句“对不起”。

她将取下来的戒指放在柜台上，柜姐则非常配合地将男戒的盒子递了过来。

时笙有点儿手抖，拿起后直接快速地给喻文州套了上去。实在是因为这个动作太亲密了，她有点儿惶恐。

喻文州看了看自己的手，然后拿起一旁的女戒给时笙戴了上去。

虽然只是一个小小的圆环，但冰冰凉凉的触感还是让时笙微微颤抖了一下。好像戒指一戴上去，她就和喻文州绑定了一样。

时笙的手生得也很漂亮，手指纤细修长，指甲也修得很圆润，这么一看，确实像是画画的手。

喻文州看得晃神，然后将时笙的手举了起来，一吻落在了她的手背上。

时笙被这个动作激得差点儿跳起来，一脸惊恐地看着喻文州。

喻文州见她这个样子实在是可爱得过分，没忍住又揉了揉她的脑袋。

一旁的柜姐看得一脸姨母笑。

“先生、太太，原来的这枚戒指我帮你们包起来？”柜姐询问。

喻文州看向柜姐，想了想才回答：“找一条项链串起来吧。”

好歹也是自己设计的，时笙的弄丢了，他想把自己的送给时笙。

柜姐一看业绩又来了，继续殷勤地去旁边找项链。

喻文州也是好说话，柜姐拿过来以后只随便看了一眼就定下了。

可能是因为柜姐实在会说话，喻文州在她的推荐下又给时笙买了一条手链。

到头来一个包装盒没用上，都直接戴了起来。

总算是买完东西了，柜姐像送财神一样将喻文州和时笙送出门去：“先生、太太，慢走，下次要买什么的时候可以再来哟。”

喻文州一路牵着时笙到了地下停车场。

二人把东西放到后备厢，时笙准备去开驾驶座的车门，结果被喻文州出声阻止了："我来吧。"

虽然知道这是被嫌弃了，但时笙心里一点难过都没有，甚至还有点儿高兴。

喻文州看着她一副要笑不笑的样子，适时出声："跟我一起去学校？"

时笙再现什么叫一脸惊恐，看向喻文州的表情中充满了不可思议。

喻文州失笑，解释说："我要去上两点的课，来不及送你回去了。"

时笙点了点头。直到到了学校，她才想起来，刚刚自己为什么不打车回去呢？

一定是美色误人！她看了一眼喻文州笑意满满的脸，然后就被蛊惑了！

"要跟我一起去上课吗？"喻文州又问。

时笙蹙眉摇头，开什么玩笑，医学生的课她能听得懂？

从小到大她的理科就没学好，上大学以后她可是发过誓的，此生再也不看与理科相关的东西。

她不愿意，喻文州总不能强迫她去。

只是这两个小时说长不长说短不短，还是需要安排一下的。喻文州脑子里快速过了一下学校里可以去的地方，问："去我的宿舍休息一会儿？"

时笙抿唇，片刻后还是点了点头。

她这天压根儿就没想过要回学校，而且她们宿舍里一个人都没有，她也没带钥匙。

反正就两个小时，与其费尽口舌去找宿管阿姨要钥匙，还不如去喻文州那里将就一下。

喻文州将宿舍的钥匙递给了时笙："要我带你过去吗？"

时笙有点儿无语地看了他一眼，难道自己“路痴”的名号也名扬千里了？

好歹也是待了快四年的学校，教师宿舍在哪里她还是知道的。

“我没关系的，倒是你还有13分钟赶到教室。”时笙适时开口。

学校不算小，从停车的地方走到教学楼还是需要花些时间的。

“知道了，有事情及时给我打电话。”喻文州笑着伸手刮了一下她的鼻子。

二人从车上下来，正式分道扬镳。

喻文州朝着教学楼的方向去了，时笙朝着教师宿舍的方向走去。

以前都是往学生宿舍走，现在突然要去教师宿舍，她心里感觉有点儿怪怪的。

事实证明，人就是不能膨胀。教师宿舍时笙是找到了，但是具体的几栋几单元她找了两圈也没找到。

与其像只无头苍蝇一样到处转，不如来点实在的。时笙硬着头皮返回入口，朝保安亭走去，对着里面的保安开口：“你好，请问一下五栋一单元该怎么走？”

保安一脸警惕地看着时笙。

刚刚他就觉得时笙有点儿不对劲，但她的确是刷门禁卡进来的。可既然她是自己进来的，又怎么会找不到位置呢？

“你进来干什么？”保安戒备地问时笙。

时笙一时语塞，这怎么说？

进来玩？进来睡觉？进来参观？

哪个回答好像都很扯淡。

时笙尴尬地对着保安笑了笑：“呵呵，您帮我指条路就行。”

保安一脸严肃：“不行，我怎么知道你是进来干什么的，刚刚我就看你不对劲。”

时笙无语，自己怎么就不对劲了？找不到路是她的错，但她应该还不是看着就贼眉鼠眼吧？

保安非要让她说清楚，时笙又说不清楚，两个人便僵持在门口。

时笙实在没办法了。看着还有一分钟才到喻文州上课的时间，她鼓起勇气拨通了他的电话。

“喂？怎么了？”喻文州几乎是秒接，声音稍微有点儿喘，但还是一如往常那般温柔。

他几乎是跑去教室的，刚到教室，正准备把手机放下就看到了上面的来电显示。

时笙说：“我找不到具体位置在哪里。”

喻文州轻笑出声：“你刚刚不是说自己找得到？”

时笙轻咳了一声，倒也不必这么快就拆穿吧。

“要不要我过来？”他又问。

时笙拒绝了：“我已经找到保安了，但是他非要让我说清楚我进去干什么。”说完她叹了一口气，实在是难以启齿。

“你把手机给保安吧，我跟他说。”

时笙“嗯”了一声，然后将手机递给保安。

也不知道喻文州说了些什么，反正电话一挂断，保安的态度就来了个三百六十度大转变，看时笙的眼神也有点儿奇怪。倒也不是恶意，就是探究的意味实在是太明显了。

“姑娘，您真的是喻教授的太太？”到了五栋楼下，保安还是没忍住问了出来。

时笙有点儿不好意思，问：“看着不太像吗？”

保安立刻摇头：“像、像、像，特别有夫妻相！”

他真是这么觉得的。

刚刚他看了时笙一路，越看越觉得她和喻教授有夫妻相，两个人都长得好，很般配。

“哈哈哈——是吗，谢谢您。”时笙笑得有点儿尴尬，但还是道了谢后才离开。

喻文州的宿舍在六楼，也就是顶楼，再多修一层就得装电梯了。

一层一层地转上去，时笙都有点儿头晕了。到了喻文州的宿舍门口时，她累到喘气，心跳飞快。

她打开宿舍门进去，入目就是非常喻文州的风格。

床铺整理得规规整整，床单上连一点褶皱都没有。书桌上的书也摆放得整整齐齐，桌面也是一尘不染。

宿舍就这么大，时笙简单地看了一圈，最多也就花了两分钟。这毕竟是喻文州的地盘，她也不敢随便动，最后坐在书桌旁的椅子上。

书桌上大部分是医学相关的书籍，时笙连碰一下的想法都没有。

好不容易看到一本《中国哲学简史》，她拿出来一看，竟然很催眠。她才翻了没几页就开始打哈欠，最后迷迷糊糊地趴在书桌上睡了过去。

听到咚咚的声音，时笙的第一反应是在梦里。

直到门外又传来一句“时笙”，她才猛地惊醒过来。

“来了！”时笙眯着眼睛走到门口开了门。

喻文州看到她没事，心里的那块石头总算是落下来了。

刚刚下了课他先给时笙打了电话，结果连续三个都没人接。虽然知道她在宿舍，但终究还是有些不放心。

他是跑到宿舍来的，着急得不行，结果时笙倒是睡得挺香。

“怎么不接电话？”喻文州的手指敲在了时笙的额头上。

时笙倒吸了一口凉气。她赶紧将手机掏出来看，果然是不小心把手机调成了静音。

为了自证清白，时笙把亮着的手机屏幕拿起来给喻文州看了看。

事实上，喻文州第一眼注意到的不是上面静音的标识，而是未接来电的备注——喻文州。

哼，她还真是表里如一，光喊他的大名不过瘾，连电话备注都不放过。

时笙是睡迷糊了才会把手机给喻文州看，想起备注是什么后，又赶紧将手机屏幕按灭收了回来。

喻文州看见她这个“此地无银三百两”的动作，也没故意调侃她。

时笙一脸假笑地往旁边挪了挪，给喻文州让开位置。

“在睡觉？”喻文州扫视了一圈室内。

时笙点头：“是。”

喻文州挑眉。床铺跟他离开的时候一模一样，他可不信这是时笙还原的，便疑惑道：“你是小龙女？”

时笙茫然地看向他，这话题怎么突然又扯到这里了？

喻文州指了指床铺，时笙这才反应过来，解释道：“我看书不小心看睡着了。”

听到这里，喻文州的脸色稍微缓和了一些，走到书桌边一看，果然那本《中国哲学简史》还摊开放在那里。

“这么好睡？”他笑着将书收了起来。

时笙摸了摸鼻子，有点儿不好意思地说：“还行吧。”

回答她的又是喻文州敲她额头的动作。

“走吧，时间差不多了。”喻文州牵着时笙的手离开了教师宿舍。

喻家的老宅在郊区，开车回到家差不多就是饭点了。

很快就是下班的高峰期，想到时笙的那个开车技术，这次喻文州倒是没为难她，自己开车。

但才坐进车里，时笙就开始紧张。一开始她还有心思看看手机，到后面干脆手拽着安全带盯着外面看，眼睛都不带眨一下的。

当车开进喻家老宅的院子里时，时笙的紧张到达了巅峰。她发誓，她当年查高考成绩心跳都没这么快过。

车停下以后，喻文州先去后备厢拿了东西。结果他把东西全部拎出来了还不见时笙有动静。

他绕到副驾驶座那边将车门打开，看到时笙还攥着安全带不撒手，笑道：“这么紧张？”

时笙很想摇头，但她实在是做不到。

“别怕，爷爷还有爸、妈，他们都很喜欢你。”喻文州安慰她。

时笙撇了撇嘴，很明显这种苍白的话语说服不了她。

两个人还在这边纠结，就听到主屋那边有声音传过来：“文州回来了？”

时笙瞪大眼睛，这是喻家爷爷的声音！

脚步声越来越近，时笙的心都要跳出来了，可箭在弦上不得不发。

喻老爷子走到这边来，一眼就看到了还坐在副驾驶座上的时笙。

“哎呀，笙笙也来了！”老爷子直接露出一个大大的笑脸。

“爷爷好。”时笙赶紧跳下车，对着喻老爷子鞠了个躬。

大概是老爷子刚刚说那句话中气十足，声音过大，主屋里的其他人很快也都出来了。

喻爸爸和喻妈妈，还有家里的用人，加起来七八个人全走了出来。

时笙发现一群人都看着她，眼里的慌张都快要溢出来了。虽然大家都是好意，但她总觉得像只猴，在被围观。

时笙主动往喻文州的怀里靠了靠，再一次觉得很有安全感。

其他人见到时笙的动作，全都掩唇偷偷笑了起来。只是她现在在喻文州怀里当鸵鸟没发现。

“进去再说吧。”喻文州又将时笙往自己怀里揽了揽。

一行人进了屋子，时笙乖乖地开始喊人。虽然只来过一次，但她甚至还记得几个用人的名字。

“笙笙，坐到爷爷这边来。”时笙叫完人后，喻老爷子开口叫她。

时笙紧张地看了喻文州一眼。喻文州也给力，直接拽住了她的手。

喻老爷子一眼就看到了他们手上同款的戒指，心里笑开了花，但嘴上依旧不饶人：“你给我松开，我又不抢你老婆。”

这话明明是对喻文州说的，但是时笙先红了脸。当着这么多人的面被调侃，太羞耻了！

但家里爷爷最大，时笙还是先坐到了喻老爷子那边去。

“笙笙，家里爸爸妈妈还有姐姐的身体都还好吧？”喻老爷子关切地问。

时笙点了点头："承蒙爷爷挂念，他们都很好。"

喻老爷子点了点头："嗯，那就好，那就好。那你呢？最近学业还好吗？"

时笙又规规矩矩地把自己论文的进度给老爷子说了一遍。

聊这些话题时笙还算应付得得心应手，但老爷子话锋一转，她突然就有点儿招架不住了。

"笙笙，那你跟文州准备什么时候要孩子？"

时笙的瞳孔猛然放大，而后很不争气地被自己的口水呛到："喀喀喀——"

顿时，客厅里全是她咳嗽的声音。

喻文州赶紧起身去给她接了一杯水，拍拍她的背帮她顺气。

时笙的脸都咳红了才止住，开口讲了一个字就发觉嗓子有点儿哑。

喻文州无奈地叹了一口气，她这天被呛到两次，嗓子不疼才怪了。

"爷爷，你别吓着她。"喻文州对着喻老爷子开口。

喻老爷子有点儿不好意思地咽了口口水。他哪知道时笙的反应会这么大。

但是时笙的反应越大，他就越怀疑他们现在到底是怎么回事。

看到时笙恢复正常，喻老爷子又继续问："笙笙，现在家里都是谁做饭、谁做家务？"

时笙有点儿不好意思地看了喻文州一眼，低声说："都是喻……"说到一半她才惊觉这时叫他大名显得太生疏，赶紧改口道，"都是文州在做。"

时笙说这话时差点儿咬到舌头。这么亲密地叫喻文州，简直是要她的命。

听到这话的喻妈妈满意地点点了头，但喻老爷子的表情就没那么淡然了，说："笙笙，你看文州一天天还是挺忙的，要不……"

虽然知道有点儿不礼貌，但为了表示自己的决心，时笙还是抢先道："爷爷，我都可以学的！"

喻老爷子见她一脸着急的样子就知道她是理解错自己的意思了，解释道："爷爷的意思是，要不叫宋婶过去照顾你们？"

宋婶早在喻奶奶还在的时候就已经在喻家老宅了，与其说是用人，还不如说是家人。

时笙有点儿慌。公寓里就两间卧室，要是宋婶过去了，那她跟喻文州分房睡的事情不就暴露了吗？

喻老爷子见她不回答，又继续开始挖坑："你看，你现在忙着毕业设计，文州也忙着学校的事情，你们天天折腾家里的事情不累吗？"

如果心里的表现可以被人知道，那时笙心里摇成拨浪鼓的头值得被大家发现。她不累，累的是喻文州。

顿了一下，喻老爷子又说："你想，你的手，那可是用来画画的；文州的手，那可是用来做实验的，我看你们俩谁都不适合做家务。"

时笙觉得说喻文州的那句话是对的，他的手确实是更适合用来做更多有意义和有价值的事情。

喻老爷子见她脸上的表情有所变化，继续坚持不懈地给她洗脑："而且文州也挺忙的，每天还要赶回来，我也担心他照顾不好你。"

时笙被这句话触动了。照顾她不重要，重要的是喻文州确实很忙，还要花时间来担心她的饮食起居，实在是没必要。

喻老爷子见情况差不多了，清了清嗓子问："文州，你最近是不是挺忙的？"

被点到名的喻文州手上剥橘子的动作并没有停，只是漫不经心道："嗯，是挺忙的。"

"笙笙，你看我刚刚的提议怎么样？"话题终于又被绕了回来。

时笙心里其实已经松口了，但那毕竟是喻文州的公寓，她不确定他乐不乐意让其他人住进去。

时笙将求助加询问的目光投向了喻文州。

两个人的视线在空中交会，但喻文州的目光并没有给出什么有用的信息。

喻老爷子还在旁边等着，时笙都着急了。她到底应该怎么回答这个问题呢？！

“笙笙，想得怎么样了？”喻老爷子适时出声。

“爷爷……”

“咯咯咯——”喻文州突然咳了几声，而后说，“我确实挺忙的。”

“好的，爷爷！”收到信号的时笙快速地应了下来。

喻老爷子满意地点了点头，然后看向了一直站在后面的宋婶，安排起来：“老宋，你明天就跟着文州和笙笙回去吧。”

宋婶当然是欣然接受了这个安排。

时笙看大家的嘴角都带着笑意，总觉得有点儿不对劲。

喻文州见时笙在一旁若有所思，生怕她待会儿反应过来反悔，赶紧将她一把拉了过去。

“吃橘子。”他将刚刚剥好的橘子塞进了时笙的手里。

时笙确实喜欢这些酸酸甜甜的东西，但是这个橘子的味道真的是太……

“喻……”又是话说了一半时笙才想起来改称呼，“这个橘子可好吃了，文州你要不要尝尝？”

语毕，她也没给喻文州回答的机会，掰了一瓣下来直接塞进了他嘴里。

喻文州的瞳孔猛然收缩，但面上的表情依旧如常：“嗯，还不错。”

“妈，你要不要尝尝？”喻文州对着坐在一旁的喻妈妈开口。

喻妈妈平时不怎么吃橘子，但见到他们一脸笑容的样子，犹豫了一下还是点了点头。

时笙开始掰橘子，喻文州直接握着她的手递了过去。

“妈，味道是不是还可以？”见喻妈妈吃了进去，喻文州赶紧出声询问。

喻妈妈点了点头：“嗯，确实还不错。”然后又非常自觉地去拍了拍一旁的喻爸爸："老喻，尝尝。"

这可是陈述句，不是疑问句。

喻爸爸没有拒绝的权利，也没有拒绝的机会，因为喻文州已经将橘子递过来了。

"真的挺好吃的，爸，你尝尝？"喻爸爸吃完，又转头看向了喻老爷子。

喻老爷子见一屋子人看着自己，肯定还是得来一瓣才能显得自己比较合群，于是主动朝着时筌伸了伸手。

时筌心虚，掰橘子的时候手都有点儿抖，还是喻文州握住她的手才顺利完成了这个工作。

喻老爷子一脸笑意地接过橘子。

片刻后——

"呸、呸、呸。"喻老爷子直接将一瓣酸到掉牙的橘子给吐了出来。

到这里，其他人脸上的表情终于绷不住了，蹙眉的蹙眉，喝水的喝水。

"哈哈哈——"喻爸爸是第一个笑出来的。

接着整个屋子里全是哈哈笑的声音。

刚刚几个用人还在疑惑这是买到了什么好橘子，好吃到值得全家人都分享？现在看来，确实是好橘子。

"喻建安！你这个浑小子！"

其他人喻老爷子舍不得动，但自己儿子还是可以动的。

只见喻老爷子直接抄起了手里的拐杖，对着喻爸爸这边就扬了过来。

也不知道喻爸爸是真的眼明手快，还是因为练多了所以熟练了，直接起身跨步到沙发旁边去了。

喻老爷子追着他打，他就绕着客厅跑。

时筌有点儿担心又有点儿想笑，喻家的氛围好像比她想象中还要好很多。

那边闹个不停，这边喻妈妈去厨房看了看，菜都已经做好了。

“爸，吃饭了！”喻妈妈先对着那边还在追喻爸爸的喻老爷子喊了一声，然后又对着还在沙发上坐着的二人说：“笙笙、文州，去洗手吃饭。”

喊完人，喻妈妈又准备转身去厨房。只听喻爸爸在后面说：“你怎么不喊我？”

那语气怎么听都像是在撒娇。

喻妈妈无语地瞥他一眼：“你没长耳朵？”

“你又没喊我。”喻爸爸顶嘴。

“那你别吃。”喻妈妈又堵了回去。

时笙在一旁偷偷地憋笑，喻文州见状，伸手捏她的脸，问：“笑什么？”

时笙现在心情好，也没计较他在她脸上乱捏的手：“爸妈的感情真好。”

喻文州认同地点了点头，这一点倒是真的。

一家人都洗好手坐在了餐桌旁。

时笙一看才发现，一桌子菜有一大半都是她喜欢的。一想到大家都这么用心地对她，她十分感动。

“来啦，最后一个菜！”宋婶从厨房里出来，手里端着一个大盆。

时笙刚才就闻到了气味，现在看到端出来的东西，眼睛都要放光了。

喻老爷子见时笙喜欢，又开始吹嘘自己的好主意：“笙笙，爷爷是为了你好，以后让宋婶天天给你做小龙虾。”

时笙用力地点了点头。

很快有其他用人上来给大家发了手套，时笙见大家都动手了，也拎了一只小龙虾剥起来。但她像是条件反射一般，剥完直接放到了喻文州的碗里。

喻文州的反应还没喻妈妈的快。

时笙前一秒才将小龙虾放下，喻妈妈那严肃的眼神已经冲着喻文州去了，冷冷地喊道：“喻文州。”

被自己亲妈这么连名带姓地喊，喻文州下意识地挺直了背脊。

不只喻文州，桌上的所有人都被这声喊惊得抬起了头。

“你平时就这么对笙笙的？”喻妈妈一针见血地问。

亏她刚刚还觉得儿子不错，知道心疼媳妇儿。结果看到时笙那么顺手地给他剥小龙虾，她就开始怀疑前面说的家里都是他做家务的事情到底是不是真的。

此话一出，全家人都盯着喻文州看。

喻文州百口莫辩，张了张嘴，最后一个字都没说出来。

时笙有点儿抱歉地看向喻文州。她刚刚真的只是顺手而已，可能是中午的记忆太深刻了。

“妈，我就是习惯了而已。”时笙试图挽回喻文州的形象。

听到这话，喻妈妈看向喻文州的表情又冷了些。

“不是，妈，我的意思是我就是顺……”时笙越说越磕磕绊绊。

她的话还没说完，喻文州直接将剥好的小龙虾塞进她的嘴里。他丝毫不怀疑她越描越黑的能力。

时笙嚼了嚼嘴里的小龙虾，然后咽了下去，感觉味道不比这天中午在外面吃的差，宋婶的手艺真好。她正想张嘴夸夸宋婶的手艺，一只剥好的小龙虾又塞进了嘴里。

喻文州眼睛直直地看着她，她也直勾勾地望着他。

时笙明白了，两口将嘴里的东西吞下去。算了，不说就不说吧，言多必失，闭嘴才是她的最优选项。

吃饭时，喻文州时不时就要收到来自妈妈的眼神警告。很明显，这天要是他不好好伺候时笙吃饭，就只能吃不了兜着走了。

第三章 又上当了

这天是周五，吃过饭休息一会儿，自然要说住宿的事情了。

时笙这才明白刚刚喻老爷子说让宋婶第二天跟着他们回去是什么意思。

“笙笙，你去看看文州房间的被子厚度怎么样，要不要换？”喻妈妈问。

时笙觉得自己的心都要跳出来了，什么玩意儿？今天晚上要住在这里？

她不明所以地看向喻文州，喻文州则不着痕迹地撇开了头。

时笙看向喻文州的眼睛都要瞪圆了。她严重怀疑自己这天是来渡劫的，怎么总是给她出这种送命题。

“笙笙？”喻妈妈见时笙没反应，又喊了一声。

时笙猛地回神：“好，我这就去看看！”说完，她跑上了楼。

“左边，左边第一间！”喻妈妈见她跑得快，赶紧出声给她指路。

时笙只在跟喻文州领证的前一天来过老宅一次，那次是全家人一起来的，所以吃过晚饭后并没有留宿。

这么说起来，这还是她第一次进老宅喻文州的房间，说不好奇是假的。但事实证明，她就不该对喻文州的风格有任何好奇。

推门进去，入眼就是黑白灰的色调。

时笙不信邪，又扫视了屋内一圈，确实没有找到一点儿彩色的物品，真是无趣。

重点是，时笙觉得自己要是天天对着这么沉闷的颜色，绝对迟早能被憋死。

“笙笙，被子厚度怎么样？”喻妈妈的声音又从外面传来。

喻文州的房间里连张沙发都没有，书桌倒是挺大，自己总不能躺桌子上吧。

时笙有一种预感，这天晚上她得跟喻文州睡在一起。

被子的厚度她已经不想关心了，能多来一条被子就谢天谢地了。

时笙刚刚进来以后并没有关门，但喻妈妈还是敲了敲门，问：“笙笙，妈妈进来咯。”

时笙乖巧地起身，对着喻妈妈笑了笑：“妈，家里还有多余的被子吗？”

喻妈妈微微挑眉：“怎么了呀？”

时笙有口难言，想了半天只能随便找了个理由：“我晚上睡觉踢被子！”

“那你在家里跟文州怎么睡的？”

时笙：“……”

她在家不跟喻文州一起睡。

可这她敢说吗？

“我有点儿认床，怕晚上打扰文州睡觉。”时笙又开始瞎说。

喻妈妈若有所思地看着她，说：“你是他老婆，打扰什么打扰，睡不着了揍他一顿都可以。”

时笙没忍住笑出了声。

喻妈妈见她笑得开心，又拉着她的手说：“今天你爷爷说的话也别太在意。”

时笙有点儿蒙。爷爷说了那么多话，她一时分不清到底是指的哪句。

她还在思考，就听到喻妈妈语重心长地开口：“你现在还小，不想要孩子可以缓缓，一切都看你和文州的安排，不用为了别人的期待去做什么事情。”

时笙突然觉得眼睛有点儿涩涩的，这话连自己的妈妈都没说过。

她搬去跟喻文州住的时候，她妈妈还明里暗里提醒她可以早点要个孩子。

喻妈妈拍了拍她的手背，语重心长道：“女人一定不要试图用孩子去拴住一个男人，否则最后拴住的一定是自己。虽然结了婚你们就是一个小家庭了，可是也一定不能一点都不为自己考虑。”

时笙点了点头。她总觉得，这些话更像是女生的妈妈该说的，可现在喻妈妈却站在她的角度替她考虑。

“妈，谢谢你。”时笙吸了吸鼻子，顺势就扑到了喻妈妈的怀里。

“但是妈妈今天说了这么多，以后日子还是要你跟文州两个人过的，凡事你们多商量就好。”

“嗯嗯。”时笙又用力地点了点头。

喻文州到门口的时候，看到的就是这个画面。

时笙正闷闷地低着头擦眼睛，他妈就在旁边低着头小声说话。

一想到传说中的婆媳矛盾，喻文州觉得自己的心跳都要骤停了。刚才还好好的，怎么突然就吵架了？

“怎么了？”喻文州赶紧敲了敲门，两个人的视线都投了过来。

喻妈妈招了招手，喻文州赶紧走过去。

她们俩坐在床边，喻文州走到时笙身边，顺手将她搂进怀里，再次问：“怎么了？”

喻妈妈看小两口关系好，笑意盈盈地站起来准备出去。

时笙听到动静，赶紧抬头补了一句：“妈，晚安！”

喻文州又疑惑了。

他想多了？

看到喻妈妈离开，喻文州直接过去将房门关上，转头问："你跟妈怎么了？"

说她们俩相处好吧，怎么还哭起来了？

说她们俩相处不好吧，时笙刚刚还跟他妈说晚安呢。

难道是做给他看的？

她们俩对他来说都很重要，他并不希望任何一个人受委屈。

"告诉我，怎么了？"喻文州又坐在时笙的身边，扶着她的肩膀将她整个人都扳过来面对他。

时笙撇着嘴吸了吸鼻子，嘟囔道："就是，我觉得妈妈对我太好了。"

喻文州微微地叹了一口气，又好气又好笑。自己刚刚担心得要死，结果人家婆媳俩关系好着呢。

"是不是傻……"他伸手捏了捏她的鼻子，而后又补充，"你嫁给我，我的家人当然都要对你好了。"

时笙感动地点了点头。

"去洗漱吧，已经很晚了。"喻文州适时地出声。

时笙把手机掏出来看了一眼时间，才十点过一点，这叫很晚了？那她平时两三点睡应该叫什么？叫飞升？

而且还有一个很大的问题。

"我没有换洗的衣服。"时笙对喻文州说。

喻文州挑眉，指了指衣柜的方向："去看看。"

时笙往后缩了缩脖子，小说里女主角洗完澡以后穿男主角衬衫的画面无端就冒了出来。

她抱着不知道是好奇还是沉重的心情打开了喻文州的衣柜，好家伙，原来刚刚在外面没看到的彩色全在这里。

不过，好像全是给她的？

时笙疑惑地看向喻文州。他对着她点了点头，说："都是妈给你买的。"

喻家爸妈其实也不常住在老宅，但知道时笙这周要过来，喻妈妈还是抽空去给她准备了这些东西。

时笙仔细看了，上到睡衣，下到袜子，都有给她准备，喻妈妈很细心。

“先去洗澡吧。”喻文州又开口了。

时笙皱眉看向他。她一直习惯临睡前洗澡，现在这个点她就算洗了也睡不着。

而且她总觉得洗完澡不立刻睡觉，又跑去干其他的事情，那后面再睡的时候不就跟没洗一样嘛。

正当时笙准备跟喻文州讨价还价的时候，他的手机响了。他接起电话以后对她指了指浴室的方向，还用唇语警告她：“快去。”

时笙撇嘴。行吧，她惹不起这个人。

喻文州接完电话就干脆坐在了床上，听到浴室里淅淅沥沥的水声，忍不住勾起了嘴角。

时笙推门出来就和喻文州的视线对上了。她有点儿惶恐，洗完澡穿着睡衣在他面前晃，简直是暧昧又要人命。

“要不你也先去洗个澡？”时笙指了指后面的浴室，开始殷勤地提建议。

喻文州若有所思地点了点头，而后站了起来。

时笙见他同意了，赶紧冲到床上去，直接掀开被子把自己埋了进去，从头到脚裹得严严实实。

喻文州忍俊不禁。他伸手拍了拍被子，喊她：“时笙。”

时笙在被子里本来就是自动失去视力，听力也跟着下降。她刚刚可是很仔细地在听外面的动静，本来指望着喻文州赶紧去浴室，这怎么还喊上她了。

“时笙。”他又是一声。

时笙想装睡，但是秒睡这种本事她没有！她将被子掀开一条缝，露出一双眼睛来，直勾勾地看着喻文州问：“有事吗？”

喻文州点了点头："嗯，明天我要去参加一个聚会。"

时笙以为他又是要问她要不要一起，赶紧拒绝："我不去！"

喻文州轻笑出声："嗯，你不去。"

时笙点了点头，但是喻文州就这么看着她没了下文。她被看得不自然，问："怎么了？"

喻文州轻咳一声，说："我的钱夹在你那里。"

时笙一下从床上坐起来，准备下去床把钱夹还给他。床垫本来就软趴趴的，她起身又着急，站起来的一瞬间就开始往一边倒。

她的动作把喻文州吓得不轻，赶紧过来搂住了她的腰。

时笙好不容易坐稳，头都还没抬起来，就看到一只大手伸到面前来。她愣怔地望着喻文州，很明显没搞懂他这是在干什么。

喻文州敲了敲她的额头，无奈地开口："零花钱。"

时笙听到这话又要起身，结果被喻文州直接按倒在床上。

时笙见自己又被阻止了，赶紧解释："我去给你拿钱夹。"

喻文州摇摇头："我不要。"

时笙无语，不要钱夹哪里来的零花钱？

喻文州见她是个榆木脑袋，提醒道："我只是要零花钱。"

时笙反应了好几秒才体会出来这是什么意思，合着喻文州是铁了心要让她管钱，然后自己再给他零花钱。

时笙想了想："那你要多少？"

喻文州抿唇不语。

时笙不懂他到底是什么意思。她没有这方面的经验，哪里知道给多少合适。

喻文州要多少也不开口，气死她算了！

过了片刻，时笙突然想到什么，猛地从床上蹿起来，吓得喻文州下意识地伸手去接她。

"爸妈的房间在哪里？"时笙跳下床对着喻文州问。

她这想到一出是一出的本事也是见长了，喻文州无奈地开口："往前走，楼梯右边最里面那间。”

“好！”说出这句话的时候，时笙已经快跑到门口了。

时笙快步跑到喻家爸妈的房间门口，轻轻地在门上敲了三下。

喻爸爸和喻妈妈正准备睡觉，听到浅浅的敲门声还以为是听错了，结果没过几秒又响了三下。

“谁？”喻妈妈开口询问。

时笙清了清嗓子，道：“妈妈，我是笙笙。”

喻妈妈听到她的称呼从“妈”变成了“妈妈”，心里的感觉更甜了。

“来啦！”喻妈妈一边说话，一边往门口走。

看到先开了一条门缝，时笙微微歪着脑袋看了过去。

喻妈妈将门打开，入眼就是一个穿着粉色樱桃睡衣扎着丸子头的女生。不愧是她挑的款式，果然很适合！

时笙见喻妈妈正盯着她看，赶紧出声：“谢谢妈妈给我买的睡衣，我很喜欢。”

“喜欢就好。”喻妈妈点了点头。她想要女儿的梦想时隔二十多年终于实现了！

“怎么这么晚了还过来，喻文州欺负你了？”喻妈妈的语气已经开始不客气了，对喻文州的称呼也是连名带姓的。

时笙赶紧否认，这次可不能被误会了。

“那怎么了？跟妈妈说说？”喻妈妈眼神关切地看着她。

时笙觉得有点儿难以启齿，犹豫了半晌，好在喻妈妈也没催她。

“妈妈，我问你一个问题。”时笙往喻妈妈那边靠了靠。

“嗯，你说。”

时笙伏在喻妈妈的耳边问：“您平时都是怎么给爸零花钱的？”

听到这话，喻妈妈没忍住，扑哧一声笑了出来。原来是来找她取经了。

喻妈妈也学着她的样子，在她耳边说悄悄话：“我每个月月初就把所有零花钱都转给你爸。”

时笙一脸了然地点了点头，而后又问："那一般是给多少？"

喻妈妈说了一个数字出来，时笙又若有所思地点了点头。

可是喻文州有时需要参加聚会，应该算是特殊情况，只靠那么点零花钱，后半个月怎么办？于是时笙又将自己的顾虑告诉了喻妈妈。

喻妈妈故意在她耳边说："提前花完了，就让他下半个月喝西北风。"

这样的话配上喻妈妈那个憋笑的表情，简直是又残忍又好笑。

她们就这么手拉着手站在走廊上讲了很久的话，直到喻爸爸和喻文州找了出来。

喻文州已经洗完澡了，结果出来的时候发现时笙竟然还没回来。他走到爸妈房间门口，将时笙搂进怀里，问："聊什么这么久？"

他和喻爸爸几乎同时开口。

时笙和喻妈妈也非常有默契，异口同声道："没什么。"

但她们明显意犹未尽。

喻文州怕时笙这样聊下去能直接聊到天亮，直接搂着她的腰准备往回走。

喻妈妈那边也是如此。

她们正说到兴头上，突然被分开实在是扫兴。

见她们依依不舍的样子，喻文州和喻爸爸几乎是同时抬头，朝着对方唇语警告："管好你老婆。"

在回房间的路上，时笙有意放慢了脚步。但只要是路，就一定会有尽头。

想到即将要和喻文州共处一室，进门之前她没忍住先深呼吸一口气。

这点小动作自然也被喻文州看得一清二楚，心道，刚刚跟他妈都聊得这么开心，怎么到他这里就不行了？

"文州？"时笙偏头先喊了一声。

喻文州挑眉："怎么了？"

"家里有多余的被子吗？"时笙认真地问。

她也是突然想到的，刚才被一通打岔，结果把这件正事给忘了。

喻文州面无表情道："没有。"

时笙："……"

一开始喻妈妈还问她被子厚度合不合适要不要换，骗鬼呢！

"怎么？"喻文州见她气呼呼的样子，故意凑近了些。

时笙撇嘴："没怎么。"

她能怎么样，她这么㞞。

就这样，两个人一起进了房间。

听到落锁的声音，时笙的心也跟着咯噔了一下。看着喻文州拿着一本书就上了床，她的心更揪紧了。

虽然现在已经快十一点了，但她是真的一点都不困哪！

喻文州见她站在床尾不动，对她招招手道："不过来？"

时笙尴尬地笑了笑："我想看看书再睡。"

喻文州点头，拍了拍床的另一边："拿了过来看。"

话已经说出口了，时笙也只能硬着头皮上了。

她去喻文州的书架扫视了一圈，最后拿了一本《资治通鉴》出来。这是她在那堆非医学类的书籍里发现的为数不多她看过的书了。

喻文州微微抬头看了她一眼，笑而不语，又将视线放回手里的书上。

时笙挪步到了床边，先悄悄地掀起了一点被角，看喻文州没反应，又轻轻地坐了上去。确定喻文州没看她以后，她才又将腿缩了上去，然后迅速盖好被子靠在了床头。

有喻文州在旁边，别说看书了，时笙连呼吸都得小心翼翼的。

不知道熬了多久，喻文州终于开始收拾东西准备躺下了。

很快，喻文州翻身过来面对着时笙，她顿时挺直背脊，就差屏住呼吸了。

“很难？”喻文州用调笑的语气开口。

时笙一脸蒙地看着他，什么玩意儿？

喻文州将笑意压下去，一本正经道：“这一页你看了半个多小时。”

“我……”时笙有口难辩，忍一时越想越气，严肃地转头看向喻文州说，“我看得懂！”

喻文州点了点头，重复道：“嗯，你看得懂。”

时笙气呼呼地说：“我高考语文一百二十七分！”

喻文州依旧是刚刚那副表情，不咸不淡地说了一声：“嗯。”

时笙觉得自己迟早要被喻文州气死。

喻文州听到了一声“哼”，然后就见时笙气鼓鼓地把书合上了。还没等他反应过来，她已经关掉自己床头那边的台灯躺下了，顺便用被子把自己裹得严严实实的。

喻文州轻笑，片刻后也将自己这边的台灯关掉，室内瞬间陷入了黑暗。

时笙听到了喻文州那边的动静，又过了一会儿才悄悄将被子掀开了一条缝。确定室内都黑了以后，她才将整张脸都探了出来，还使劲儿地呼吸了两口新鲜空气。

现在这个时间对她来说简直就是夜生活的开始，睡觉是不可能的。

时笙不知道喻文州到底睡着没有，躺得手臂都被压麻了，才小声地开口：“喻文州？”

过了好几秒都没有得到回应，时笙笃定喻文州是睡了，就准备大胆地翻个身。

可她才刚有点儿动作，就听到喻文州那边传来了声音，他唤她：“笙笙。”

他的嗓音本就温柔有磁性，现在还带着些慵懒的气息，在黑夜里显得更加蛊惑人心。

时笙翻身的动作顿了顿，连心跳都漏了半拍。

白天这样的称呼听得不少，但都是几个长辈在喊。现在突然被喻文州这样称呼，她有点儿招架不住。

时笙停下了翻身的动作，又安安静静地躺下来。

“睡不着？”喻文州又问。

时笙本来想装睡当没听见，但这样又显得过于明显了，干脆回了一声：“嗯。”

“那我讲故事给你听好不好？”喻文州的声音再次响起。

大概是“好不好”三个字的尾音过于勾人，时笙的嘴巴先脑子一步把“好”字说了出来。

她以为讲故事需要开灯再坐起来，事实上喻文州直接伸手将她拉到了怀里。

二人身上都只穿了一层薄薄的睡衣，现在贴在一起就像是在互相交换体温。

时笙有点儿不安地动了动，喻文州拍了拍她的背道：“躺好。”

喻文州不放手，时笙就算想躺好也只能在他怀里。她现在手臂都还是麻的，与其僵持，还不如放过自己。

片刻后，时笙在喻文州怀里寻了个最舒服的姿势闭上了眼睛。

喻文州揽着她，轻言细语地出声——

“Dal rumore del mondo（置身于世界的喧嚣声中）

“Dalla giostra degli attimi（我在高处不停地旋转）

“Dalla pelle dal profondo（从我显露在外的情绪里）

“Dagli miei sbagli soliti（也从我常犯的错误中）

“Dal silenzio che ho dentro（从我平静的内心深处）

“E dal mio orgoglio inutile（也从我那无用的骄傲中）

“Da questa voglia che ho di vivere（从我想要和你生活的那一刻起）

“…………”

听不懂的东西总是会异常催眠。

时笙一个字都没听懂，但好在喻文州的声音够好听，没一会儿她还真的睡了过去。

喻文州听到时笙绵长的呼吸，不禁失笑，他的故事还差最后一句就讲完了：volevo dirti che ti amo（我想告诉你我爱你）。

她总是漏掉最重要的部分没听到。

时笙也没想到自己能以这样的姿势在喻文州的怀里睡一整夜，醒来的第一眼就是男人那张精致的脸。

过了一晚上，喻文州的下巴处有新长出来的胡楂，这样的形象还是时笙从来没见过的。

她不知道自己是抱着怎样的心情伸的手，但感受到那种刺刺的触感时，好奇心还是胜过了不自在。

“做什么？”喻文州醒得太快，时笙的手都没来得及缩回去就被抓了个现行。

她有点儿不好意思地转了转眼珠子，也不说话。

喻文州勾起嘴角：“好奇？”

时笙不说话，继续眨了眨眼睛。

“想摸？”他又继续问。

这次时笙是真的没忍住，点点头“嗯”了一声。

喻文州见她这副好奇宝宝的样子，有点儿好笑。她的手腕现在还攥在他手里，倒也方便了他的动作。

时笙的手被喻文州拉住，然后抚到了他的脸上。

时笙也不知道脑袋是突然抽了还是怎么回事，突然就想起了影视剧里的经典动作。她凭借着记忆，伸出手指钩住了喻文州的下巴。

随后，喻文州本来勾起的嘴角以肉眼可见的速度耷拉了下去。

时笙心一惊，完蛋了，她好像不小心暴露了什么。

“对不起！”时笙猛地从床上坐了起来。

喻文州无奈地闭眼，时笙这一惊一乍的性格有时真的让他头疼。

趁着喻文州还没有反应过来，时笙迅速从床上跳了下去，然后头也不回地冲进了浴室避难。

一开始她确实是在洗脸刷牙，但她不确定喻文州是不是还在房间，只好一直赖在里面不出去。

“笙笙？”短暂的敲门声后就是喻文州的声音。

她半天没有出声回答，外面的喻文州又开始喊人了。

“我在！”时笙只能答应。

喻文州的声音里明显带着笑意：“怎么进去这么久？”

时笙无语。如果他不笑，她还可以安慰自己，他就是单纯地问问。但现在他一笑，这不就明摆着是调侃她吗？！

时笙气呼呼地冷哼了一声，快速推开门抬脚就准备出去。

喻文州的动作过快，脚突然离地带来的失重感吓得时笙直接环上了他的脖颈。刚刚她最多就探出去了半个身子，结果就被他抱了起来。

“你干吗？！”

喻文州没急着回答她，只是手上的动作没停。他拎着她往前走了几步，然后将她放在了洗漱台上。

屁股总算是坐到东西了，时笙心里松了一口气。不过现在这种姿势实在是暧昧。

时笙往后靠了靠，她总觉得从昨天晚上开始，喻文州就变得有点儿不对劲。

“喻文州？”她微微偏头看向他。

喻文州是真的有点儿生气了，直接一口啄在了她的嘴唇上。

时笙的脑子还没反应过来，脸就已经开始发烫了。回神后她猛地伸手捂住了嘴巴，瞪着圆溜溜的眼睛，用一脸难以置信的表情看着喻文州。

这可是她的初吻！！

竟然就这么没了？

没了？！

“再喊一声喻文州。”喻文州开口。

时笙不明所以，这是什么奇怪的要求，但好像也不是不能满足。

于是她试探性地出声："喻文州。"

喻文州也表演了一次什么叫一秒变脸。

时笙的话一出，喻文州直接伸手将她捂着嘴的手给扯了下来，然后再次对着她俯身。

这次的吻不像上次那般浅尝辄止，喻文州是打定主意要捉弄她。细细密密的吻凶悍又急促，带着一丝惩罚的意味。

如果不是看时笙都要呼吸不过来了，喻文州一定不会就这么放过她。

时笙的眼神有些失焦，愣怔地坐在那里望着喻文州。

喻文州没忍住又在她的嘴角落下一吻。他伸手拂过她的唇瓣，好意提醒："再喊一声'喻文州'，后果自负。"

时笙缓了好久才反应过来这句话，合着刚刚搞了半天就是个大喘气？！

现在好了，初吻也赔进去了，刚刚还差点儿因为缺氧把自己给送走了。

时笙直接跳下了洗漱台，只是还没跑出去一步，又被喻文州抓住衣领给拎了回来。

看到他危险的眼神，她的第一反应就是伸手捂嘴。

喻文州见时笙一脸警惕的样子没忍住笑出了声，她怎么能这么可爱。

喻文州一刻没有其他动作，时笙坐在那里也坚决不把自己的手放下来。

僵持了片刻，还是喻文州先开了口："帮我刮胡子。"

时笙蹙眉："我不会。"

"我教你。"说完，喻文州已经开始在旁边找刮胡子的工具了。

时笙有点儿着急，她才不要学！

"喻文……"她的话还没说完，就被喻文州一吻全给堵了回去。

"我刚刚说什么？"喻文州盯着她的嘴唇出声。

时笙再次猛地伸手将自己的嘴挡住。她真的只是一时心急，而且以为喻文州是开玩笑的，谁知道他来真的！

时笙这下是彻底闭嘴了。言多必失，言多必失，她已经开始考虑干脆以后在喻文州面前都不讲话得了。

只要我不说话，犯错就找不上我。

喻文州见时笙傻乎乎的样子，没忍住在她的额头上敲了一下。

时笙现在是有苦说不出。她都忘了从什么时候开始，喻文州老是喜欢敲她的额头。

喻文州到现在都保持着用手动剃须刀的习惯，总觉得电动的刮不干净。但他平时用习惯了还好，现在突然让时笙来，难度确实不小。

他先简单地洗了个脸，然后又用热毛巾敷在了下半张脸上。

时笙全程目不转睛地盯着他看，这种感觉还挺奇妙。

下一步是用剃须泡沫，喻文州直接将剃须泡沫的瓶子塞到了时笙的手里。

时笙茫然地看向他，那副样子惹得喻文州直笑。

“先把泡沫挤在手上。”他一步一步地教她，时笙就跟着照做。

下一步，喻文州并没有开口，而是直接攥着时笙的手腕，让她的手直接接触到自己的脸。

“抹开在有胡须的地方就好了。”喻文州道。

时笙的耳根都红了，却还是乖乖地按照喻文州教的动作在做。

泡沫很绵密，时笙猜，天上的云大概就是这种触感。她没忍住玩了一下，才一点点地将泡沫都抹到了喻文州的脸上。

时笙不只笑点奇怪，笑点还很低。看到喻文州被涂得跟个白胡子爷爷一样，她没忍住直接笑了出来。

主要是配上他那严肃的眼神，上下半张脸就跟不是一个人一样。

时笙忍着笑意问：“下一步呢？”

喻文州现在下半张脸上都是泡沫，包括嘴唇也被覆盖了起来。他没办法讲话，只是伸手把一旁的剃须刀放到了时笙的手里。

看着锋利的刀片，时笙有点儿手抖。

“要不还是你自己来吧，我真的没经验。”说这话的时候，她的眉头都已经蹙了起来。

既然没有金刚钻，她还是不揽瓷器活了。待会儿要是给喻文州刮出个好歹，他不揍她，她都能把自己给吓死。

她想将剃须刀还回去，结果喻文州直接捏住了她的手，眼里警告的意味很明显。

时笙无奈地叹了一口气，这完全就是赶鸭子上架嘛。

“要是待会儿弄疼你了，你记得告诉我。”语毕，她小心翼翼地抓起剃须刀贴上了他的脸。

先不说她自己就没刮胡子这种经验，更主要是她现在接触的不是自己的皮肤，根本没有触感。到底是轻了重了还是怎么了，她全都不知道。

最后如她所想，新手上路就是容易翻车，在刮到下巴最后一点的时候，还是不小心将喻文州的皮肤刮出了血。

时笙顿时慌了，对着喻文州就是一通道歉：“对不起。”

喻文州抿唇，将剃须刀从她手里接了过来，没讲话。

时笙看着血迹心惊胆战。她是真的担心喻文州生气，无措地问：“是不是很疼？”

喻文州还是没讲话，只是仰起头自己刮起了下面的胡楂。

时笙又一次被美色诱惑了。

她的眼睛直勾勾地望着他扬起的脸，清晰的下颌线映入眼帘，还有微微滚动的喉结。她没控制住，咽了口口水。

是真的很性感。

喻文州在镜子里瞥到了时笙的眼神。明明她前一秒还无比愧疚，结果下一秒就差流口水了。

喻文州很快结束手里的动作，而后随意地捧了一捧水洗了个脸。

时笙呆呆地看着他，直到他起身转过来看着她。

他并没有用毛巾擦干脸上的水渍，相反，水珠顺着他的脸颊一路往下滑去，途经喉结、锁骨，然后消失不见。

时笙就这么看着他，直到他贴近她的脸，然后湿热的吻再次落了下来。他的脸上还有刚刚剃须泡沫的气味，淡淡的，有股清香。

时笙被吻蒙了，喻文州起身离开的时候她甚至忘了呼吸。

喻文州低声笑了起来，她现在的样子看起来实在是好欺负。

“怎么这么容易害羞？”他故意压低了声音俯身在她耳边讲话。

时笙脸上本来就没消下去的热度再次升腾而上。

“喻文州！”她直接喊出来的同时还瞪了他一眼。

喻文州掩唇轻笑：“嗯，怎么了？”

时笙气呼呼地看着喻文州，说：“不要脸！”

她现在已经顾不上礼不礼貌了，被气到了。

喻文州点头，也不反驳：“嗯，我不要脸。”

时笙见他一脸玩味的表情，直接一把将人推开从浴室里逃了出去。

喻文州没跟着出来，时笙也不确定他会不会突然走出浴室，连换个衣服都提心吊胆的。

好在喻文州没有搞什么突然袭击，时笙换好衣服以后赶紧跑出了房间。

不看不知道，一看吓一跳，喻老爷子跟喻家爸妈此刻正坐在餐桌前。桌上的早餐满满当当，他们都没动筷子，很明显就是在等人。

家里还用等的不就只有她跟喻文州了吗？

趁着刚刚走到楼梯口没被发现，时笙赶紧转身往房间跑去。

“对不起，对不起！”

她发誓，她真的是因为着急想催喻文州快点，所以才会直接就推门进去了，谁知道撞见他正在换衣服！

时笙赶紧捂住了自己的眼睛：“你能不能快点，我看爷爷还有爸妈好像在等我们吃早饭。”

喻文州扣纽扣的动作依旧慢条斯理。

时笙无语。

“站住。”时笙想先走，结果被喻文州喊住了。

虽然很想不理会他，但她没这个胆子。

“过来。”又是一声。

时笙全程就没睁开过眼睛。听到喻文州的话，她也是全凭着直觉在往他的方向挪。

事实证明，越担心什么就越会发生什么。

时笙一直担心自己会摔倒，结果还真的来了个平地摔。她也没弄明白自己的左脚怎么就跟右脚打上架了。

时笙轻呼出声，随即落入一个温暖的怀抱。

喻文州身上的衬衫扣子还没扣好，现在被她一抓，直接露出了一大片肌肤。

两个人离得近，时笙发现自己好像可以看到他身上皮肤的纹理，还怪细腻的。

时笙挣扎着想从他的怀里起来，喻文州就掐着她的腰不放手。

“不道谢了？”他笑着问。

时笙紧紧地闭上嘴唇。她再在喻文州面前随便讲话她就不姓时！

喻文州见她一副生怕说错话的样子，心里憋着笑，俯身低头，一吻又落在了她的嘴角。

时笙是真的要疯了，这个人到底是怎么回事。从这天的第一个吻开始，这是被触到了什么奇奇怪怪的开关吗？

时笙抬起一只手捂住嘴，顺便闷声开口：“不许再亲了。”

喻文州满意地点了点头：“嗯，行，那就晚点儿再亲。”

“咯咯咯——”

时笙被门口传来的几声咳嗽吓得一激灵，抬头一看，竟然是喻老爷子。她赶紧从喻文州身上跳下来，站好后规规矩矩地喊了一声：“爷爷。”

相比起她的惶恐，喻文州就表现得淡定多了，还问："爷爷怎么不敲门？"

喻老爷子轻咳一声："我敲了，你们自己没听见。"

说这话的时候喻老爷子还有点儿心虚。刚刚他确实是想来打探一下小两口的情况，所以敲门的声音小了些。

虽然小声，但好歹也是敲了的，只是他们没听到。不过也幸好他们没听到，不然那接吻的场面他还瞧不见呢！

他们领证仓促，本来还以为感情一般，现在看来相处得非常不错。

喻老爷子用拐杖敲了敲地面："走吧，赶紧下去吃早饭。"

时笙跟喻文州几乎是同时点头，然后异口同声道："好。"

喻老爷子不急不缓地走在前面，他们跟在后面。

喻文州这天的聚会还是和程杰他们一起。程杰在这边的事情办完了，准备下午就走。

吃过早饭稍微休息了一会儿，喻文州就准备带着时笙道别离开了。

二人刚刚站起身，就听到喻老爷子开口："宋婶今天跟你们一起回去。"

时笙才想起这回事儿。不过宋婶现在跟着他们走，那不是回去就穿帮了吗？

她赶紧向喻文州投去求救的目光，喻文州也一秒看懂。

时笙就看着喻文州当着大家的面开始一本正经地胡诌："今天白天我跟笙笙都有事，宋婶过去了也没人陪她，要不晚上我们再来接宋婶？"

时笙赶紧点头："嗯嗯，宋婶，您今天白天就好好休息一下，收拾一下东西，晚上我们再来接您。"

话都说到这里了，完全就是安排得明明白白，其他人也不好拒绝或者多说什么。

跟家里人一一道别以后，时笙跟着喻文州就先出去了。

坐到车里以后时笙才问："你是直接去聚会吗？还是要先回家一趟。"

喻文州轻笑出声："先送你回去，就辛苦你自己收拾东西了，都搬到我那边去吧，你的那间屋子留给宋婶住。"

时笙没有异议，点了点头。

要是被宋婶发现了什么异样，那就是等于全家人发现了异样。

车子很快到了公寓那边，时笙直接下了车。

"笙笙。"喻文州叫住她。

时笙回头，不解地看向他。

喻文州勾起嘴角，一字一字道："零花钱。"

时笙猛地想起来，随即拿出手机。片刻后，她望向喻文州："自己看手机。"

她的话和喻文州的微信提示音几乎是同时响的。

喻文州拿出手机点进微信，看到转账数额的时候没忍住挑眉。

这是在报复他呢？

时笙斗胆望着他，这可是她按照喻妈妈的话确定的数额。

这个月已经是中旬了，那自然就只有一半的零花钱了。要是再惹她不高兴，那就再扣掉一半，谁让他一天天的就知道捉弄她。

见喻文州还是看着自己，时笙又学着他的语气问："怎么了？"

喻文州无奈地轻笑："没怎么，你慢慢收拾，有事情给我打电话。"

时笙点头，然后头也不回地走了。她也是有脾气的，怎么能随随便便就被喻文州给拿捏了！

既然要搬东西，那收拾东西自然是第一步。

时笙计划上午先把自己房间的东西收拾好，下午再搬到喻文州的房间里，然后再整理一下就算是完工了。

时笙的衣服和洗漱用品之类的还是很好收拾的，没一会儿就全归类放好了。只是当她看着画板、画纸，还有一堆颜料和刷子的时候，有点儿不知道该怎么办了。

她在自己的房间倒是无所谓，随便放哪里都是放。但如果是喻文州的房间，她可没那么大的胆子瞎搞。

网上都是这么说的——一定不要随便挑战一个有强迫症和洁癖症的人。

几经纠结，时笙还是决定去书房看看。

这还是时笙搬进来这么久第一次进书房，里面的布局相对简单，但也是整洁异常。

对着窗户的位置摆了一张很大的书桌，上面放着一台电脑，简单地放了一个笔筒和几本书，旁边还有一盏落地台灯。

靠墙的位置放了两排书架，密密麻麻的，一眼望过去好像是没有空隙的。

书房本来就不小，现在剩下的空间还是挺大的，时笙觉得开辟一小块给她画画应该也是可以的吧。

不过书房这种一听就比较严肃的地方，还是要提前征求一下喻文州的意见才行。

时笙刚刚把手机拿出来，正欲给喻文州发微信，他的来电显示就跳了出来。

“笙笙？”电话那头的喻文州先开口。

时笙“嗯”了一声后又闭嘴了。

喻文州有点儿分不清她现在到底是什么情绪，只能转移话题问：“午饭吃了吗？”

听到这话，时笙将手机拿下来看了一眼，竟然已经十二点多了。

“还没有。”她答。

喻文州似乎是料到了这个回答，又继续说：“给你点了外送，应该快到了。”

喻文州这天和朋友约的是午饭，和时笙分开后他就直接去了餐厅。他也是第一次来这边，但看着菜色还不错，就直接给她点了外送。

临到挂电话的时候，时笙才想起来想问的事情，于是赶紧出声喊人："喻文州！"

"嗯？"喻文州出声。

只是一个字的回答，时笙硬生生地嗅出了一点危险的气息。

"不是！文州、州州！"

电话那头的喻文州太阳穴猛地一跳，文州就算了，州州是什么意思？！

不过喊出这个称呼的时笙倒是笑了。喊叠字的名字总觉得有些可爱，这样她的压力也没那么大。

"州州，我可以用你的书房吗？"时笙忍着笑继续补充。

那头的喻文州沉默了好久，甚至一度把手机拿下来做了一下思想建设。

他家时笙还真是不鸣则已，一鸣惊人。能一秒从喻文州进化到州州这个称呼，这种本事也不是谁都有的。

时笙很久都没有收到回答，硬着头皮又喊了一声："州州。"

"嗯。"喻文州闷闷地回了一声。

"我可以用你的书房吗？"时笙问。

喻文州无奈地叹了一口气："那也是你家。"

时笙"哦"了一声。她隔着电话胆子见长，对着电话那头又是一句："谢谢州州。"

那头的喻文州都还没说出反驳的话，就听到时笙说"有人按门铃了"。

"先去吃饭吧。"喻文州说道。

最近天还有点儿冷，饭菜还是很容易凉的。

时笙回了一声"嗯"，喻文州又絮絮叨叨了几句才挂断电话。

时笙把食盒都摆到了餐桌上。当她看到每一样都是她喜欢的菜以后，她震惊了。

她去年十二月中旬跟喻文州认识，一月初领证，就只有相亲当天，还有确定关系的当天以及领证的前一天晚上一起吃过饭。

这么算下来他们也就一起吃过三顿饭，他怎么会这么了解她的喜好？

时笙细细回想，好像那三次吃饭也大多是自己喜欢的菜。还有他给她做饭的那次，还有昨天在喻家老宅，家里做的也是她喜欢的东西。

饭菜飘出来的诱人香气打断了时笙的思绪，反正一时半会儿也想不出个所以然来，还不如先填饱肚子再说。

外卖最大的好处大概就是不用洗碗了，虽然有洗碗机，但是连洗碗机都不用的方式谁会不喜欢呢？

时笙吃完饭喝了口水休息了一下，就准备开始收拾东西了。她那边的东西是收拾好了，但是要怎么摆放到喻文州那边还是个有待思考的问题。

她打开了喻文州的衣柜，竟然跟老宅那边一模一样，衣服分成了春夏秋冬四个板块放着，然后又按照外套、内搭、裤子的顺序摆放，颜色也是由浅至深。

时笙只觉头疼，这么严谨干什么，那待会儿她乱糟糟地挂起来岂不是得逼死强迫症。

送走程杰以后，喻文州毫不犹豫地选择了回家。

他承认自己是个严谨的人，而严谨在很大概率上会让生活变得无趣。在他没有遇到时笙以前，也确实是这个样子的。

可自从跟时笙结婚以后，他的生活好像开始变得有生气了。每天光想着家里有人在等他回去，就体会到了什么叫归心似箭。

到家以后，喻文州的第一反应就是太安静了。

推开房门后，如他所想，时笙已经躺在床上睡着了，地上还有些零零碎碎的小东西没有收拾好。

喻文州无声地勾了勾嘴角，时笙睡觉的姿势谈不上多好。可能是在睡梦中也感受到了他的目光，她嘤咛着翻了个身。

随着她的动作，她身上的毛衣也跟着往上缩了一截，随即露出了纤细的腰肢。

喻文州的床单是藏青色的，而时笙的皮肤本来就很白，现在一深一浅两种颜色放在一起对比，带来的视觉冲击力确实很强。

喻文州眯了眯眼睛，这样看时笙的皮肤更白了，白得晃眼。

喻文州吐了一口气，走过去将一旁的被子拉过来盖在了时笙的身上。

喻文州轻手轻脚地在房间里看了看，大体上倒是没什么变化，但一些小细节都在展示着这里有女主人了。

他把时笙放在地上的东西收拾了一下后就退出了房间。

听到门再次被关上的声音，时笙悄悄地睁开了眼睛。收拾东西确实是个体力活，她刚刚想着休息一下就继续，谁知道就这么睡了过去。

思前想后都是床的错，谁让它看起来那么好睡呢。

时笙动作轻柔地从床上下来，扫视了室内一圈，也没发现喻文州把她的东西放到哪里去了。

刚刚装睡的理由有很多，不知道怎么面对喻文州是其一，其二就是地上放的是她装内衣的盒子！

“在找什么？”

喻文州的声音突然从背后响起，吓得时笙直接打了一个激灵。

“你走路怎么没有声音！”时笙气鼓鼓地看向他，还伸手拍了拍自己的胸口。

喻文州无声地笑了，继续重复刚刚的问题：“找什么？”

时笙抿唇不语。她的脸皮还没那么厚。

不过她忘记了，她的脸皮是不厚，但是喻文州的脸皮够厚。

“找你的内衣？”喻文州语气平淡地开口。

时笙望向他，眼里满是探究的意味。

喻文州到底是怎么做到这么面不改色地谈论这么私密的话题的？

喻文州被她一脸无语的表情逗笑了，伸手指了指最里面的那一个衣柜说：“在那里。”

时笙吐了一口气。她知道喻文州肯定是不会出去的，干脆破罐子破摔了。

她缓步走到最里面的那个衣柜前，刚刚她收拾东西的时候没用到这边，所以也没注意。

她将衣柜门打开，并没有看到自己放内衣的那个盒子，疑惑地转头看向喻文州。

喻文州勾起嘴角：“在下面。”

时笙皱眉，这才注意到下面是几层抽屉。但她突然有一种不祥的预感。

她先蹲下去，然后小心地打开了抽屉。

脑海中轰隆一声，时笙觉得自己快要疯了，瞪大了眼睛看向站在旁边的喻文州。

为什么不告诉她，第一层放的是他的内裤！

时笙已经顾不上脸烫不烫了，猛地一把将抽屉给推了回去，“砰”的一声在安静的室内显得异常清晰。

喻文州直接掩唇笑起来。他看着时笙露出来的皮肤全部变成了粉红色。

时笙感受着后背来自喻文州的眼神，硬着头皮又打开了第二个抽屉。这次对了，这个抽屉里面确实放的是她的内衣。

想到自己装内衣内裤用了两个盒子，刚刚都放在地上，时笙已经不想问另一个盒子在哪里了。

她自觉地打开了第三个抽屉，果然，最底下的那个抽屉里放的是两个人的袜子，分成了左右两个部分。

左边是时笙那些花里胡哨的袜子，右边喻文州的跟批发买回来的一样。

一想到刚刚自己的这些衣物全是喻文州亲手放进去的，时笙的脸又烫了起来。

喻文州看着她挨个打开抽屉看，只是将所有抽屉都关上以后，也没见她站起来。

“怎么了？”他问。

时笙将脸也埋进了双膝间。她敢说自己就是害羞了吗，现在都还没缓过来的那种。

她的脸皮是真的薄，喻文州也怕逗得太狠了她会真生气，便说：“马上要回老宅了，收拾好了就出来吧。”

说完，喻文州直接退出了房间，顺便将门关上了。

晚上回老宅接宋婶，又相当于去蹭饭。

喻老爷子本来是想让他们直接住下来的，但第二天上午喻文州要去学校开会，从郊区回去太浪费时间了。

“爷爷拜拜，爸爸拜拜，妈妈拜拜……”时笙跟着喻文州站在门口，跟家里人一一道别。

车子很快就开回到公寓这边，喻文州拎着宋婶的东西带着她一起上楼。

“笙笙，你带着宋婶参观一下家里，我有点儿急事要处理。”说完，喻文州将宋婶的行李放到沙发上，然后对着时笙点了点头后就先去了书房。

听到这样的安排，时笙竟然生出一种他们是老夫老妻的错觉。

时笙轻咳了一声，对着宋婶开口：“我先带您去参观一下房间吧。”

宋婶点了点头，对时笙说：“笙笙，直接叫我宋婶就好了，一家人不要搞得这么生分。”

时笙笑了笑，乖巧地说了一声“好”。

她刚刚也只是觉得那样会显得比较有礼貌，毕竟宋婶在家里并不是普通的用人。

时笙带着宋婶先去了自己原来的房间。下午她把自己的东西搬走以后，还专门摆上了新的洗漱用品。

宋婶看着房间收拾得干净整洁，还细心地准备了给她用的东西，心里对时笙的喜欢又上升了一层。

她是看着喻文州长大的，一路见证了他从小优秀到大。那时候她就在想，什么样的女生才能配得上他。

现在看来，时笙就刚刚好。她长得好，性格好，也是国内名校的学生，虽然有时候性格显得有些迷糊，但很可爱。这样的性子才能跟喻文州那种闷闷的性格互补一下。

“笙笙，赶紧带宋婶去看看厨房在哪里。”宋婶说。

时笙还没介绍完，本来还想带宋婶去客厅、阳台看看的，不然总觉得先带宋婶去厨房显得像是专门让宋婶过来当保姆一样。

“不急的，我们先看看其他地方嘛。”她撒娇。

宋婶哪能不知道时笙是怎么想的，只是她并不在意这些，坚持道：“宋婶就喜欢跟厨房打交道。”

时笙也没办法，就先带着宋婶去了厨房那边。

毕竟不是老宅那边常用的东西，宋婶到了这边需要一样一样地看有些东西该怎么用。

按常理来讲，时笙对这边熟，应该给宋婶介绍一下。可事实上她就是个厨房杀手，根本不知道该怎么用！

宋婶在旁边支着儿：“要不你去问问文州，然后你再告诉我？”

时笙否认得很快，这种二次传达是很容易出问题的。并且刚刚喻文州说要忙，她也不敢贸然进去打扰。

“宋婶，要不我们先坐着休息一会儿，等他忙完了我们再问？”

宋婶点了点头，两个人干脆就坐到了沙发那边去。

时笙将电视机打开，问了宋婶的意见以后调到了戏曲频道。

一开始宋婶的注意力确实是在电视上，但开始播广告以后，她就有意无意地拉着时笙聊起了天。

“笙笙，平时跟文州相处感觉怎么样？”宋婶问。

时笙轻咳一声，想了一下后回答：“还不错。”

这也不算瞎说，前面和喻文州互不打扰的相处方式确实是还挺好。

宋婶若有所思地点了点头："那文州平时是不是挺忙的？"

"嗯。"时笙回答，"前段时间开学嘛，忙也很正常。"

宋婶跟刚刚如出一辙地点头："那你呢？"

时笙笑了笑："我不忙，最近忙毕业设计，这段时间可能都会在家。"

宋婶这次不只是点头，还露出了一副满意的笑容，说："文州也总不会一直这么忙，等他忙过了这阵你们就能好好相处了。"

时笙附和着点了点头。

这些问题明明昨天喻老爷子都问过的，宋婶当时就在旁边，她总觉得宋婶说的这一通，从措辞到语气都是别有用意。

时笙还在愁该用什么样的方式躲过宋婶这类似盘问的聊天时，包里的手机就响了起来。拿出来一看，上面硕大的一个"导"字吓得她差点儿心肺骤停。

时笙对着宋婶指了指手机，然后就去了阳台那边接电话。

"喂？邹老师？"时笙试探着开口。

"时笙，你那个论文二稿我看了，修改意见刚刚一起给你发邮箱了，赶紧去看看。"

时笙惶恐地说"好"，只是什么时候交三稿的话还没问出来，就听到那头的导师开口："能尽快改就尽快，你现在电脑在身边吗？"

"在的，我过去拿。"时笙老实地回答。

"行吧，那你先去拿电脑，我待会儿给你发语音讲一下具体修改的地方。"

又简单地交代了几句以后，导师才挂断电话。时笙不禁感慨，现在都快晚上十点了，老师不用休息的吗？

时笙真的快要哭了，有一个比自己还努力的导师该怎么办？！

宋婶看着时笙愁眉苦脸地回了客厅，赶紧问："笙笙，出什么事情了吗？"

时笙撇了撇嘴："宋婶，我不能陪你看电视了，我导师刚刚打电话来让我去改论文。”

宋婶点了点头，知道年轻人有年轻人的事情，便说：“你去忙吧，待会儿我给你和文州做夜宵。”

时笙点了点头，扯着笑脸跟宋婶道谢以后就转身走了。

下午收拾东西时，她把所有跟学习有关的东西都放到书房去了。现在喻文州还在里面，她又急着用电脑，简直是追悔莫及。

时笙在书房门口犹豫了一下，喊“州州”她是不敢了，但喊“喻文州”的话现在宋婶又在家，思前想后干脆直接闭嘴得了。

她先在门上轻轻地敲了两下，见里面没动静就又加重力道敲了两下。

“进。”里面传来声音。

时笙先探头进去，看到喻文州正坐在电脑前敲敲打打。

喻文州抬头问：“怎么过来了？”

他刚刚在处理邮件，听到敲门的声音还以为是宋婶。

老宅那边的规矩，敲门只是给里面的人一个提醒，只要没有反对，敲完门就可以直接进。所以他一开始没有讲话，没想到进来的是时笙。

时笙看了看喻文州，有点儿抱歉自己打扰到他了。她指了指书桌另一头放着她的东西的位置：“我来拿电脑。”

喻文州手上的动作没停，继续问：“怎么了？”

时笙将电脑拿起来：“改论文。”

喻文州不解地抬头：“大晚上的改什么论文？”

时笙唉声叹气道：“我导师刚刚给我打了电话。”

很明显，二人的眼神中都透着一点无奈。

“那我先走了。”时笙指了指门外。

“就在这里坐着改。”喻文州又开始忙手里的事情了，头都没抬地跟她说话。

时笙想要逃离：“我回房间改。”

“时笙。”又是一声。

从时笙这个称呼转变成笙笙很容易，但又从笙笙变回时笙这个称呼……

时笙㞞了。她规规矩矩地将喻文州对面的椅子搬了过来，然后规规矩矩地坐下。

时笙将手机掏出来，看到导师发过来的微信差点儿一口气没提上来，整整十五条六十秒的语音。

苍天饶过谁！

她怕影响到喻文州，将音量按到一格，愁眉苦脸地听了起来。

喻文州敲完手里的最后一个字，抬头就看到时笙那副蹙眉的样子，问："在干什么？"

已经数不清是第几次了，时笙总是会被突然出声的情况吓一跳。

这次也不例外，喻文州突然一开口，她手里的手机直接就掉到了桌子上，发出"啪"的一声巨响。

"你干吗又吓我！"她对着喻文州控诉。

喻文州想解释的话还没说出口，就听到又响起了敲门的声音。

现在家里就三个人，能来敲门的就只有宋婶了。

虽然宋婶没有听到里面说不让进的话，但还是缓了几秒才推门。现在的年轻人，说不定就在里面干什么呢。

宋婶先将门推开了一条门缝，然后看到两个人一人占据了一半书桌。不过现在的情况看起来好像有点儿不太好，时笙正对着喻文州一脸气呼呼的样子。

宋婶赶紧把水果茶端了过去："笙笙、文州，看看宋婶做的水果茶好不好喝。"

二人都转头看向她，异口同声道："麻烦宋婶了。"

宋婶笑了笑，这两个人还真是有默契。她问："夜宵想吃什么？宋婶马上就去做。"

又是不约而同的一声："都可以。"

宋婶控制着脸上的笑意："好，你们先忙，好了再叫你们。"

第四章
通风报信

说完，宋婶直接退出了书房。但她没有走，而是在关上门以后，将耳朵贴在了门板上。可不知道是隔音效果太好还是里面的人没说话，反正她是一个字也没听到。

既然听不到任何信息，宋婶也就不在这里浪费时间了。她将自己的手机从衣服口袋里掏出来，从书房去了阳台。

“喂，老宋？”那头的喻老爷子一晚上都在等这个电话。

宋婶都还没来得及开口打招呼，就听到喻老爷子继续问：“怎么样？”

宋婶组织了一下语言，然后才将自己在这边看到的情况，上到房子的装修布局，下到家里看到的生活痕迹，全给喻老爷子汇报了一遍。

去年喻老爷子生了一场大病，病好以后就眼巴巴地指望着喻文州能早点结婚。

那个时候喻文州还在国外，为了实现老人的心愿，处理好国外的事情就回来了。

喻文州是去年十一月底回的国，一回去就被喻老爷子催着相亲。

那段时间的相亲安排得很密集，但一连相了十多个也没有他满意的。

喻老爷子总觉得喻文州是故意的，同意相亲是为了让他宽心，反正自己死活不结婚就行了。

眼看着十二月了，很快又要过年了，喻老爷子就更着急了。

谁知道这十二月才过了没多久，某次喻文州相完亲回来就跟家里松了口。又过了没一周，他回家就说打算结婚了。

喻老爷子一问是谁，得到的就是时笙的名字。但在他的印象里，给喻文州安排的相亲对象里并没有时笙这个人，倒是有个叫时娆的女生。

因为名字相似，喻老爷子问喻文州两个女生是什么关系。

得到的回答是时娆是姐姐，时笙是妹妹。

喻老爷子还记得一开始看到时娆资料的时候就很满意。她是常春藤名校硕士毕业，也是这年年初才回的国，现在是一名律师，履历漂亮，人也漂亮。

时笙是她的妹妹，肯定也很优秀。

虽然人还没见着，但喻老爷子对时笙的印象已经很不错了。毕竟对他来说，孙媳妇是谁不重要，能有就已经很不错了。

喻文州和时笙一月初领了证。那个时候时笙刚好放寒假，但领完证没过三天，喻文州就又去国外了。

从一个老人的直觉而言，这两个人有问题。

就算是闪婚，那也一定是对方有什么能打动人的地方才会闪婚，而且闪婚要的不就是激情吗？

所以喻文州这种才刚刚结婚，人又走了的行为非常惹人怀疑。

好在这学期开学后，喻文州和时笙总算是搬到一起去住了。

喻老爷子就是想看看他们到底是真结婚还是假结婚。如果是真的，那也不能怪他求曾孙心切了。

“他们是住一起的吧？”喻老爷子问宋婶。

宋婶“嗯”了一声：“是在一起的，家里就两个房间，一个给我住了，他们肯定是住一起的。”

喻老爷子心中还是充满怀疑："你说有没有可能是今天才搬的？"

宋婶思考了一下，倒也不是不可能。

"平时你多注意一下他们的相处，细微处最容易发现蛛丝马迹。"喻老爷子思考了一下后说。

宋婶立刻就想到了刚刚在书房里看到的场景，总觉得刚刚那两个人之间的氛围有点儿不对。

不过一次也看不出什么问题，随便说给喻老爷子听还容易让他担心，宋婶决定还是自己平时多观察观察再说。

宋婶将手机放回口袋里，转身去了冰箱那边。

幸好冰箱里还有点儿存货，大晚上的也不能吃太油腻的东西，宋婶就着这些食材煮了粥。

"笙笙、文州，出来吃东西。"粥煮好以后，宋婶去敲了书房的门。

"来了。"里面的人回答。

宋婶回厨房将粥盛好端出来，两个人刚好一起从书房里出来。

时笙是真的饿了。改论文明明是个脑力活才对，结果她现在觉得身心俱疲。

放下碗筷后，时笙的第一反应就是继续去改论文。结果她起身刚刚往书房那边挪了几步，就直接被喻文州给拽住了。

"去哪儿？"他问。

时笙瞥他一眼，这不是明知故问吗？

现在确实已经十一点多了，对喻文州而言，早已经过了平日里该休息的时间。但对时笙来说，这个时间还很正常。

"明天再改。"他再次开口。

时笙不情愿地蹙眉："我现在又睡不着，还不如做点有意义的事情。"

时笙说的"有意义"的事情自然是指改论文，但喻文州的眼神变了变。她觉得情况好像有点儿不对劲，赶紧改口："我还差一点点就改好了，真的！"

很显然，在喻文州这里，这句话的可信度不高。他说：“不要总是熬夜，对身体不好。”

时笙承认，这话是对的，但她控制不住自己。

“回房间。”喻文州说。

时笙僵持着不想动。现在睡不着是实话，但还有一个原因是，她竟然又要跟喻文州同床共枕了！

在老宅时她就觉得这个决定有点儿不对劲，现在总算是反应过来了。

宋婶一搬过来，他们肯定就只能住在一起了。怪不得当时喻文州要强调自己很忙，这个人就是故意的！

“你故意的。”时笙的眼睛瞪得很圆。

喻文州没忍住勾起了嘴角，她反应过来的时间比他想象中要早一些。

二人面对面站着，僵持在那里。

时笙还没反应过来，一阵失重感突然袭来。她竟然被喻文州扛起来了！

“喻文州！”时笙直接伸手拍在了喻文州的背上。

她现在被他扛在肩膀上，整个脑袋和脖子都已经充血了。

宋婶刚进厨房就听到了这边的动静，本来以为他们是吵架了，结果看到的就是这个画面。她掩唇笑着，又退回了厨房。

这么一看，喻老爷子的猜测简直就是没道理，人家小两口的感情好着呢！

宋婶已经开始计划后面的食谱了，时笙太瘦了，需要补补；喻文州一天天的太忙了，也需要补补。只有两个人身体好了，喻老爷子的曾孙才能快点来。

“喻文州！”时笙拍了喻文州一路。

进了房间，他将她放在地上。

时笙手叉腰看着喻文州：“你干吗？！”

喻文州笑而不语，只是眼神一刻都没有从她的脸上移开。

时笙突然有点儿尿了，咽了口口水，然后移开了视线。人在屋檐下，不得不低头。

“睡觉。”片刻后，喻文州的声音再次响起。

时笙没明白，这是在回答她刚刚的问题，还是对她的要求。

喻文州见她不动，又道：“去洗澡。”

“我……”

“要我跟你一起？”喻文州将她正欲开口的话给堵了回来。

喻文州现在就是一个不定时炸弹，时笙觉得很危险，逃也似的冲进了浴室。

进去时过于着急，想出来的时候时笙简直想给当时的自己两巴掌。她竟然忘了带睡衣进来，更别说浴巾了。

时笙在里面磨蹭了很久，直到外面又传来喻文州的声音：“笙笙，怎么进去这么久？”

他的声音里还带着明显的笑意，时笙敢打赌他猜到了她现在是什么情况。

时笙想了很久，觉得自己总不能一直待在浴室里面。她深呼吸一口气，对着外面说：“我忘记拿睡衣进来了。”

喻文州也扯着嗓子回了一声“嗯”，却没有后续。

时笙无语，逗自己玩儿呢？

“喻文州？”她试探着又喊了一声。

喻文州倒是理她了，但是依旧没有后续。

时笙噘了噘嘴，这男人真小气。

“文州，可不可以帮我拿一下睡衣呀？”她故作娇羞地说。

不出十秒钟，浴室的门就被敲响了，时笙吓了一跳。

“开门。”喻文州开口。

时笙蒙了，他这是从其他地方飞奔过来的？

拿睡衣需要时间，走过来也需要时间，能这么快过来的原因只有一个——喻文州早有准备。

时笙觉得自己又被他耍了。

“你放在门口吧。”为了避免再次被耍，她也只能出此下策了。

好在喻文州没有说什么反对的话，回了一声“嗯”后，门口就传来了窸窸窣窣的声音。

时笙穿好衣服，一开门迎来的就是喻文州的怀抱。她只踏出去了一只脚，就被他拦腰抱了起来。

喻文州护着她的头往前走了两步，直接将她抵在了门板上。

这个季节的睡衣本来也不厚，时笙被一阵冰凉的触感激得起了一身的鸡皮疙瘩。

喻文州低头，时笙赶紧偏头躲了一下。他的吻最终落在了她的脖颈上。

他的嘴唇很软，同时也很烫，湿热的触感让时笙直接缩了缩脖子。

“我先走了。”时笙猛地将压在身前的喻文州推开，直接跑了出去。

喻文州看着时笙落荒而逃。

出去后的时笙毫不犹豫地出了房间。

时笙还惦记着改论文的事情，吃完夜宵干脆又回了书房。只是刚刚的思路已经被打断了，她删删减减了半天也没改出一个满意的结果。

没一会儿，书房的门推开了，然后就是渐行渐近的脚步声。

能在这个家里这么随意的，不抬头也知道是喻文州了。

喻文州见时笙一点要理他的意思都没有，开口道：“真不睡？”

时笙抬头，无奈地看向他：“我是真睡不着。”

坐在这里说不定改着改着就有思路了，躺在床上那就是大脑放空。

喻文州微微叹了一口气，说：“刚刚妈打电话让我们下周回去吃饭。”

时笙不解：“这不是才回来吗？”

喻文州干脆走过去捏了捏她的脸：“是你妈。”

他刚刚从浴室出来就发现时笙不在房间里，不用猜也知道是去书房了。

他正准备出去找她，就听到一阵手机铃声在房间里响了起来。找到手机后他拿起来，看到上面的备注是“妈”。

电话已经响了一阵子了，拿到书房那边给时笙接显然有点儿来不及了，喻文州只好自己先接了。

本以为大晚上的打电话过来会是什么急事，结果妈说让他们下周六回家吃饭。

“说了是什么事情吗？”时笙又问。

喻文州摇头：“只说爸和姐这周都会回去。”

时爸爸是考古系的教授，每年在外面的时间不少，这一年过完年就走了，这还是第一次回来。

时娆就不用说了，从去年回来被逼着相亲开始，回家的次数简直屈指可数。

现在一家人突然要凑到一起，时笙觉得自己已经猜到是因为什么事情了。

喻文州看着时笙，见她脸上的表情复杂。明明前面还是一副紧张的样子，转眼间就变成担忧了。

其实喻文州跟时家人接触的次数也不多，时笙他还算是了解，但时家的其他人就不好说了。只是在短暂的相处中，他觉得时家一家人好像都还不错。

但现在见时笙这副表情，事实可能和他想象中不太一样。

“担心什么？”他手托着她的脸问。

时笙抿唇，眼底有一闪而过的慌张。她赶紧勾起嘴角扯开了话题：“反正我现在也睡不着，我想再坐一会儿，你先去睡吧。”

她望向喻文州的眼神满是真诚，仿佛真的是在提什么优秀的建议。

时笙的喜怒很难隐藏，现在她这些小表情又怎么可能逃得过他的眼睛。

“时笙。”喻文州开口。

被点到名的时笙心一紧。喻文州每次连名带姓喊她的时候她都会条件反射地紧张。

喻文州见她这样，笑着伸手捏了捏她的鼻子，短暂的温柔后又恢复了刚刚那副郑重其事的模样。他说：“笙笙，我会尊重你的所有意见。”

你喜欢的事情我会支持你，你不喜欢的事情我也不会强迫你。

时笙看着他温柔的眉眼，竟然有一种要被吸进去的错觉。

在跟喻文州领证之前，时笙没有任何恋爱经验，甚至连喜欢的人都没有过。但在她对未来伴侣的想象中，对方一定是一个阳光豁达、善良浪漫的人。

事实上，喻文州给她的第一印象几乎与以上的每一条都违背。他沉闷又严谨，甚至可以说得上是无趣。

要不是那张脸是真的好看，时笙觉得自己肯定没办法和这种性格的人相处。但随着相处的时间越来越长，她好像又发现了他那些不同于第一印象的方面。

喻文州看着时笙的眼神软了下来，没忍住在她的嘴角落下一吻。

时笙像是突然回神一样，将他推开后喊道：“喻文州。”

“嗯？”喻文州的眼神带了点询问的意思。

“我可以待会儿再回房间吗？”

喻文州沉默了。

他刚刚说了那么多好像都白说了。

“不行。”喻文州严词拒绝。

时笙撇着嘴装可怜：“可是我真的睡不着。”

喻文州揉了揉她的头发：“我给你讲故事。”

说到这里，时笙忽然就想起了昨天晚上那个所谓的故事。虽然很助眠，但她从头到尾一个字都没听懂，甚至于到底是哪国语言她都没分清。

故事故事，不就是为了那么点故事性嘛，她简直是听了个寂寞。

时笙赶紧摇头："我不听。"

"我讲得不好听？"喻文州挑眉。

时笙想说，声音是好听的，但内容就……

"我都听不懂。"她这话说出来倒是有点儿像抱怨了。

"那你去挑一本书吧，我念给你听。"喻文州伸手指了指不远处的书架。

时笙站到书架前才反应过来，刚刚不是还在商量她能不能晚点睡吗？

时笙一脸哀怨地看了一眼喻文州。

喻文州的书架做了分类，一边是医学类相关的书籍，一边是文学类作品。

没想到他看书的跨度这么大，从诗歌到散文，几乎都有涉猎。

时笙在非医学类书籍那边晃了一圈，终于还是被一本书的名字吸引了眼球——《尸检报告：一个殡葬师的手记》。

一开始时笙只看到了"尸检报告"几个大字，第一反应是喻文州把书的位置放错了。等她拿出来以后，才看清了封面后面的几个字。

单看名字，好像很有趣。

"我要听这个。"时笙捏着书走到了喻文州的面前。

喻文州接过书，看了一眼名字后表情有点儿复杂。他甚至都以为自己这天晚上要给她念《资治通鉴》了，谁知道时笙的口味这么独特。

但难得把时笙劝去睡觉了，她就是要听《山海经》他也得念。

就这样，总算是成功地把时笙给哄回房间了。

两个人躺下后，喻文州翻开书，开始轻声念道："从右耳的后侧开始，刀片沿着脖子旁边划下，在经过锁骨的时候稍微改变角度，一路切刀胸骨，形成'V'字形的一半。

"用不持刀的手去仔细感受逝者的肺部是否出现了胸膜粘连，因为肺可能会黏在胸壁上。"

前面在介绍一些关于逝者的情况和解剖的前期准备时，时笙一直都只是安安静静地听着。但一说到这里和医学操作挂钩的东西，她赶紧开口问：“是这样的吗？”

喻文州点头：“嗯，是这样。”

时笙疑惑：“那前面的那些东西呢？”

“我也不知道，毕竟隔行如隔山，殡葬行业和医疗行业中的医学部分肯定是有区别的。”

时笙又“嗯”了一声，片刻后又问：“你不会觉得这种书籍会不专业吗？”

喻文州笑了：“存在即合理。”

专业类的书籍有专业人士的用法，非专业类的书籍有非专业人士的用法。

“那你觉得这本书应该算是科学类的还是文学类的？”时笙又问。

喻文州思考了一下：“科学类的文学书籍。”

至少他的看法是这样的。

从殡葬师的角度出发，向人们介绍了一些相关知识的同时，也能让人们能更平常心地看待死亡。

片刻后喻文州又补充：“算是专业知识和文学表达的融合，这种结合并不少见，只要都抓住精髓，那就是好书。”

时笙赞同地点了点头。喻文州摸了摸她的脸，又继续念了起来。

只是后面的内容时笙听得就没有那么认真了。她一直在思考着刚刚喻文州的那句话：只要都抓住了精髓，那就是好书。

喻文州还在认真地念着，结果等到的不是时笙逐渐绵长的呼吸，而是她猛地从床上坐了起来。

“怎么了？”他直接把书合上，焦急地看向她。

“我好像知道我的画应该怎么改了！”时笙的语气也跟着上扬了一些。

国画和油画的融合，她一开始只想着该怎样把两样东西尽可能多地结合在一起，压根儿就没考虑过适配度的问题。

现在喻文州的一句话点醒了她，国画的精髓在于韵味，在于留白；而油画的精髓在于色彩，在于真实。

她之前绞尽脑汁想要把这些东西糅合到一起，画出来的东西一眼看过去还不错，但就是觉得差了点意思。

刚刚喻文州说那本书是专业知识和文学表达的融合，既然是融合，就势必要舍弃一些东西。所以那本书肯定不会写全部的殡葬知识，手记也是极具个人色彩的一种表达方式。

那同样的道理，放在融合风格的画里，不也是需要取舍的吗？

至少在时笙的想法里，国画更精髓的是韵味，油画更精髓的是色彩。

如果只将这两者结合起来，作画的难度虽然不一定比她前面那些想法的小，但至少画出来的东西一定能更和谐。

喻文州见时笙一脸兴奋地跳下了床，全程没看他就算了，甚至连鞋都没穿就跑了。

看这架势，这天晚上是拦不住了。

喻文州无奈地起身，拎着时笙的拖鞋去了书房。

画板下午全被时笙收起来堆在了角落里，现在只一会儿的工夫，就都搬出来了。

喻文州看到了时笙前面那幅已经画好了的作品，是用颜料画的一幅侍女浣纱图。

画的素材是典型的国画风格，但作画选的是油画颜料。

图里的侍女栩栩如生，但整幅画给人的第一感觉就是太满了，失去了油画的质感，也少了国画的风韵。

喻文州不是专业的，一眼看过去只能知道是好看的。但在时笙这个专业人士的眼里，怪不得一直觉得差一口气。

时笙赶紧在一旁翻画纸和材料，趁脑子里有点儿想法，得赶紧记录下来才行。

喻文州见时笙总算是坐下了，赶紧过去把拖鞋放在她脚边。

时笙这才回忆起来自己刚才的行为有多么莽撞，赶紧偏头对喻文州说：“你先去睡吧，我现在是真的睡不着。”

一开始只是习惯性睡不着，现在是真的兴奋到睡不着。

喻文州伸手摸了摸她的头：“你先忙吧。”

随后，时笙就听到了书房门关上的声音。她现在也顾不上喻文州是不是生气，等她这边弄好了第二天再去赔罪都行。

现在还是三月，晚上的气温并不高。

喻文州先去厨房烧了点水，然后又回房间拿了一条毯子以后才重新回了书房。

时笙一直在忙手里的事情，听到他进来了也没空搭理他。

喻文州也怕影响她，轻手轻脚地走了过去。

时笙身上还穿着一层薄薄的睡衣，他刚刚靠过去就已经感受到一点寒意了。他将带过来的毯子裹在了她的身上，然后将端过来的水放到了一旁的桌子上。

喻文州全程都没有讲过一句话，将时笙这边打点好了以后，自己也去了书桌那边。

自己老婆在这边熬夜，他可没心思去睡觉。

反正最近他还有一篇论文没有写完，与其一个人干巴巴地坐着写，现在还能理解成有老婆陪着呢。

因为思路清晰，时笙这次作画的速度很快，不出几个小时画的雏形就已经画好了。

时笙揉了揉酸痛的脖子站了起来，看到坐在书桌边的喻文州时，眼睛突然瞪大了。

喻文州不是出去了吗？怎么现在还坐在这里？

见他那副样子，一看就不是才进来的，所以他到底是进来多久了？

时笙有点儿惶恐，试探着出声喊：“喻文州？”

“画好了？”喻文州柔声开口。

时笙先“嗯”了一声，看到挂钟上已经逼近清晨五点的时候，心里还是跟着咯噔了一下。

她竟然让喻文州陪着她熬了一整夜。

“吃点东西再去睡？”他又问。

不说不觉得，一说倒是真有点儿饿了，时笙有点儿不好意思地点了点头。

现在这个点宋婶也没起来，总不好去麻烦她老人家，所以做饭的任务自然而然就落到了喻文州头上。

冰箱门被打开，两个人一起站在那里观察里面的东西，但好像也没剩什么了。

“要不煮面？”喻文州询问时笙的意见。

时笙除了点头还能怎样，她什么都不会，只能张嘴等着吃。

得到她肯定的回答后，喻文州转而拿了两个鸡蛋、一盒午餐肉和一把青菜出来。

喻文州钻进了厨房，时笙有点儿不好意思地站在门口看着他，问：“有什么我可以帮忙的地方吗？”

喻文州见她一副不好意思白吃白喝的样子，看了一圈后，道：“那过来洗青菜。”

时笙点了点头，两个人并排站在了灶台前。

喻文州正在砧板上切午餐肉，时笙站在水池边洗青菜，两个人都安安静静地做着自己手上的事情。

只是这种在厨房里分工明确做事的氛围，特别有生活气息。

喻文州瞥见一旁将菜叶掰下来一瓣一瓣清洗的时笙，心里涌上了一股暖意。

做面确实简单又快捷，没一会儿两碗香喷喷的面条就出锅了。

“别动。”时笙正想伸手去端，就被喻文州喊住。

他从旁边拿了防烫手套出来，解释道：“面碗很烫。”

时笙有点儿不好意思地咧了咧嘴，是她莽撞了。

不得不说，喻文州调面汤的手艺是真的好，时笙一边吃一边在心里不停地赞叹。如果有一天喻文州不教书了，光是去开家面馆也一定能养活自己。

刚煮好的汤面都是有点儿烫的，两个人吃的速度都不算快。

饶是如此，还是碗里面更多的喻文州先吃完。他又去厨房倒了两杯白开水出来，然后坐在对面看着时笙。

从时笙吃饭的动作不难看出她的教养很好，每一口吃进去的面条不算少，却没发出一点声音。

喻文州看着眉宇间尽是满足的时笙，自己的心好像也被填满了。

秉承着做饭的不洗碗的原则，时笙吃完以后主动收拾起了桌上的碗筷。

“放着吧。”喻文州开口阻止了她。

时笙抿了抿嘴唇。就两个碗总不好用洗碗机，但不洗她又不好意思。

喻文州起身过来摸了摸她的头发：“再去洗漱一下吧，现在是真的该睡觉了。”

也许有不少人都希望自己的老婆能在婚后更顾家一点，但喻文州并不这样想。

时笙就是时笙，他希望时笙嫁给他之前是什么样子，那嫁给他以后就只能更好，不能更差。

况且做家务这种事情，家里有一个人会就可以了。要是两个人都不会，还可以花钱找人来帮忙。

喻文州俯身在时笙唇上印下一吻，道：“去吧。”

时笙有点儿不好意思，但酒足饭饱以后真的很容易犯困，就这么一会儿工夫，她的眼皮就已经开始打架了。

喻文州洗完碗后回房间，发现时笙已经躺在床上睡着了。她的黑发与黑色床单混在一起，衬得她的皮肤更白了。

喻文州也简单地再洗漱了一下，然后掀开被子躺了进去。结婚这么久了，他总算可以正式抱着娇妻入睡了。

这边的两个人睡得香，那边宋婶早上起来以后都蒙了。

现在的年轻人到底是什么作息，上午十一点了还不起？完美地错过早饭就不说了，她都有点儿怀疑喻文州和时笙能不能赶上午饭了。

这一觉也确实是睡得挺久，喻文州拿起床边的手机一看，已经快到下午一点了。幸好房间的窗帘都是深色的，不然这个点了，早该亮到睡不着了。

喻文州微微转头就能看到还在他怀里睡着的时笙。她的呼吸很平稳，一张小脸也睡得红扑扑的。

喻文州伸手将她额头上那几根不听话的头发都捋顺，在她额头上印下一吻后才轻手轻脚地起了床。

喻文州有点儿担心宋婶还在等他们吃饭，衣服都没换就先出了房间。

好巧不巧，他刚到客厅就看到从厨房里端着菜出来的宋婶。

喻文州还没来得及开口讲话，就听到宋婶问："笙笙呢？"

喻文州不自然地轻咳了一声。他在家里看来是真的没地位了，所有人都是先关心时笙。

宋婶还在使劲往喻文州的身后看，结果连个影子都没见着。

"她昨晚太累了，休息得有点儿晚，等她自己睡醒了再说吧。"喻文州说。

宋婶马上带着笑脸说："哎，是要多休息。"说完，她放下菜就准备走了。

喻文州见状赶紧说："宋婶一起吃。"

宋婶没好气地看了他一眼，说："这已经是我热的第二遍了。"

早上起来以后，她就去最近的超市买了新鲜的瓜果蔬菜回来，结果做了一桌子的早饭，这两个人都没起床。

她想着午饭就随便做做算了，却又担心两个人起来以后饿，午饭做得早不说还做了一桌，结果这两个人还是没起来。

宋婶早饭吃得早，一直等着他们起来再吃午饭也不是个办法。干脆就自己先盛了一点菜出来简单地吃了个饭，然后一边看电视一边等。

菜热第一遍没人起，菜热第二遍总算是起了一个。

喻文州也不好解释，其实平日里自己的作息都很规律，这天纯属意外。

本来还想着自己能带着时笙把作息调整好，结果他也被带跑偏了。

喻文州吃过饭已是中午一点多，算下来时笙怎么也睡了超过八小时了。

一开始喻文州是不打算喊她起床的，又担心晚上她睡不着继续恶性循环。

他小心翼翼地推开房门，看到了被子里拱起的一团，凑近一看，时笙依旧睡得香甜。

喻文州先去把窗帘拉开了一半，随着室内慢慢亮了起来，才试图去喊时笙起床。

“笙笙？”他坐在床边拍了拍时笙的脸。

时笙没有理会他，哼哼唧唧地翻了个身又继续睡。

喻文州无奈地笑了笑。

时笙有点儿起床气，如果不是自然醒，其他任何方式醒过来都可能让她的心情受到影响。

喻文州绕到了床的另一边，继续柔声喊她：“笙笙，起床啦。”

被扰了清梦的时笙蹙眉，极其不情愿地睁开了眼睛，即使入眼就是喻文州的脸也没能让她的情绪缓和一些，对着他就是一句：“你好烦。”

喻文州低声笑起来：“好，我烦。”

时笙不理他，自顾自地打了个哈欠，眼睛里也蓄起了一层水雾，看得喻文州心都要化了。

“起床吃饭。”喻文州继续哄着。

只是这个理由对时笙没有任何吸引力。她果断地说：“我不吃。”说完，眼睛又闭上了。

喻文州无奈地勾了勾嘴角，俯身将时笙从床上拉起来，推去浴室洗漱。

虽然起来了，但时笙全程就没睁开过眼睛，直接闭着眼睛刷牙，且动作还很机械。

喻文州见她这副样子，真的是哭笑不得。

好不容易洗漱完，时笙回到卧室躺了下去，滚了一圈又把自己裹进被子里。

喻文州摇了摇头，无奈地说道：“赶紧起床。”

说完，喻文州去衣柜那边给她拿了衣服。

看着喻文州出去以后，时笙才从被子里钻了出来。只是看到喻文州拿过来的衣服时，还是红了脸。

喻文州给她拿了一件长袖连衣裙，以家里的温度来看穿着没什么问题，但是里面竟然还放着她的内衣！

时笙慢吞吞地穿好了衣服，又悄悄地推开房门，轻手轻脚地往客厅走。

“笙笙起来了？”宋婶本来坐在沙发上看电视，抬头就看到了鬼鬼祟祟的时笙。

时笙本来只是想减小一点自己的存在感，这下好了，想不注意到她都不行了。

本来在低头看手机的喻文州也抬头看了过来，二人的视线在空中交会。

时笙的脑袋里又想起了刚刚内衣的事情，脸一下就红了。

宋婶看着两个人之间那点粉红色的泡泡，赶紧起身说：“笙笙，过来吃饭。”

她给时笙留了菜，端去热热就好了。

时笙跟着宋婶一起进了厨房。不过她总觉得宋婶看她的眼神有点儿奇怪。

时笙还惦记着要把论文改了，吃过饭以后就直接去了书房，没过一会儿喻文州也进来了。

两个人一人占据了一半的书桌，没有出声打扰对方。

时笙刚刚喝了不少水，出去上洗手间的时候才发觉刚刚宋婶看她不对劲的点在哪里。

她就说喻文州这天非得这么好心地给她拿衣服，裙子的领口比较大，脖颈几乎都露在外面，昨天晚上被喻文州吮出来的那道红痕特别明显。

时笙无奈地吐了一口气，这个人绝对是故意的！

另一边，宋婶看到两个人都进了书房以后，正大光明地坐在客厅里跟喻老爷子汇报起了工作。

“喂？老宋？怎么样了？”电话那头的喻老爷子明显是等这个电话等了很久了。

宋婶抿着唇笑道：“才起来呢！”

喻老爷子愣了一下：“睡到现在？”

宋婶脸上的笑意更明显了：“是的呀，文州早起来一点，还说笙笙昨天累了睡得晚，让她多睡一会儿。”

那头的喻老爷子直接笑出了声：“哎哟，年轻人，他们要睡就睡，平时你就不要喊他们起来了。”

宋婶自然满口答应。

两个人又闲扯了几句，喻老爷子像是突然又想到了什么一样，说：“老宋，待会儿我让司机把补品都送过来。”

本来喻老爷子昨天就准备让宋婶带走的，又怕喻文州发现什么不对劲，只好推迟到了这天。

喻老爷子又补充：“笙笙和文州的是分开的，你记得分开炖给他们喝。”

宋婶赶紧连连说好。

喻老爷子说话算话，司机的效率也高。这才挂断电话一个小时，外面的门铃就响了。

宋婶看着司机抱了整整两个箱子的东西进来。

喻文州出来倒水喝，刚好就看到了这一幕。

因为司机是老宅那边的，喻文州也认识，宋婶只能解释是老爷子送了点东西过来。

喻文州点了点头，也没多问。

见他重新离开视线以后，宋婶和司机这才松了一口气。

以喻文州的警惕性，待会儿要是发现了什么就不好收场了。

宋婶翻了翻箱子里面的东西，这天晚上的菜谱就规划好了。

炖汤要时间，宋婶干脆钻进了厨房。

宋婶敲门进来的时候，两个人都还在忙着自己的论文。她劝道：“笙笙、文州，宋婶给你们炖的汤，记得喝。”

两个人同时抬头，异口同声地跟宋婶道了谢，但很快又将目光放回了电脑上。

宋婶怕打扰到他们，简单地叮嘱了两句后就先走了。

时笙改完最后一个字，迫不及待地把论文发到了导师的邮箱。她站起来活动了一下身体，转了转脖子，还顺便蹦了两下。

刚才她回房间换了一身高领的衣服，有点儿热，但至少能让她在喻文州面前多点安全感，想想也是可以忍受的。

时笙瞥见了刚刚宋婶端进来的汤，伸手摸了一下，温度刚刚好，就喝完了，当是解渴了。

她看喻文州还在忙，问：“你不喝吗？”

比起现在纠正她的称呼，喻文州更想问：“好喝吗？”

时笙真诚地点了点头。

汤虽然闻起来有股淡淡的草药味，但喝起来确实甜甜的。这两种看起来有点儿矛盾的味道，却融合得出奇好。时笙把这一切都归功于宋婶那优秀的厨艺。

喻文州抿唇笑了笑，指了指自己那碗："那这碗也给你喝。"

时笙虽然嘴馋，但还是不好意思，毕竟那是宋婶专门端给喻文州的。

喻文州看着她纠结的小脸，笑道："喝吧，宋婶肯定炖了不止两碗。"

时笙觉得这个分析很有道理，最终还是将喻文州面前的那个碗端起来，喝了一口。

难道宋婶是炖了两种汤吗？为什么喝起来味道会有点不一样？

喻文州见她蹙眉，问："不好喝？"

时笙舔了舔嘴角，做出一副思考的样子："也不是不好喝，就是和我的那碗味道有点儿不一样。"

闻到的草药味好像有点儿不一样，而且还不甜。

"怎么不一样了？"喻文州饶有兴味地问。

时笙没有任何停顿地回答："不够甜。"

"是吗？"随后，喻文州又对着时笙招了招手，说，"端过来我尝尝。"

时笙看着已经见底的汤，有点儿不好意思地走了过去。她刚刚将碗放下，喻文州就一把攥住了她的手腕。

时笙直接被喻文州带到了他的怀里。大概是这个动作吓到了她，她的表情还有点儿蒙。

喻文州一只手搂住她的腰，一只手托住她的后脑勺，随后湿热的嘴唇就直接贴了上去。

时笙的眼睛瞪得老大，全程看着喻文州。

也不知道过了多久，时笙快要喘不上气了，喻文州才总算是松开她了。

他手托着她的脸，用拇指抚过她殷红的嘴唇道："明明就是甜的。"

时笙猛地伸手捂住自己的嘴巴，一句反驳的话还没说出来，又听到喻文州开口：“小骗子。”

时笙只觉得自己的脸一定快红到爆炸了，喻文州的脸皮怎么这么厚？天天就知道欺负她！

喻文州见时笙发蒙，没忍住笑出了声。他将她放下去，然后把桌上的两个碗放到了一起。

“走吧。”他对着时笙说。

快到吃晚饭的点了，一直坐在这里也不好，还不如出去转悠转悠。

宋婶看到两个人一起出了书房，赶紧过来把碗接了过去。

“都喝了吗？”宋婶问。

时笙点了点头，正欲开口补充是自己喝了两碗，结果就被喻文州拽了过去。他伸手捂住她的嘴，对着宋婶说：“嗯，都喝了。”

宋婶看着两个人的互动，脸上笑开了花，说：“喝了就好，喝了就好，宋婶明天再给你们炖。”

喻文州轻咳一声：“不用麻烦了。”

宋婶哪能听这种话：“不麻烦，不麻烦。”

时笙见宋婶这么热情，直接扒拉开喻文州捂着她嘴巴的手：“那就谢谢宋婶了。”

宋婶笑着说了“不谢”，然后就拿着碗进了厨房。

时笙在喻文州怀里转了个身看向他：“你不要总是拒绝老年人提的要求，他们很容易多想的。”

喻文州无奈地叹了一口气，直接在她的额头上敲了两下。

他家时笙太单纯了该怎么办？

吃晚饭的时候，时笙觉得自己有点儿热。

一开始她以为是自己穿得太厚，饭后休息了一会儿便难得地先去洗了个澡。刚洗完的确缓解了，结果没过一会儿又热了起来。

时笙开始怀疑人生，天气预报没说会升温呀。而且就算是升温，也不会大晚上的升温吧。

喻文州推开房间门就看到时笙正站在窗前吹风，皱了皱眉问：“怎么了？”

时笙疑惑地转过头说：“你不觉得今天晚上有点儿热吗？”

喻文州又看了她一眼，而后摇摇头：“不觉得。”

他什么都没喝，当然不觉得热了。

这天下午看到司机过来送东西，他就猜到大概是什么情况了。至于为什么要给他们炖不一样的汤，当然是因为功效不一样了。

不过好在也就是补汤，时笙喝了也顶多是热热，没什么副作用。

见喻文州去洗澡了，时笙就坐到床上玩手机。现在她的论文交上去了，画也有改的思路了，完工就只是时间问题了。

她登录了自己已经好久不用的微博账号，发了近四个月来的第一条微博。

加冰的全糖珍珠奶茶：“哈哈，我又活过来啦，最近可以约稿啦！”

她从上大学以后就开始经营自己的微博账号，到现在已有三四年了。

一开始她的人气很一般，但随着发布的作品越来越多，人气也就跟着涨上去，现在微博的粉丝数也快一百万了。

刚开始粉丝们还叫她“奶茶大大”，随着去年初她给一本大热的小说画了封面，书粉和她的粉丝就直接改称为“奶茶太太”了。

因为，“太太”比“大大”还要厉害一点。

时笙从去年十二月开始准备毕业论文的开题报告时，就发了微博说要暂时停止更新。

很多人都以为她得到六月正式毕业以后才会回来，没想到比想象中要早一点。

微博发出去没一会儿，评论区就被占领了。

宇宙甜心程咬金：“快四个月了，你知道没有你的四个月我是怎么过的吗？奶茶大大你没有心！”

苍音拍子：“呜呜呜——太太你终于回来了！”

农夫三拳有点儿疼：“礼尚往来懂不懂？我喜欢你，你就得喜欢我！”

我睡觉的时候不困：“我的裤子老是被我弄破，于是我就报了一个补衣服的班。有一天奶茶教我们大家怎么补衣服，她问，谁的衣服总是弄坏，于是我高举起手对着奶茶大喊：我的老破，我的老破！”

是秃子总会发光：“奶茶，我今天心情不好，你可以亲亲我吗？”

退役吉祥物：“奶茶别看楼上的，我是小学生，亲我！”

死鬼吹灯：“说好的准备开始尝试漫画呢！道德在哪里？稿子在哪里？连载在哪里？！”

“…………”

时笙也不知道自己什么时候看到这些网友有趣的发言能不笑。她的笑点本来就低，即使经常看，也还是会被逗得笑个不停。

去年她跟那位小说的作者连麦直播过一次后，微博人气才开始攀升的。

有一部分是冲着她的画来的，有一部分是冲着她的声音来的。反正到后面只要她一发微博，评论区就是各种各样的表白文案。

没一会儿时笙就收到了一条来自特别关注账号的私信。

见鹿：“滴滴——奶茶太太，我的新书最近在谈出版，我想把你推荐给编辑，还是由你来画封面，有时间接吗？”

看到这条私信，时笙几乎毫不犹豫就回了“好”。

她跟见鹿可以说是相识于微时。

那时候两个人的事业都刚刚起步，见鹿刚刚开始写书，时笙也刚刚开始接商用稿件。

见鹿是第一个找时笙约稿的人，时笙当时大手一挥，一分钱没要。

也不知道是不是因为见鹿真的是她的幸运神，给见鹿画了那幅画稿以后，来找她约稿的人也渐渐多了起来。

不过唯一可惜的是，见鹿的第一本书销量并不好。

但是见鹿的第二本书出名了，也就是去年初出版的那本。那本书签约出版以后，他直接向出版社推荐由时笙来画封面。

也就是见鹿的那次推荐，让时笙稍微有点儿起色的事业直接飞升。

所以对于见鹿的约稿，时笙就算没时间也得挤出时间来。

加冰的全糖珍珠奶茶：“我先去看你的新小说啦，最近太忙都没时间看，封面有什么要求你也可以直接跟我说，尽量满足，嘻嘻。”

这是时笙接小说封面的必备流程，必须得看过以后才知道什么风格最合适。

当然，作者本人的意见也很重要。

很快她就收到了见鹿回复的私信。

见鹿：“以你的审美，随便画画就行。”

时笙笑了笑。

其实他们算得上是互相成就。给有名的小说画封面，她也能跟着提升名气，精致的封面同时也能吸引一批新的读者。

见鹿说最近编辑会来联系她，二人又闲扯了几句就结束了对话。

时笙退出私信界面又去看评论区，看到实在好笑的就挑来回复一下。

喻文州推开浴室门，看到的就是时笙笑容满面的样子。

二人相处了这么长一段时间，好像很少看到她笑得这么放松的样子。

喻文州也好奇，于是开口问：“在笑什么？”

“喻文州。”时笙立刻换上了严肃脸。

喻文州被她这个变脸吓了一跳：“怎么了？”

时笙撇嘴：“我刚刚买苹果，但是被那个卖苹果的骗了。”

听到这话，喻文州的太阳穴一跳，她什么时候出去买苹果了？还是说在网上买苹果了？而且被骗又是怎么回事？

于是喻文州赶紧问：“怎么回事？”

时笙吸了吸鼻子：“那个卖家跟我说苹果超级甜，然后我就买了。”

说到这里，她停了一下。喻文州没听明白，往前走了几步，疑惑地说道：“嗯？”

时笙继续：“我买回来以后就立刻尝了一口，我觉得那个苹果还没有你甜。”

喻文州哑口无言。

他这是被调戏了？

时笙从没在喻文州脸上见到过这种类似于茫然的表情，直接在床上笑到直不起腰。

时笙笑到肚子痛，只是她还没反应过来，危险在一步步地靠近。

喻文州意识到自己被时笙骗了以后，又有点儿生气又有点儿好笑。尤其是看到她笑到就差打滚的样子，实在是很想过去欺负一下。

“啊！”随着时笙的一声尖叫，她直接被喻文州扑倒在了床上。

他上她下，他的身躯几乎可以严严实实地将她盖住。

时笙有点儿蒙了，刚刚还离她那么远，怎么突然就过来了，瞬移也不过如此吧。

喻文州现在身上还穿着浴袍，头发上没擦干的水也有一滴直接落在了时笙的眼皮上。

时笙想伸手抵在两个人中间，结果碰到的就是他烫人的皮肤。

时笙的笑意还没有敛去，到现在胸腔都还一震一震的。

喻文州的眼神不着痕迹地从身下的时笙身上划过，然后一吻堵在了她的唇上。

一开始吻还只是落在她的唇上，但随着喻文州的呼吸越来越重，吻也逐渐从她的唇开始往下移，吻过她的脖颈、锁骨，再逐渐往下……

与此同时，他的那双大手一开始还只是在时笙的腰上，也开始慢慢胡乱地游走起来。

时笙感受着他唇上和手上的动作，有点儿害怕。

“喻文州！”时笙的一声惊呼成功地让喻文州泄了气。他像是失了力气一样，直接整个人都压在了时笙的身上。

他的头就埋在她的脖颈之间，温柔和呼吸尽数落在她的耳朵里，还有那颗毛茸茸的脑袋，扎得她有些痒。

也不知道过了多久，喻文州撑着手起了身，用沙哑的嗓音对时笙说：“没有你甜。”

时笙脸上的热气从一开始就没消下去过，现在倒也真的像个熟透了的苹果。

喻文州翻身下了床，看也没看时笙一眼又直接进了浴室。

时笙听着浴室里淅淅沥沥的水声，脸就更烫了。

过了好一阵子，里面的水声停了。

时笙也顾不上热不热了，直接将被子拉过来把自己裹了个严实。

时笙闭着眼睛，听到脚步声离自己越来越近，然后一阵阴影投在了她的脸上。

喻文州就看着时笙的睫毛眨呀眨，就是死活不睁开眼睛。

“睡着了？”他笑着问。

时笙不答，眼皮又使劲地闭了闭。

喻文州轻笑出声。

待到喻文州坐上床，时笙主动侧过身去对着他，唤他：“喻文州。”

正准备拿床头柜上的书的喻文州顿了一下，看向她：“嗯？”

“你前天讲的故事是什么，我都没听懂。”

喻文州勾起嘴角：“听不懂也没关系。”

时笙撇了撇嘴，怪她只会英语。

喻文州怕她多想，赶紧转移话题：“今天听什么？”

时笙想了想。昨天那个她都没好好听，好像也没什么继续听的必要了，便说：“要听你准备看的。”

反正刚刚喻文州是准备去拿书的，他一个人看也是看，顺便念给她听，一举两得。

“确定？”喻文州笑了。

时笙真诚地点了点头。

喻文州轻咳一声，将床头柜上放着的《黄帝内经》拿了过来。

时笙瞥见上面那行字，瞬间蒙了，问：“你不是主修西医吗？”

喻文州笑了笑。他一开始确实是临床医学出去的，但现在主攻医药研究。而且有时候不得不承认，老祖宗的东西就是有用。

“中西医结合，取其精华去其糟粕，是最理想的状态。”他回答。

时笙似懂非懂地点了点头。她信中医也信西医，但这个不是她的专业范畴，有点儿不懂。

喻文州见她傻乎乎的样子，伸手在她的脸上捏了捏。

片刻后，喻文州的声音响起，用最温柔磁性的嗓音念着那些晦涩难懂的词句：“南方生热，热生火，火生苦，苦生心，心生血，血生脾。心主舌。其在天为热，在地为火……”

第二天是周一，喻文州就算想陪着时笙赖床也不行了。他起身去浴室洗漱的时候，时笙一点儿反应都没有。

喻文州先出去看了看，宋婶已经做好早饭了。

既然要调整时笙的作息，一日三餐就要规律。就算她还想睡，那也可以吃完早饭以后再去睡回笼觉。

打定主意后，喻文州又回了房间准备喊时笙起床。

如果说昨天时笙的起床气是百分之五十，那这天绝对是爆表了。昨天好歹睡得比这天长一些，可这天就不一样了。

时笙听到才早上七点就生气了，说：“我都说了我不吃饭，你还这么早喊我！”

说完，她直接把被子拉起来将整张脸都盖住了。

喻文州也是哭笑不得，看昨天时笙那个样子还以为是好哄的。现在看来，这是被他惹到奓毛了。

“起床吃了饭再睡回笼觉好不好？”他继续哄她。

本来被无缘无故喊醒时笙就委屈得不行，听到喻文州说话就更烦了。

“不好。”时笙闷闷地回了一声。

喻文州无奈地叹了一口气，然后就从床边站了起来。

时笙以为他是放弃了，刚刚还在被子里缩成一团，听到动静以后又恢复成了规规矩矩躺好的样子。

就在她以为自己可以继续睡的时候，喻文州直接掀开被子将她拉了起来，随即一条毛毯裹在了她身上。

时笙还没来得及生气，就已经被喻文州抱起来了。

喻文州低头就看到时笙气鼓鼓的表情，问："这么委屈？"

时笙撇着嘴，看了他一眼："我睡着的时候又不饿。"

喻文州无奈地叹气，耐心地解释道："人的胃会不停地分泌胃酸，经过一晚上的空腹，如果不吃早餐，胃里就没有食物可以去中和胃酸，胃酸就会直接腐蚀胃黏膜，继而会容易造成胃炎、胃溃疡、十二指肠溃疡等。"

时笙抿唇。他就知道吓她，她不吃早饭已经很久了，哪有这么夸张。

解释了一路，喻文州将时笙按到了餐桌边的椅子上，自己也拉开椅子坐在一旁，将盛好的小米粥直接挪到了她面前，顺手又拿了个空碗，将各种小吃小菜都夹了一点放到她的面前。

喻文州见时笙连手都不拿出来，又继续补充："不吃早饭还容易引起低血糖、胆结石、胆囊炎……"

时笙蹙眉："不准说了。"

想到早饭是宋婶做的，时笙赶紧转头找人，结果周围根本就没人。她问："宋婶呢？"

他答："在厨房。"

时笙蹙眉，为什么不出来跟他们一起吃，于是扯着嗓子对着里面喊人："宋婶！"

宋婶端着碗，一脸尬笑地走了出来："你们吃。"

时笙反对："宋婶过来坐着一起吃。"

宋婶有点儿无奈——我可真是谢谢你还记得我。

刚刚她看到小两口出了房间，直接躲回了厨房里。她的本意是为了让他们单独相处，结果这丫头是真的有点儿缺心眼。

就这样，三个人安安静静地坐在一起吃早餐。

刚刚喊时笙起床耽误了点时间，喻文州又要赶着去学校，吃饭的速度就稍微快了些。

时笙吃着吃着食欲大增，慢悠悠地把桌上所有的东西都尝了一遍。

喻文州擦了擦手起身，然后弯腰迅速在时笙的嘴角吻了一下。

一个动作，时笙的脸又涨得通红，一旁的宋婶更是直接掩唇别开了头。

时笙觉得自己已经没脸面对宋婶了，快速解决掉碗里的小米粥之后，直接站了起来。

“宋婶，我去睡个回笼觉，辛苦你收拾一下了。”说完，没等宋婶回答她就头也不回地跑了。

宋婶看着时笙一脸害羞的样子，也跟着笑了起来。家里有个活宝是真的能活跃气氛，她看着喻文州都没以前那么沉闷了。

按道理来讲，酒足饭饱以后是很容易犯困的。但这次，时笙躺在床上睡意全无，甚至无端觉得有点儿兴奋。

想到自己缺失的瞌睡，时笙直接在床上滚了几圈。就这样还不解气，她直接把手机翻出来找到了喻文州的微信。

那边的喻文州刚停好车，仿佛有心灵感应一样。他才刚把手机拿出来，就看到了跳出来的微信信息。

宝贝：“都怪你！！”

后面的感叹号足以证明现在的时笙有多不满。

他盯着手机直接笑出声，干脆把电话回拨了过去。

时笙本来只是想小小地发泄一下，结果看他把电话打过来，差点儿吓得手机都没拿稳。

算着在即将挂断的前一秒，时笙颤巍巍地按下了接通键。

“喂？”她试探着开口。

“这么快就想我了？”电话那头的喻文州开口。

时笙抿唇，这人怎么总是不害臊的话张口就来？

“今天白天有安排吗？”喻文州又问。

“有。”

时笙也是昨天看微博的评论才想起来，自己曾经立过要尝试漫画的誓言。

虽然画漫画需要的基本绘画技巧和绘画软件她都可以，但一部成熟的漫画，人设、剧情编排、价值观输出、分镜安排这些都是重点。

既然决定要做，那时笙肯定也希望自己可以做好。所以昨天晚上她连夜报名了一个编剧课和漫画基础班的试听课。

本来以为自己要中午才能起床，她选的试听时间也是下午。想过的无数种意外中，最容易发生的就是她起晚了赶不上。

但万万没想到，竟然会是她起床起早了。

喻文州见她不搭话，又主动问：“要去干什么？”

时笙只得简单地将这天的计划说了一遍，字里行间都在怪喻文州那么早喊她起床。

喻文州在那边憋笑，跟她提议：“去问问看有没有上午可以试听的，上午一个下午一个，不会那么累。”

时笙无语。她最不喜欢的就是这样，上午和下午都占用了，会让她无端地觉得这一天都在忙。

如果都压缩到下午解决掉，至少她的心里会觉得花的时间相对少一些。

“嗯？”喻文州又出声了。

时笙觉得每次喻文州用这样的语气说话就是在引诱她，而她好死不死地竟然又听进去了。

“那问好了告诉我。”喻文州继续道。

时笙不解：“告诉你干什么？”

喻文州无奈地笑了笑：“如果你上午要出门，我就来接你一起吃午饭。”

时笙的话还没说出口，就听他继续道：“我想和你一起吃午饭。”

他的语气明明就平淡如常，可时笙就觉得他是在跟她撒娇。

电话那头安静了，有那么一瞬间，时笙的耳朵里只剩下自己如雷的心跳声。

这么直白地说出自己的想法，这是时笙做不到的，却也是她羡慕别人的地方。尤其是现在说话的人变成了喻文州，说话的内容还是和她相关的，实在是很难让人不心动。

时笙就这么迷迷糊糊地答应了。

还好编剧课那边上午也可以试听，时笙立刻就跟那边改了时间。

宋婶看着急匆匆出门的时笙，赶紧问："笙笙，要去哪里？中午想吃什么？"

时笙站在玄关，一边换鞋一边说："宋婶，你中午自己吃吧，我有点儿事情要出去，中午我跟文州一起吃饭。"

听到这话，宋婶的眼睛都笑得眯起来了。这小两口的感情真好，才分开这么一会儿，中午就又要腻到一起去吃午饭了。

第五章
谢谢师娘

★ ☆ ★

时笙打车去了市中心的培训机构，到的时候顺便给喻文州发了具体位置。

因为是临时改成上午试听的，时笙去的时候课已经开始了。有工作人员把她带到了教室外，她悄悄地从后门钻了进去。

教室不大，时笙也没想到里面竟然会有那么多人。现在贸然往前走也不太礼貌，她就随便在后面找了个空位。

毕竟是真诚过来学习的，时笙坐下以后很快就进入了状态。她一边跟着老师的思路在思考问题，一边在笔记本上记重点。

只不过她是一心想要好好学习，她旁边的人可就不是这样想了。

旁边的男生从时笙进来就注意到她了。她的长相和气质太出众，想不注意到不行。

从时笙坐下开始，他就准备搭讪了。谁知道时笙全程头都没偏一下，眼睛直直地看着讲台上。

“小姐姐，可以借用一下你的红笔吗？”男生开口。

时笙正在写老师刚刚说的一个重点内容，听到旁边传来声音，顺手就将自己的笔袋递了出去。

她的本意是就是希望对方可以赶紧闭嘴，找到要用的东西用就是了，谁知道对方偏偏跟她对着干。

“小姐姐，你的红笔好好用，是什么牌子的？”

时笙正在奋笔疾书，根本就没空搭理他。而且这种明知故问的问题，她实在是无法回答。

“小姐姐？”男生见时笙不说话，就又喊了一声。

时笙总算是偏头看他了，一眼就看到他手里拿着的那支笔。那么大的品牌标签就在笔帽上，除非是瞎才会看不见。

她耐着性子说：“笔帽上有名字，我是网上买的，急用可以去店里买。”

男生突然就笑了：“不急，不急，你可以把链接推给我吗？”

时笙虽然没什么谈恋爱的经验，倒也不至于迟钝到这种时候还反应不过来。

两个陌生人，推什么链接？怎么推链接？

这种简单粗暴的搭讪方式，她以前还真的遇到过。

时笙重新开始忙自己手里的事情，而后说：“搜名字就搜得到。”

男生见她这么冷淡也没有特别气馁，长得好看的女生难追很正常嘛。

时笙真的想好好听课，但接下来的时间里，旁边的男生叽叽喳喳说个不停——

“小姐姐，你的笔袋好好看呀，哪里买的？”

时笙：“店里。”

“小姐姐，你的外套好好看，哪里买的？”

时笙：“你穿不了。”

“小姐姐，你的背包好可爱，哪里买的？”

时笙：“你背不了。”

在男生的打岔中，时笙成功地没有听清楚老师讲的话，她真的要爆炸了。

她直接转头看着那个男生问：“你没事儿吧？”

男生一下没明白时笙的意思，只是呆呆地看着她，眼里充满了疑惑。

时笙是真的有点儿无奈。

在时笙眼里，刚刚男生的行为就有点儿没事找事。她很不喜欢在自己认真做事情的时候被别人打扰，而刚刚那个男生是真的全程都在叽叽喳喳说个不停。

她真的已经好久没有见过这么聒噪的男生了，而且还是上课期间。虽然培训机构的老师不会像学校老师一样严格，但老师就是老师。换句话说，不管是谁，只要站在了讲台上，最起码的尊重还是要有的。

刚刚老师在上面讲，男生在下面讲，非常不礼貌，这样的行为真的让时笙十分反感。

好不容易熬到下课，时笙毫不犹豫地拿着东西就走了。

“小姐姐，你等我一下！”男生见她已经快走到门口了，赶紧出声喊人，而后也快速站了起来。

后面的人越喊，时笙的脚步就越快。

但男生的步伐比女生的大，眼看着就要被追上，时笙看到了正站在大厅窗边的喻文州。

那一刻，她好像看到了她的救世主。

“州州！”她这一喊，喻文州和男生的视线都停留在了她的身上。

时笙现在什么也顾不上了，冲着喻文州飞奔而去。她一头扎进他的怀里，他也稳稳地将她接住。

“这么急干什么？”他笑着摸了摸她的发顶。

时笙在他怀里喘了口气，有点儿委屈道：“那个男生一直跟着我。”说完，她微微偏头看向那个男生。

听到这里，喻文州的眼睛才看到了时笙以外的其他人。

男生就站在时笙刚刚跑过来的方向，不过现在已经愣在原地了。

喻文州光看男生的表情就知道，这个人对时笙有意思。只是现在看着时笙跟自己表现亲密，男生脸上的表情已经开始变得有些精彩了。

喻文州将时笙手里的东西接过来，对她道："转一下。"

时笙刚刚出来的时候很着急，笔记本和笔抓在手上就跑了。她这天背的是一个很大的斜挎包，现在包包正耷拉在她身后。

听到喻文州的话，时笙乖乖地转身，喻文州帮她把东西都放了进去。

男生再次看到了时笙的脸，一如刚才第一面的惊为天人。犹豫了片刻，他还是鼓足勇气走上前来，直入主题道："小姐姐，我可以要你的联系方式吗？"

听到这话的时笙眼睛都瞪圆了，出口就是声调都拔高了的一句："不可以！"

她本来以为自己跑来找喻文州就算万事大吉了，谁知这个男生这么没有眼力见。

男生的表情稍显失落，但依旧硬着头皮问："为什么？"

时笙难得有这么无语的时候，这么明显难道看不出来吗？！

感受着男生殷切的目光，还有喻文州周身逐渐降下去的气压，时笙的头都开始疼了。

她干脆将自己的左手伸出来，还顺便在男生面前晃了晃。左手无名指上戴着戒指，表达的意思不言而喻。

男生的表情有点儿垮了。

其实他一开始就注意到了时笙手上戴着戒指，但想着现在有很多女生都会把戒指当成装饰品，他也就没怎么多想。

谁知道这天遇到的时笙是来真的。

时笙见男生没有说话，以为他是不信，赶紧将喻文州的手也抓起来。

两只手握在一起，还戴着同款的戒指。男生的脸彻底垮了。

男生走了，时笙甚至觉得那个背影还带着点落寞的意思在里面。但她已经没有时间管这些了。

挑事的人走了，但她这“受害者”的情况并没有好到哪里去。

时笙微微偏头，看着面色难看的喻文州，试探着喊他：“喻文州？”

喻文州轻哼一声：“刚刚不是还喊州州？”

时笙尴尬地摸了摸鼻子：“刚刚那是一时情急的无奈之举。”

喻文州听了她的话，就知道现在两个人不在同一个频道上，无奈地解释：“没有说不让你喊。”

时笙站在旁边闷闷地“嗯”了一声。

喻文州上午只有一堂课，下课以后就开车过来，在大厅这边等了好一会儿了。

时笙喊他的时候他正站在窗边看外面的景色，听到时笙的声音，他赶紧转身去找人。看到时笙朝着他飞奔过来的身影，他是真的很开心，有一种被她依赖了的感觉。

结果到头来才知道，自己竟然被当成了挡箭牌。而且那个男生，全程盯着时笙看就算了，还完全无视他的眼光。

那肆无忌惮地盯着时笙的目光，很让人生气！

“你经常遇到这种情况？”喻文州问。

时笙摇摇头，随后又点了点头，最后又摇了摇头。

明明还在生气的喻文州看到她的这个动作，也是没忍住笑出了声。

时笙有时候是真迷糊，连做出来的动作也傻乎乎的。

“多，还是不多？”他继续问。

喻文州的语气温柔又磁性，像是在引诱着时笙这天必须要说出个所以然来。

时笙抿了抿嘴唇。

这个问题是真的不好回答，多和不多的定义是什么？多少算多，多少又算不多？

其实从初中开始，在大家开始对异性产生懵懵懂懂的感情的时候，时笙在学校是很受欢迎的。

结果某一次她被一个男生堵在校门口的时候，被她妈妈撞见了。

随后，事情的走向就开始朝着奇怪的方向发展了。

那天过后，她是夏老师的女儿这件事情就在学校传开了。

时笙从一开始的因为长相而出名，变成了因为身份而更出名了。

学校的初中部跟高中部在一起，这个消息一出，直接让时笙安安稳稳地度过了中学六年。

大学从进校开始，时笙就陆陆续续被好多人要过联系方式。但她本人对这些事情是真的一点想法都没有。

直到大四上学期，她替姐姐去相亲，事情的发展就脱离她预想的轨道了。

“其实我也没那么讨喜。”时笙突然对着喻文州开口。

喻文州反应了一下。刚刚不是还在说是不是有很多人追她，怎么话题突然就到这里了？

时笙微微叹了一口气，连脑袋都耷拉了下去。

喻文州明显感觉她的情绪有点儿不对，而且看样子也没打算跟他说。

“课怎么样？”喻文州转移话题问她。

时笙的思绪被拉了回来，认真地思考了一下后点了点头。

其实她是喜欢看书的，但看书，看小说、散文、诗词跟剧本完全是两回事。不过足够多的阅读量也是能写好剧本的一个前提。

“那就定这家还是准备再看看？”喻文州又问。

时笙立刻摇头，说：“就这家了。”

她没有货比三家的习惯，只要遇到的第一家符合心意就不会再去第二家浪费时间了。

两个人还在这边说话，这天早上带时笙去教室的那个工作人员就过来了，昨天晚上时笙咨询的也是她。

时笙一出教室她就准备过来问试听得怎么样，结果当时三个人站在一起，场面有点儿混乱，她就先回办公室了。

“宝贝儿，感觉怎么样？”工作人员从另一边走了过来，问。

时笙听到这样的称呼先是愣了一下，随即脸上露出一个大大的笑脸。她竟然被漂亮女生叫宝贝了。

站在一旁的喻文州看着时笙盯着人家看的样子，手直接敲在了她的额头上。

人家女生是看到帅哥犯花痴，他家这个怎么还反过来了。

看到工作人员走近，时笙直接对着她点了点头："还不错。"

工作人员又冲着她笑了笑："嗯，您满意就好。"

说到这里，时笙才猛地想起来："编剧课是这一位老师还是别的老师？"

"还有其他老师。"工作人员解释。

时笙又有点儿犹豫了。她不是一个愿意试错的人，这天她只试听了这位老师的课，不确定报班以后安排的其他老师自己到底会不会喜欢。

"宝贝儿是只喜欢这一位老师吗？"工作人员又问。

时笙红着脸点了点头："我不确定我能不能适应其他老师的课。"

"这位老师这一轮课还有两天就结束了，然后再过一周就会开始带新的一批学生。如果你一定要这位老师的话，可能会要再等一阵子。"工作人员解释。

倒也不是很着急，时笙更在意的点是："这位老师只上上午的课吗？"

工作人员像是猜到了她的想法，有点儿无奈地点了点头。

时笙立刻委屈地抿唇看向喻文州。她好惨，如果一定要来上这位老师的课，不就意味着她得一直早起吗？

听到这个回答的喻文州反倒是满意了，这样时笙每天都得规律地早睡早起了。如果可以，他们早上应该还会一起出门。

喻文州摸了摸她的脸，询问道："那就再缓一阵子再来上课？"

时笙抬头看着喻文州，有些纠结。

工作人员看着各种小动作不断的两个人，心理防线差点儿就要崩塌了。

单身的人是真的无法面对这么甜蜜的场面啊！

“那就先报名吧，等这位老师开始带下一批学生了你再通知我。”时笙做了决定。

看到这么耿直就报名的学生，工作人员的脸上露出了一个无比灿烂的笑容，温柔地说道：“好，那我们先去那边确定一下具体信息吧。”

时笙点了点头，然后看向了喻文州。

喻文州摸了摸她的脸，示意她把包包递过来：“去吧。”

只是去交个费，速度还是很快的。很快手续就办好了，工作人员又把时笙送了出来。

隔得很远时笙就看到了正帮自己拎着包包的喻文州，有点儿违和又有点儿好笑。

“你老公好帅哟。”工作人员小姐姐开始吹捧。

对于这话，时笙很难不赞同：“其实，我也这么觉得。”

喻文州看着两个女生一路说说笑笑地走了过来，心里小小地醋了一下。

时笙到底什么时候才能这么坦然自若地跟他相处呢？

隔得近了些，时笙就发现喻文州的脸色好像又有点儿不对劲。

怎么了？她可什么都没干！

工作人员见时笙的眼睛都要黏在喻文州身上了，赶紧笑着说：“那等开课了，我再给你打电话。”

时笙点了点头：“好，谢谢你。”随后，她指了指喻文州的方向道，“那我先过去啦，拜拜……”

时笙蹦蹦跳跳地跑到喻文州身边，伸手搂住他的腰，仰着头问：“你饿不饿？”

喻文州总算是勾起了嘴角，伸手在她鼻子上刮了刮：“饿不饿都要吃饭。”

时笙像是听到了什么不得了的结论，非常配合地点了点头，表情还一本正经的。

喻文州成功地被她的样子逗笑。

“走吧。”他牵过她的手，两个人往电梯那边去了。

两个人都没有什么特别想吃的，直接去了附近商场的顶楼碰运气。反正那边全是吃的，看看以后再决定也不迟。

走了一圈，终于在一家日料店门口，时笙有点儿挪不动脚了。

日料多以生食为主，在喻文州的观念里，人体还是更适应熟食。至少他是几乎不吃生食的，连吃牛排也一定要点全熟。

时笙眨巴着眼睛望着他，喻文州非常无情地摇了摇头。

可惜了，虽然时笙很少撒娇，但在原则面前，喻文州不吃她这一套。

两个人僵持在了原地。

“文州……”时笙故意拖长了声音。

喻文州挑眉，这是什么新的招数。

最后事实证明，撒娇是有用的。

只是时笙也不算百分百胜利。喻文州同意她去吃日料的条件是：“你今天要来学校接我下班。”

时笙：“……”

等着上菜的过程中，时笙像是突然想到什么，双手撑脸望着喻文州说：“喻文州，以前也有很多人追你吗？”

她以为一定可以得到一个肯定的回答，结果喻文州却摇了摇头。

念书的时候每天都十分忙碌，喻文州又不善言辞，就算一开始有女生喜欢他，但长久得不到回应，也没几个人能坚持下来。

时笙不太相信，说：“你长得这么好看，学习又好，上学的时候肯定是女生喜欢的类型。”

喻文州低声笑起来：“谢谢。”

时笙蒙了。谢什么谢？夸他好看是实话，但她想听八卦才是真的。

她眼睛里的那丝狡黠实在是不加掩饰，喻文州又怎么会猜不到她的心思。

“只有你一个。”他说。

时笙反应了一下，才明白他在说什么。

喻文州又继续强调：“从头到尾都只有你一个。”

时笙有点儿不好意思地轻咳了一声，赶紧低下头闭嘴了。

喻文州看着时笙疑似害羞而变红的耳垂，嘴角的笑意更明显了。

还好这种略显暧昧的氛围并没有持续多久，服务员就来上菜了。

虽然开头不太顺利，但当一口刺身塞进嘴里的时候，时笙还是满足到眯起了眼睛。

喻文州瞥见时笙这副样子，觉得她很像一只馋嘴的小猫咪。

下午喻文州实验室还有事情，时笙也还要在这附近去试听漫画基础班的课。

大概是怕她临阵逃脱，喻文州直接把车钥匙塞给了她，自己打车回了学校。

时笙坐到教室里才反应过来，自己又答应了什么？

一节试听课的时间不长，时笙都还没什么感觉，上面的老师就说下课了。

来上这个漫画基础班时笙是有点儿犹豫的。

一是前面的内容对她来讲实在是太基础了；二是老师讲课的方式过于套路化和功利化了，她不喜欢。

但是她又不确定后面的课程里关于分镜讲解的占比大不大。

时笙想去要份课表看看后面的内容安排，结果因为问的问题过于专业被当成了同行。

时笙被气得不轻。她发誓，无论如何她也不要报班了。

一气之下，时笙差点儿把附近那家书店漫画区的书全部搬空。

她要自己回去好好研究，她就不信这个邪了！

这边所有事情都结束了，也才到下午四点多。喻文州刚刚说他要六点才能下班，为了避免下班高峰期，时笙还是选择了先把车开去学校。

大概是她的身体还没有适应早起，加上这天一直都在外面跑，中午也没时间睡个午觉，她把车停好以后，翻着漫画学习时，一不小心就睡了过去。

按照计划，喻文州可以在六点之前下班。但计划永远赶不上变化，实验在出结果这种紧要关头出了点儿问题。

他拿起手机看，已经快要六点半了。

喻文州很确定，时笙是个守信用的人。下午两个人说好了的，那她就一定会来。

现在手机里一个电话没接到，一条微信也没收到，他不确定时笙是生气了还是怎么回事。

喻文州赶紧出实验室给时笙打了个电话。

时笙趴在车里睡得正香，听到手机铃声吓得她心一紧。她迷迷糊糊地按了接听键，但听到里面喻文州的声音时还是直接清醒过来。

“笙笙？”他柔声开口。

“喻文州？”她以为自己睡过头，耽误了喻文州的时间，现在正心虚着。

喻文州听到她的声音还带着点沙哑就猜到她刚刚应该是睡着了。不过这样也好，总比干等着他强。

“对不起，我这边暂时还走不了，你自己先回家好不好？”毕竟是自己失约在先，喻文州还是先开口道了歉。

听到这话，时笙看了看时间才发现竟然已经六点半了。但是她不在意时间，反而问：“你是不是还没吃饭呢？”

喻文州直接轻笑出声。他就知道，她的思维向来很跳脱。

见他不说话，时笙又问了一次：“你们实验室还有别的人跟你一起吗？”

喻文州回忆了一下人数，那确实就有点儿多了。

他去年年底回来任教，那时候没有新入学的学生可以给他带，所以学校就安排他上大课，然后跟两个同事合作一个研究项目。

研究生全是两个同事带的，他相当于是帮忙。

“还有九个人。”喻文州回答。

时笙“嗯”了一声，说：“那你等我一会儿吧，我来给你送吃的。”

喻文州拒绝的话还没说出来，时笙就已经挂断电话。

现在天已经慢慢开始暗下来了，时笙是鼓足了勇气才又把车开了出去。

这么多人的食物，想要快且方便拿，时笙能想到的就只有炸鸡快餐了。

好在学校门口不远就有店面，时笙赶紧进去点了餐。

喻文州收好手机走回实验室，宋修远刚好从里面出来。

宋修远是喻文州的同门师兄，要大喻文州几岁。

两个人毕业后都选择了留校任教，便从师兄弟变成同事了。

“我去买点吃的回来，想吃什么？”宋修远问。

喻文州摇摇头，嘴角笑意明显地说：“我太太马上过来。”

宋修远不解，话还没说出来又听喻文州补充道：“她来给我们送晚饭。”

宋修远看向喻文州的眼里充满了无语，心道：这人平时不是挺正经的嘛，怎么突然就开始嘚瑟了。

事实证明，不止宋修远觉得喻文州不对劲。

有学生疑惑，实验都出问题了，还有什么事能让喻文州这么高兴。

“喻教授，什么事这么开心？”有学生问。

喻文州抿唇轻咳了一声，恢复到以往的样子后回答：“马上就能吃饭了。”

一旁的学生都快疯了，教授这是饿出幻觉了吗？这天晚上他们有没有觉睡都是个问号，还吃饭，估计做梦都没机会吃。

喻文州轻笑道：“我说真的。”

几个学生面面相觑，一致认为喻文州是被实验逼疯了。

只有宋修远在一旁咋舌感叹，热恋中的人哪。

没过几分钟，喻文州当着众人的面接起电话就出去了。

时笙记得学校实验楼有门禁。为了不被拦下来，她选择提前联系喻文州。

实验楼刚刚映入眼帘的时候，时笙就看着一个穿着白大褂的身影从里面走了出来。再走近一些，她才发现那就是喻文州。

他眉眼如常，只是有了这身白大褂的加持，整个人显得更有学术气息了。

和时笙的眼神相对时，喻文州的嘴角勾起了一抹笑意。

“怎么买这么多？”喻文州过来将她手里的大部分袋子都接了过去。

时笙有点儿不好意思地解释：“我不知道大家的饭量如何。”

买多了，每个人分一分还可以塞下去；买少了，有人会吃不饱。

时笙看着大部分东西都到了喻文州手里，继续说：“还有饮料在车里。”

东西实在是太多了，也不怪她两只手拿不过来。

喻文州笑了笑，她想得还挺周到。于是他说：“先进去吧，我待会儿找人出来拿。”

时笙点了点头，放弃了自己再去拿的想法。

实验楼这边相对严格，进出人员全是需要刷卡的，闲杂人等没有人带是完全进不去的。

除了初高中时期必要的物理和化学实验，这还是时笙上大学以后第一次来实验室这种地方。虽然自己理工科一塌糊涂，但耐不住她觉得学这些的人都很酷。

喻文州见时笙全程都在到处看，眼睛里就差冒星星了，笑道：“这么好看？”

时笙认真地点了点头：“我觉得实验室好酷，穿白大褂也特别酷。”

喻文州轻笑出声："想夸我就直说。"

时笙嗔怒地看向喻文州。明明她只是感慨一句，他怎么就对号入座了？

她发现，喻文州最近越来越不正经了。

两个人很快走到了实验室门口。因为不能在里面吃东西，喻文州站在门口喊了一声，随即跑出来几个人。

看到喻文州手里真的抱着东西，几个学生眼睛里都开始放光，纷纷感谢——

"喻教授，你是个好人！"

"喻教授，感恩的心！"

"喻教授，爱你！"

"…………"

几个人一边说一边非常自觉地开始接东西。

喻文州发完了自己手里的东西，十分熟稔地从时笙手里接过剩下的继续分发，还不忘捏捏她被袋子的提手勒出了红痕的手指。

几个学生自然也看到了他们的互动，想到前段时间说喻文州已婚的传闻，几个人也非常上道——

"谢谢师母！"

"谢谢师娘！"

他们同时开口，只是称呼上稍微有点儿区别。

时笙一时有些难以接受这种称呼，羞得直接将脸贴在了喻文州的背上。

喻文州勾起嘴角，转过去俯身问："吃了吗？"

时笙摇了摇头。

喻文州知道她害羞，说："那我们去旁边吃？"

时笙又点了点头。

几个学生现在已经不顾形象地直接席地而坐了，但老师们还没开始吃，他们也不好意思先动手。

喻文州随便拎了一袋，牵着时笙的手就准备去楼梯口那边。

时笙捏了捏他的手，待他俯下身以后才说："饮料还没拿过来。"

"车钥匙呢？"喻文州问。

时笙从包包里将车钥匙拿出来递给喻文州。

喻文州对着刚刚说话的男生招了招手，说："去车里拿饮料。"

听到还有饮料，几个人又开始不停道谢——

"谢谢师娘！"

"谢谢师母！"

时笙已经羞得说不出话了，干脆整个人都躲进了喻文州的怀里。

喻文州见她头都不敢抬了，又问："车停在哪里了？"

"南门的那个停车场，在靠近南湖的位置。"

喻文州点了点头，又将这话给那个男生转达了一遍。

明明三个人站得那么近，结果还是喻文州全程在中间当传话筒。

喻文州牵着时笙去了楼道那边。

她正准备一屁股直接坐下去，就被旁边的喻文州出声阻止："等一下。"

时笙被吓了一跳，气鼓鼓地转过头去看喻文州。

喻文州不语，只是将手里的袋子塞到了时笙怀里。

时笙还没搞明白这是要干什么，就看到喻文州将身上的白大褂脱下来搭在了楼梯的扶手上，接着将风衣外套也脱下来铺在了地上。

"过来。"他先坐下去，再拍了拍旁边的位子说。

脱掉两件外套后，喻文州身上就只剩下了一件毛衣，因为是贴身的设计，此时他上身的线条被完美地勾勒了出来，他却浑然不觉。

时笙的目光落在他身上，不自觉地咽了口口水。

喻文州见时笙这副模样，低下头一看，顿时明白过来，调侃道："这也能看呆？"

时笙这才回过神来，红着脸企图给自己挽回一点儿形象："才没有呢，我见得多了！”

喻文州笑着看她：“嗯？你见得多？”

时笙张大了嘴：“看不起谁呢！我好歹也是画过人体的好不好！”

素描作为所有绘画的基础，学到深层次的时候都会尝试画人体。想要人物画得好，表面的皮肉是一部分，皮肉下面的筋和骨也是重中之重。

当然，时笙个人认为人物的思想和形态是更重要的。

俗话说画虎画皮难画骨，说的不也是这个意思吗？

时笙的思维确实也是跳脱。想到喻文州作为医学生，她又问：“你说是你见过的人体多还是我见过的人体多？”

喻文州很庆幸，庆幸自己刚刚拿出来的汉堡还没有吃进嘴里，不然肯定得呛到。

他还没来得及回答，又听到时笙说：“那肯定还是你见过的多，我其实也没见过多少。”

喻文州只觉得自己的太阳穴都开始跳了，她的语气听起来还挺遗憾。

“唉，有生之年希望可以画到克里斯·埃文斯那样的模特，我太喜欢他的肌肉线条了，纹理分明却又不夸张，瘦削精壮型，穿衣显瘦脱衣有肉。”时笙说着说着嘴角止不住地上扬，仿佛脑海里已经有一个克里斯·埃文斯在等着她了。

“而且……”时笙又将声音拖长了些，“我觉得他的胸型好好看，太性感了！”

一句话让喻文州心中的那根弦彻底绷断了。他老婆竟然当着他的面肖想别的男人，实在是忍不了！

“时笙。”喻文州语气严肃地喊。

时笙的思绪一下子被拉了回来，有点儿脸红地看向喻文州。

她正欲开口解释，喻文州一把将她拽进怀里，炙热的吻落在了她的唇瓣。

时笙拒绝的声音全部化成了细碎的嘤咛，通通被堵在了嘴边。

想到现在还在实验楼这种地方，随时都可能有人出现，时笙挣扎着想要逃开，然而她的手只是刚刚抵在喻文州的胸口就被他钳制住。

一吻结束，时笙早已羞得满面通红。

喻文州看着这样的时笙，直接轻笑出声，哑着声音问：“还要画其他人？”

时笙闭着眼睛摇头。

“回去让你画我。”他又继续道。

时笙继续闭着眼睛摇头。

“嗯？”

这么危险的一声，时笙猛地睁开眼睛：“画、画、画，回去就画。”

“喻教授、师娘，我把饮料给你们拿过来了！”

楼梯间的门突然被打开，男生本来只是好心过来送东西，看到里面的场景直接傻眼了。

“对不起，对不起！”男生手里拎着饮料，嘴上说着道歉的话，但也没见闭一下眼睛或者挪一下腿。

时笙是真的希望自己此刻可以短暂地失聪或者失明一下，哪怕是失智都比清醒来得好。

“你先回去。”这话是喻文州对那个男生说的。

男生如梦初醒般地将手里的两杯饮料放在了地上，紧张地说：“对不起，对不起，喻教授、师娘，你们继续。”

继续什么继续，我求求您闭嘴吧！

男生走了，顺便把楼梯口的门也给关上了。

男生走出去没两步，时笙在楼梯间里又听到了宋修远的声音：“你们喻教授在里面吗？”

男生应该是顿了一下，而后才回答：“在，就是他可能在忙。”

时笙彻底无语了。

如果可以，给她找条地缝吧，这次她是真的没脸出来见人了。

喻文州没控制住直接笑出了声，埋在他怀里的时笙大着胆子在他的腰上捏了一把。

事实再次证明，喻文州身上有肌肉，而且很硬。

喻文州试图将时笙拉出来，但她就是趴在自己身上不动。他问："不出来？"

时笙摇头，又使劲在他怀里蹭了蹭。

"不吃饭了？"他继续补充。

时笙继续摇头。

喻文州看着缩头乌龟一样的时笙，笑道："再不出来我就亲你了。"

话音刚落，时笙立马抬起了头。

她想站起身去拿放在门口的饮料，谁知因为用力过猛直接一个趔趄差点儿又摔下来。

楼梯间这种地方本来就危险，她一个不稳，吓得喻文州的心都要跳出来了。

他赶紧起身一把将时笙搂进怀里："急什么？"

时笙无语地看他一眼——你说我急什么？

"坐好。"喻文州扶着时笙重新坐了下来。

他将放在门口的饮料拿过来，插好吸管以后才递给她，摸了摸她的发顶说："先吃，我先出去一下。"

时笙从袋子里摸出一个汉堡，啃了一口还不忘含糊地说："待会儿就凉了。"

这些快餐凉了有多难吃大家都懂。

喻文州似是赞同地点了点头，随即直接把时笙手里啃了一口的汉堡抢了过来，在她咬过的位置咬了一口，说："那我带走。"

他从动作到表情都很自然，仿佛吃她吃过的东西是一件再寻常不过的事情。

只是可怜了时笙，这一阵子脸上的温度就没有降下来过。

喻文州走了，时笙坐在楼梯上吃着东西。她重新拆了一个鸡肉卷，东西下肚差不多就饱了。

她在原地坐着休息了一会儿，结果还不见喻文州回来。几经纠结，她决定拎着东西出去找人。

也不是她故意想偷听，实在是喻文州和宋修远两个大高个子站在阳台那边很显眼。

整个实验楼本来就安静，加上现在也没什么人了，时笙只是刚刚走近些就听到了两个人的对话。

她正准备转身离开，结果就看到不远处的喻文州对着她招手喊道：“笙笙。”

时笙站在原地有点儿迟疑。一是她还不认识宋修远；二是刚刚还不小心听到了人家的私事，实在是有些尴尬。

见她不动，站在那头的喻文州又喊了一声。

时笙只能深呼吸一口，硬着头皮走了过去。

“宋修远，我师兄，现在也是同事。”喻文州向时笙介绍。

时笙对着宋修远笑着点了点头，算是打过招呼了。

随即，喻文州又对着宋修远开口：“时笙，我太太。”

宋修远也微笑着点头算是回礼。

“要先回家还是去宿舍等我？”喻文州又问时笙。

时笙思考了一下，回答的话还没有说出来，旁边宋修远的电话就响了。

宋修远指了指自己的手机，示意自己要接个电话。

时笙和喻文州也都噤声站在一旁。

宋修远只是象征性地往旁边走了两步，电话里的声音还是传了一些出来。

主要是小孩子哭的声音实在是太明显了，而且那个孩子明显已经哭得有些上气不接下气，连声音都有点儿哑了。

“你先回去吧。”待到宋修远挂断电话走过来，喻文州先开了口。

宋修远摇头道：“这个实验是我牵的头，现在怎么能让你一个人在这里守着。”

如果是其他人说出这种话，还有可能被理解成不想同事独揽功劳，但说这话的人是宋修远，喻文州劝道：“念念的嗓子都哭哑了，你不回去她今天晚上都不用睡了。”

虽然是事实，但宋修远还是犹豫了。

时笙见他们都是为对方着想，试探着问：“是家里的小孩子吗？”

宋修远无奈地笑了笑：“是我女儿。”

听到这里，时笙有些震惊。

虽然喻文州介绍说宋修远是师兄，但他看起来实在是年轻，时笙没想到他竟然已经有小孩了。而且更尴尬的是，如果她刚刚没听错的话，宋修远和喻文州在聊的事情，好像是他最近在跟他老婆谈离婚。

结合刚刚那个电话来看，估计孩子现在在家只有保姆带着。

“可以把她接过来。”时笙提议。

既然宋修远舍不得离开，家里孩子又在哭，倒不如带过来看着。

两个大男人都看着她，时笙赶紧解释：“我可以帮忙带着她。”

时笙怕宋修远不同意，又继续道：“她来了能看到你至少也安心一点。”

宋修远再次犹豫了，眼神在时笙和喻文州身上扫过，随后对着时笙开口：“会麻烦你吗？”

时笙摇头：“不麻烦，不麻烦。”

喻文州先前问她是要先回家还是在这里等他，她选择等他，现在也算是一举两得了吧。

没过多久，宋修远家的保姆就把孩子带过来了。但实验室这种地方实在没办法进，宋修远就抱着宋念在外面哄了老半天。

宋念这年才三岁多，粉粉嫩嫩的，光看那张漂亮的小脸蛋也知道父母的基因有多优秀。

“念念，姐姐陪你玩好不好呀……”时笙蹲在地上，跟小朋友保持一样的高度。

大概小孩子也对长得好看的人有天生的好感，听到时笙说话，宋念的哭声渐弱，怯生生地看着她。

“姐姐有好多好多漫画，你要跟姐姐一起去看吗？”时笙继续哄她。

听到这里，宋念停止了哭泣，转而看向宋修远，似在询问他的意见。

“你可以跟姐姐一起玩，但是不可以给姐姐添麻烦，有问题就给爸爸打电话。”宋修远开始给宋念交代。

宋念有点儿迫不及待，宋修远话才刚说完，她就脆生生地说了一声“好”。

再一眨眼，人已经跑到时笙那边去了。

时笙看着软乎乎的宋念，心都快化了，没忍住在她的脸上摸了一把。

旁边的喻文州看到这一幕也觉得好笑，过去摸了摸时笙的发顶，叮嘱道：“辛苦你照顾念念了，有问题就给我打电话。”

临走前，喻文州又把宿舍的备用钥匙给了时笙。他不确定这天晚上是不是得熬通宵。

时笙看到两个人都进了实验楼，转头看向念念，问：“念念，想先去看漫画还是要先去买零食呢？”

小孩子饿得快，看她刚刚又哭了那么久，时笙怕她待会儿会饿。

念念思考了一下，然后小心翼翼地问时笙：“可以吃零食吗？”

时笙笑着点了点头：“当然可以了！”

看念念的表情好像是在犹豫，时笙也不催她，片刻后又听到她说：“可是妈妈都不让我吃零食。”

时笙摸了摸念念的脸，还真是一个乖宝宝。她哄道：“偶尔吃一次没关系，就当是我们俩的秘密好不好？”

念念的眼珠子转了转，然后郑重地点了点头：“嗯！”

时笙带着念念去学校超市逛了一圈，最后薯片、薯条、可乐和橙汁装了一整个袋子。

买完东西以后，她又带着念念去了车那边。还好她这天买的漫画够多，随便挑出一两本给小孩子看的还是没问题。

一切准备就绪，时笙带着念念回了喻文州的宿舍。

喻文州的床她是不敢随便造次的，但是又要带着念念玩。她思前想后，最后在衣柜里找了床单，铺在地上搭了个简易的地铺。

一大一小一起坐在地上，有零食又有漫画，好不惬意。

念念估计从来就没有过这么放肆的经历，整个人变得兴奋异常。但小孩子情绪高涨的后果，就是没一会儿就开始打哈欠了。

“困了吗？”时笙问。

念念揉了揉眼睛，正准备回答她，结果张嘴直接变成了打哈欠。

时笙被她这个样子逗笑，又没忍住伸手在她肉嘟嘟的脸上捏了一把，笑道：“走吧，姐姐带你去洗脸。”

念念洗脸的时候都是乖乖的，只是临到睡觉前问：“姐姐，你可以跟我一起睡吗？”

看着小姑娘水汪汪的大眼睛，时笙心一紧。这天好不容易躲过了喻文州准备熬夜看个剧，这怎么还半路杀出个程咬金了？

“姐姐……”念念抓着时笙的衣袖晃了晃。

时笙叹了一口气，行吧，行吧，谁让你长得乖呢。她帮念念盖好被子，然后认命地出去洗漱。

果然，计划永远赶不上变化。

时笙在浴室里磨蹭了一阵子，本以为出去的时候念念应该已经睡了。谁知道她去床边看，就听到念念开口：“姐姐，你终于出来啦。”

“嗯，来啦。”时笙也没办法，只能硬着头皮上了床。

“姐姐可以给我讲故事吗？”念念又问。

时笙躺在小丫头旁边：“想听什么？”

念念转过来对着时笙：“姐姐讲什么我就听什么。”

时笙想了想，问：“《灰姑娘》的故事可以吗？”

“嗯嗯！”念念点了点头，整个人又往时笙怀里钻了钻。

时笙组织了一下语言，缓缓开口：“从前，有一个伯爵的女儿……”

“完工啦！”在一阵叫喊中，所有人脸上都露出了笑容。

宋修远看众人皆一脸疲态，说：“今天都先回去休息吧，等睡够了我再请吃饭。”

学生们先是一阵欢呼，随后就陆陆续续地走了。

“走吧。”喻文州看到连背影都消失在眼前的学生，才对着一旁的宋修远开口。

宋修远长长地舒了一口气：“真的太麻烦你们了。”

喻文州摇头：“这是什么话。”

宋修远的眼中流露一丝苦涩。最近他家里的事情和学校这边的事情凑到了一起，令他身心俱疲。

他们一起往宿舍楼那边走。说来也巧，他们分在同一栋宿舍楼，只是楼层不一样。

到了喻文州宿舍所在的六楼，他对着旁边的宋修远说：“等我一下，我把念念给你抱出来。”

时笙在念念喊睡觉的时候就给喻文州发过消息，说念念这天可能要睡在这边。也是得到了确切的消息，他和宋修远才能在实验室那边安心地工作。

喻文州轻手轻脚地推门进去。他怕吵到她们，灯都没开，摸黑往里面走。

就在他快要走到窗前的时候，踢到了不知道是瓶子还是杯子的东西，顿时发出一阵响声。

时笙就是在这个时候醒的，睁眼就看到床前站着一个人影，室内还黑乎乎的，其他什么也看不清。

“谁？”时笙猛地坐起来，下意识将躺在里面的念念遮了个严严实实。

“是我。”喻文州赶紧在原地站定。

光听声音就知道时笙是被吓到了，他也不敢随便动了。

时笙松了一口气，问：“怎么这么晚才回来？”

喻文州有点儿无奈，这已经不能叫这么晚了，外面的天都快要亮了。

“把念念抱给我吧。”喻文州又道。

还好小孩子都睡得比较沉，刚刚的动静也没让她醒过来。

但是时笙担心待会儿又踩到什么东西滑倒，于是说：“你先把灯打开吧。”

喻文州“嗯”了一声：“先把眼睛闭上。”

时笙乖乖地闭上眼睛，等到适应了灯光以后才睁眼，结果入眼就是喻文州一脸震惊的样子。

时笙猛地从床上跳下来，自己一定是睡蒙了才会让喻文州开灯。先前急着去哄念念，她忘了收拾地铺上的东西。

从喻文州的视角看，那肯定是可以用一片狼藉来形容。时笙怕他生气，赶紧将念念抱出来当挡箭牌。

宋念虽然没有醒，但眉头已经蹙起来，嘴里不知道嘟囔着说了什么，看起来随时可能醒过来。

喻文州微微叹了一口气，看向时笙的眼里就只有一句话：回来再跟你算账。

宋修远等在门外，看到喻文州抱着念念出来，直接把外套脱下来将宋念裹住。

“谢谢你。”宋修远道谢。

喻文州的眼神在父女俩身上转了转，最后手拍在了宋修远的肩膀上，说：“如果需要帮忙尽管来找我，别客气。”

宋修远点了点头，再次道谢后便抱着念念下了楼。

喻文州看到宋修远消失在自己的视线里后准备推门回宿舍，结果竟然没推动。他记得自己刚刚出来没有锁门，便敲了敲门，对着里面喊："笙笙。"

正在收拾屋子的时笙听到他的声音，手上的动作更快了。

"等一下！"她对着门外喊。

听到里面隐隐约约传来的动静，喻文州立刻猜到时笙是在干什么。

"先开门。"他继续道。

时笙手上的动作没停，对着喻文州补充道："马上就好。"

过了约莫两三分钟，时笙从里面把宿舍门打开了。

她先冲着喻文州来了个甜甜的笑容。俗话说"伸手不打笑脸人"，她试图贴一张免死金牌在脸上。

"干什么呢？"喻文州偏头看了看里面。

不得不说，刚才开灯看到屋子里的场景，血压确实高了一点。

地上铺了一张床单，上面还摆着喝完的易拉罐和各种零食包装袋。地上有些零星的食物残渣，旁边的购物袋里还装着不少存货。

"你别生气，我已经收拾好了。"时笙邀功似的让出了一条路。

一眼看过去，好像是差不多整洁了，但是有一个问题。

"垃圾呢？"喻文州转身问时笙。

时笙不好意思地咧咧嘴："我放在阳台了。"

喻文州点了点头，然后又往后面的阳台去了。

事实就是，他就不该对时笙这个糊涂蛋抱有什么期待。

喻文州看到刚刚铺在地上的那条床单被揉成一团塞到了阳台的角落里，不用打开都知道里面肯定是他刚刚看到的那些包装袋。

"这就是你说的收拾好了？"他语气不明地问。

时笙咬了咬唇。她也不想这样的，可是刚刚没找到垃圾袋，听到喻文州敲门就一时情急，塞在这里看不到，总比放在眼前碍眼要好吧。

时笙想了想，说："我给你买新的。"

喻文州挑眉道："你说的？"

"嗯嗯！"为了表明自己的决心，时笙还使劲点了点头。

喻文州微微勾起嘴角："行。"

现在已经清晨五点多了，时笙经过一番折腾后有点儿睡不着，但喻文州是真的很困。

宿舍的床很小，睡两个成年人就太挤了。

时笙听到喻文州在里面洗澡，想了想，干脆坐到了书桌那边去。

喻文州推开浴室门就看到她正像模像样地坐在那里看书，疑惑地问道："不睡了？"

时笙摇了摇头："已经不困了。"

喻文州没有多说什么，转身去洗漱台那边刷牙了。

时笙见他没空搭理自己，干脆又转过身去看书了。

没一会儿她听到了阳台门关上的声音，喻文州还直接站到了她身后。她依旧保持坐着的姿势，直接仰头看向他。

想问"怎么了"的话还没说出口，喻文州的脸就在时笙的眼前无限放大。最后，吻落在了她的唇上。

他的身上还带着沐浴后的热气，还有沐浴露的清香，沁人心脾，时笙沉溺其中。

这个吻并没有持续多长时间，喻文州松开她，说道："陪我睡一会儿。"

刚刚他只是看起来疲惫，现在是连声音都显得有些无力了。

时笙看着这样的喻文州，也有些心疼。

其实她的心里已经松口了，只是起身的动作刚刚有个苗头，就直接被喻文州一把横抱了起来。

时笙的心都跟着提了起来，手上动作一慌，直接抓在了喻文州睡衣的领口上。

从时笙的角度看过去，刚好可以看到喻文州此刻正上扬的嘴角。她发现自己的心跳好像有点儿不受控制，咚、咚、咚，每一声都很清晰。

喻文州将时笙放到了床的内侧，随即自己在外侧躺了下来。

如时笙所想的一样，这种单人床要挤下两个人实在是困难。她怕挤到喻文州，又往里缩了缩，整个背都贴在了后面的墙壁上。

喻文州反应迅速，直接搂着她的腰将她带进怀里，还不忘加一句：“墙上凉。”

时笙不敢随意动弹，只能紧紧地贴着喻文州。片刻后，她说道：“晚安。”

“晚安。”说这话的时候，喻文州的眼睛已经闭上了。

没过几分钟，时笙就听到身旁的人传来均匀的呼吸声。

明明说了自己不困，但睡意好像可以传染，时笙渐渐也睡着了。只是再次醒来不是她自愿的。

两个人的手机都放在书桌上，铃声响了，一时也分不清是谁的。

喻文州先醒过来，看到时笙蹙在一起的眉头，赶紧摸了摸她的脸，说道：“接着睡，我去接。”

“喂？”

听到时笙的电话那头传来的是一个男声，时娆下意识地把手机拿下来看了看，确定上面是时笙的号码以后才反应过来，她家妹妹现在也是已婚人士。

“喻文州？”时娆试探着问。

喻文州“嗯”了一声，问：“找笙笙有事吗？”

已经九点了，时娆没想到自己会打扰到他们。她问：“方便吗？”

“方便。”语毕，喻文州直接拿着手机走到了床边。

他俯身拍了拍时笙的脸，随后才将手机贴到了她的耳边，轻声道：“你姐的电话。”

时笙本来挣扎着嘤咛了一声，结果听到是时娆的电话，猛地一下睁开了眼睛。

她立刻伸手把手机接过来，转身背对着喻文州开口：“姐。”

时娆好笑地问：“还睡着呢？”

时笙有点儿不好意思地“嗯”了一声。

“好了，说正事。”时娆清了清嗓子。

时笙以为是什么大事，做出了洗耳恭听的样子。

“我这几天出差，周六回来的时间不确定。”时娆开口。

时笙秒懂：“那你要回去的时候再跟我说，我们一起。”

时娆笑出了声。她和妹妹的默契好像真的是与生俱来，不免感慨：“懂我者，笙笙也。”

两个人都猜到了回家无外乎就是那些事，可是又不能老是不回家，那还不如晚些回去，可以少听些唠叨。

姐妹俩如果差不多时间到家，还可以为对方分担一些火力，怎么想都是划算的。

“那你周六预计什么时候回去，提前半个小时给我打电话就行。”时笙继续说。

时娆“嗯”了一声，说：“行，那就不打扰你跟妹夫了。”

听到这样的称呼，时笙又是一阵脸红。

喻文州去洗漱回来，刚好看到时笙挂电话，只是她脸上那抹可疑的红晕怎么也掩饰不了。

“说什么了？”他问。

时笙摇摇头：“没什么，就是我姐说周六回家的时候我们一起。”

喻文州点了点头，没再多说什么。

时笙见他已经洗漱好，便猜他肯定是不会再回来睡觉了。于是她问：“你要去上课吗？”

“十点十分。”他答。

本来是定了一个九点半的闹钟，结果时娆的电话比他的闹钟还先响。

喻文州看了看时笙，说：“起床吧，跟我一起去吃早饭。”

一起出去吃饭，那不就是要跟喻文州一起走？

时笙摇了摇头，硬着头皮开口：“可以帮我带回来吗？”

她本来想说她可以不吃的，可是怕喻文州揍她一顿。

“不可以。”喻文州摇头。

时笙抿唇看着她，一副可怜兮兮的祈求模样。

“给你带回来，我再去教室可能就要迟到了。”喻文州解释道。

时笙嘟了嘟嘴。她饿不饿都是小事，喻文州的一世英名可不能被毁了。

“快起床。”喻文州直接坐在床边监督她。

时笙看着他，眼中的疑惑很明显。

喻文州不动，时笙还是没忍住开口：“你在这里，我怎么起床？”

喻文州下意识地开口：“又不是没见过。”

时笙一脸惶恐地看着他：“你见过什么？”

“你起床的样子，我又不是没见过。”喻文州补充。

时笙抿唇。看着她起床跟看着她换衣服能一样吗？！

“喻文州，我要是再不换衣服跟你去吃饭，你今天肯定会迟到。”时笙试图说服他。

喻文州勾起嘴角，在她的脸上捏了捏：“我又不偷看。”

时笙不说话。这话她敢信吗？

喻文州见她真的不打算动，无奈地起身去了阳台。

时笙缩进被子里，全靠感觉摸索，时不时还要停下来听听外面的动静。

还好衣服最后是顺利换完了，但加上时笙洗漱的时间，两个人从教师宿舍出去时都已经快到九点四十分了。

第六章 论坛热帖

★☆★

时笙怕喻文州要么吃不上饭，要么上课迟到，干脆直接拉着他的手脚步飞快地往食堂走。

这个时间食堂只有一个窗口在卖早饭了，但排队的学生并不少。

时笙看着排成长列的人，又掏出手机来看了看，思考路上一边走一边吃应该来得及。

“喻教授好，师娘好！”突然有学生走过来跟他们俩打招呼，学生规规矩矩地站在他们面前，甚至毕恭毕敬地鞠了一个躬。

一个动作，成功地把半个食堂的学生的目光都吸引了过来。

只是来吃个早饭，谁想到还会碰到这种事情。时笙不喜欢被万众瞩目的感觉，只觉得浑身不自在，直接整个人躲进了喻文州的怀里。

“你们该干什么干什么吧，你们师娘……她有点儿害羞。”喻文州对着旁边另一个正欲过来的学生开口。

时笙在他的腰上拧了一把。

喻文州低头看着耳根和脖子都红透了的时笙：“今天准备黏在我身上了？”

时笙点头。如果有重来的机会，她宁愿在床上睡到地老天荒。

现在这个场面实在是太尴尬了。

队列往前走了一点，时笙不动，喻文州只能带着她往前走了两步。

一个动作，队伍里的女生们又是一阵尖叫。

时笙欲哭无泪，心道：能有谁来救救她吗？！

喻文州控制不住自己的笑意，却也不忍心时笙一直这样。他道：“抬头。”

时笙摇头不动。

“一点点就好，看着我。”他继续补充。

时笙犹豫了一下，还是选择了相信喻文州。

她刚刚把脑袋扬起来，一顶帽子就扣在了她的脑袋上。随即，喻文州还从外套口袋里拿出一个口罩帮她戴好，顺便还整理了一下她耳边的碎发。

时笙也不知道他是从哪里变出来这些东西的，但好歹也算是解了她的燃眉之急。

时笙松了一口气，然后从喻文州的身上起开。她刚刚准备转过身去，结果就被喻文州一把拽住了。

“过河拆桥？”他笑道。

把脸遮住后时笙就自在了不少，说话都多了几分理直气壮：“对。”

喻文州挑眉，作势就要去揭时笙头上的帽子。

时笙倒吸一口凉气，赶紧伸手握住了喻文州准备作乱的手。

两个人戴着同款戒指的手出现在众人的眼里，人群中的女生又开始尖叫了。

时笙只觉得自己耳膜疼，大家到底能不能淡定一点！

终于排到他们了，喻文州看着分量要了些东西，然后一只手拎着袋子，一只手牵着时笙出了食堂。

总算绕过了食堂人最多的那一段路，喻文州对着时笙说：“可以摘口罩了。”

时笙摘下口罩说的第一句话就是：“我要吃酱香饼！”

喻文州看着时笙嘴馋的样子直接笑出了声。他将装酱香饼的袋子拿出来，捋好以后才递到了时笙手里。

时笙也没客气，一口啃下去，面饼的香味和上面调料的香味席卷而来，好吃到令她眯起了眼睛。

喻文州见她一口饼咽下去，又将插好吸管的豆浆递到了她嘴边。

时笙乖乖地喝了一口，而后含混不清地开口：“今天圆满了。”

喻文州都不知道是该哭还是该笑，她还真是一个容易满足的女生。

时笙吃饱喝足，和喻文州告别以后无所事事地在校园里游荡，最后实在走累了，就找了一家奶茶店坐下来开始玩手机。

从屏幕里看到自己的那一刻，她才发现头上戴的帽子好像有点儿眼熟，可是一时又有点儿想不起来。

她也没细想，直接用手机登录了学校论坛。

果然，这天热度最高的帖子还是跟喻文州有关，只是后面多了几个字——“的老婆”。

这篇帖子名为“万千少女心碎现场，喻教授携妻秀恩爱”。

评论中不乏这天别人拍到的时笙和喻文州的照片，但最致命的还是一个名为“拿不到奖学金不改名”网友的细节分析。

拿不到奖学金不改名：“你们这些肤浅的女人只看表面，我要分析一下细节！”

拿不到奖学金不改名：“细节一，无奖问答，觉不觉得师娘头上的帽子很眼熟？”

没一会儿，下面全是叽叽喳喳的评论，楼主没过两分钟回复了其中一条。

青青子衿：“是喻教授之前戴过的那顶？”

拿不到奖学金不改名回复青青子衿：“Bingo（答对）！”

霎时，这层回复帖被顶了上去，还有人把上次喻文州被拍到的照片回复在了下面。

时笙将照片放大，又再三辨认了一下，竟然真的是同一顶。

时笙闲着也是闲着，干脆一直看刚刚那个帖子。她倒要看看他们还能分析出什么花样来。

没过一会儿，楼主又开始更新了。

拿不到奖学金不改名：“细节二，依旧无奖问答，观察喻教授手上的戒指。”

很快，下面又讨论起来。

没过两分钟，楼主跟上次一样，挑了一个回答正确的评论回复了。

高数是我妈：“和上次被拍到的不一样，但是和师娘手上戴的一看就是情侣款。”

拿不到奖学金不改名回复高数是我妈：“All right（正确）！”

拿不到奖学金不改名：“我来大胆推测一下，要么是他们不止一款婚戒，要么就是其中一个人的戒指可能搞丢了，另外一个人为了配合就换了。”

时笙看到楼主的分析，直接惊讶到瞪眼睛。这是大侦探转世吗？！那么多理由可以猜，怎么还偏偏猜到了点子上。

时笙无奈地往下滑了滑，结果又看到一条精彩的评论。

老师我复习不完了：“喻教授那么严谨的一个人，肯定是师娘把戒指搞丢了才换的。”

时笙无语了。

真是谢谢你这么了解我。

过了一阵子，楼主跟播连续剧一样更新了一堆。

拿不到奖学金不改名：“喻教授明明可以去教师食堂，为什么偏偏要带着师娘去学生食堂，我继续大胆猜测，就是为了让我们看看他们有多恩爱！”

时笙看到这里才想起来，好像也是，喻文州明明可以去教师食堂，但是刚才他为什么不提醒自己？！

拿不到奖学金不改名：“喻教授的衣服跟昨天是同一件，按照往常，喻教授是不会连续两天穿同一件衣服的，肯定是因为昨天住在学校。在下继续大胆猜测，师娘住在喻教授的宿舍里！”

时笙无端地生出一种自己被监视的感觉，这怎么还一猜一个准了。

拿不到奖学金不改名：“师娘是半路被喻教授戴上的口罩和帽子，这说明什么？说明师娘一开始肯定不知道什么情况，是喻教授故意的！！到底是谁说喻教授不懂风情的！！”

无数个感叹号足以证明楼主现在的心情，只有时笙越看越生气。

时笙气不过，直接给喻文州发了微信。

两个人就像有一种奇怪的默契一样，下课铃刚刚打响，喻文州放下话筒站回讲台边，就看到手机屏幕亮了一下，弹出来的是微信新信息。

宝贝：“骗子！！”

宝贝：“就知道欺负我！！”

这些感叹号足以证明时笙现在有多生气，可偏偏喻文州笑出了声。这个人的反应也太迟钝了。

喻文州努力压下笑意，将电话拨了过去。

电话很快被接了起来，但时笙就是不说话。

“生气了？”他问。

时笙撇嘴，轻哼了一声，仍不说话。

喻文州听到那声轻哼，笑得更厉害了，解释道：“我不是故意的。”

时笙“嗯”了一声：“对，你不是故意的，你就是有意的。”

喻文州舔了舔嘴唇，那还真的是被你说对了。

他正准备说点什么哄哄时笙，就听到她忍无可忍地开口：“喻文州，我决定今天要跟你生气一天！”

喻文州知道她是很严肃地在讲这件事情，但他是真的没办法控制自己脸上的笑意。

喻文州问：“那要怎样才能原谅我？”

时笙继续轻哼：“不原谅，要一天结束了才原谅。”

他继续忍着笑问道：“那有什么补救的方法吗？缩短你生气的时间。”

时笙认认真真地思考了一下，而后道：“可以让宋婶回去吗？”

她这天回想起来才觉得那天的喻文州不对劲。他忙是真的，这个全家人都知道，但是又何必非要在爷爷面前强调呢。

时笙觉得，他就是为了让宋婶能正大光明地来公寓。

公寓一共就两个房间，一间给了宋婶，那她不就是只能跟他一起睡了吗？

现在回想起来，是她太傻了！

喻文州笑道：“干什么？”

时笙这时又突然尿了。她不敢说心里话，只得找理由道：“我觉得宋婶现在年龄也大了，照顾我们也不容易。”

“嗯，是这个道理。”喻文州回答。

时笙无声地笑了笑：“是吧，是吧，所以我觉得宋婶还是回老宅养老比较好。”

“时笙。”喻文州突然又连名带姓地喊了她一声。

时笙不解：“嗯？”

“你摸着你的良心说，你确实是这么想的？”他道。

电话那头的时笙还真的就照做了，随即闭上眼睛说：“嗯，我就是这么想的。”

“你没有良心。”喻文州无情地开口。

时笙无言以对。

喻文州听电话那头不作声了，她想什么他不可能猜不到，便道：“换一个。”

时笙气鼓鼓地说：“没换的了，我还要多生气一个小时！”

“嗯，我记得××路好像新开了一家越南菜馆，听说口碑还不错。”喻文州意味深长地说道。

时笙很不争气地咽了口口水。他这是作弊吧，专门从她的喜好下手。

喻文州清了清嗓子，继续道：“我记得我朋友好像还帮我留了一个包间。”

时笙闭眼深呼吸了一口气。她一定要控制住自己，千万不能被诱惑了。

“去了都不用排队。”喻文州补充。

片刻后。

“那我可以少生气一个小时。”时笙有点儿不自然地开口。

那头的喻文州微微勾起嘴角，这招果然还是管用的。

“好，那等我下课来接你，待会儿给我发位置，不要到处乱跑。”

“哦。”时笙咬了咬唇，挂断电话。

时笙有点儿难过，自己实在是太不坚定了，为什么这么容易被拿捏？

学校论坛现在几乎都被喻文州的话题占领了，时笙已经麻木到不想看了。

既然是打发时间，还是看娱乐性强的比较好，最后她还是登录了自己的微博。

前几天发出去的那条微博又有了不少新评论，时笙随便翻了翻，还是决定要发一条新的微博。

加冰的全糖珍珠奶茶：“漫画事业可能要搁置啦，或者可能会先尝试一下单张的漫画风格的画，到时候发出来给大家看……”

时笙不知道自己是不是被很多人设置成了特别关注，微博发出不到一分钟，评论蜂拥而至。

不过她没想到，热评第一竟然是一个工作室的名字。

闪闪工作室：“呜呜呜——奶茶大大看看我的私信吧！”

时笙一脸疑惑，这是什么新的打广告的方式吗？她每天收到的私信不算多，却也绝对不少。

时笙好奇地点进那个工作室的微博私信看了看，最早的一条私信就是她发上一条微博的时候发过来的。然后接下来这个账号每天早中晚都会发来一条新的私信，全是求她看私信的话。

这个账号算是时笙的工作账号，冲浪时她一般用别的账号，也难怪过了这么久都没注意到。

闪闪工作室：“奶茶大大好，我们是新成立的一家游戏工作室，现在我们公司需要一位美术总监，我们向您发出最诚挚的邀请，希望您可以考虑一下。”

下面是一大串的公司介绍。

也不是时笙不礼貌不想看，实在是游戏工作室美术总监这种职位，跟她的专业和目前的水平相差太大了。她自己都不相信自己，怎么对方还盲目起来了？

删删减减了半天，时笙还是把拒绝的话语发了出去。

加冰的全糖珍珠奶茶：“不好意思哟，谢谢你们的美意，我暂时还没有要接其他工作的打算。”

对方就跟蹲守在手机前一样，看到她的回复没过几秒就发来了新的私信。

闪闪工作室：“不要啊大大！！条件我们都可以谈！！您要来我们公司参观吗？包接送！”

看到这里，时笙直接点了右上角——屏蔽对方。

虽然她还没有工作经验，但给出版社画稿子的时候那也是签过合同的。这种什么都站在她的立场考虑的美事，除了骗子，那也只能是骗子。

把闪闪工作室的微博拉黑以后，时笙又去评论区逛了逛。

因为实在是过于欢乐，时间过得很快。时笙前脚听到下课铃声，后脚喻文州的电话就打了过来。

“笙笙？”他唤她。

时笙眨了眨眼睛：“这么准时？”

不然哪能下课铃刚响，那边电话就打过来了。

喻文州笑了笑，这堂课本来就是上午的最后一节，没课的学生很早就能去吃饭，有课的学生就比较惨了。要是老师再耽误一点时间，食堂人山人海都不说了，最糟糕的还有可能最后连饭都吃不上。

抢饭路上，能早一秒都是优势。

“现在在哪里？”喻文州问。

“第一教学楼和第二教学楼中间的那个奶茶店。”时笙规规矩矩地回答。

喻文州“嗯”了一声，叮嘱道：“那你就坐在那里等我，不要到处跑。”

“嗯。”

时笙还闷闷地坐在那里，没一会儿喻文州就出现了。

喻文州走过来，动作熟练地将她放在一旁的包包拿起来，自觉地又挂在了自己身上。

看着喻文州的穿搭跟自己的帆布包极其违和地在一起，时笙没忍住笑了起来。

“再笑？”喻文州语气危险地开口。

时笙一脸警惕，几乎是下意识地伸手捂住了嘴唇。也就是这个时候她才发现，刚刚喝东西的时候她把口罩给摘了。

本来以为自己只是偷偷地笑了笑，结果其实是被喻文州抓了个正着？！可是她刚刚笑得很傻怎么办！

喻文州见时笙表情很精彩，没忍住在她头上敲了一下。

“起来。”他一边说一边对着时笙伸手。

时笙舔了舔嘴唇，还是乖乖地把自己的手递到了喻文州的手里。

借着喻文州的力气，时笙站起来以后直接往他那个方向踉跄了几步。

喻文州也是逮着机会逗她：“放心，只是给你当包包的搬运工，不抢你的。”

时笙脸红，被他这么一打岔，走出去几步才想起来自己的奶茶还没喝完。

“奶茶！”时笙反握住喻文州的手，转身就准备回去拿。

奶茶实在是没营养，喻文州平常要么泡茶要么就是白开水，他希望时笙也能慢慢跟他一样养成良好的饮水习惯。

喻文州攥紧了时笙的手，时笙往回走了两步，弓腰摸到了奶茶杯子。

只是喻文州稍微用了点力拉了她一下，她的手一滑，奶茶杯子应声落地。

两个人看向对方的表情里都充满了不可思议。

喻文州没想到时笙会直接手滑，时笙也没想到喻文州会在这个时候拉她一下。

“你干吗？！”

“抱歉。”

两个人的声音同时响起。

相比起时笙因为不可思议而提高的音量，喻文州现在这个样子还真的像做错事的。

时笙看了看地上的奶茶，又转头看了看喻文州。

喻文州略显窘迫地摸了摸鼻子：“奶茶还是少喝一点比较好。”

时笙还是不说话，只是眼睛就差黏在地上了。

“笙笙？”喻文州喊了一声。

时笙倒是抬了头，只是撇着嘴的样子，一看就是生气了。

“都怪你。”

时笙是真的委屈，再过两天就是她的生理期。她的生理期虽然时间比较准，但还是逃不过痛经。本来想趁着这两天肚子还舒服可以多胡吃海喝一阵子，结果奶茶就被打翻了。

喻文州还非常气人地让她少喝一点。

时笙又不敢冲他发脾气，只好自己憋着，结果越想越气。

“怪我，怪我。”喻文州赶紧一把将时笙搂进了怀里，“我给你买新的。”

听到这里，时笙觉得自己的委屈好像也不是不能忍。她干脆利落地从喻文州怀里起来，抬头望着他问：“真的吗？”

喻文州有点儿无奈，时笙上一秒还委屈得像要哭了，结果现在又一脸期待，女生的变脸速度是不是从来都这么快？

“嗯，买。”他捏了捏她的脸。

时笙点了点头，乖乖地等着喻文州给她买奶茶。

喻文州先用纸巾把地上擦了一下，然后又带着时笙去了点餐的位置。

看着菜单上名字各异的奶茶，喻文州是真不懂。他转身问时笙：“要喝什么？”

“珍珠奶茶。”时笙道。

那边的店员虽然已经听到了，喻文州还是转达了一遍。

“要绿茶底，加两份珍珠，全糖。”时笙继续说。

喻文州看向她的眼神已经开始带有警告的意味了。

时笙顶着压力，声音越来越小，最后还不忘补充：“要加冰。”

喻文州这次是真的没忍住，对着店员开口：“做成热的。”

又是全糖又是加冰，不知道的还以为加起来是有什么效果增益。

时笙委屈地望向喻文州，喻文州直接在她的鼻子上刮了一下，说：“一天天的想得还挺美。”

要不是这天看她实在委屈，他肯定不会同意她喝第二杯奶茶。

“喻文州！”

“嗯？”喻文州微眯着眼睛看向时笙。

时笙在尿和不尿之间只纠结了一秒钟，随后扯着一张笑脸说：“热的挺好的。”

喻文州见时笙一脸敢怒不敢言的样子实在是好笑，又伸手捏了捏她的脸，说：“嗯，是挺好的。”

正午来奶茶店的人并不多，时笙的奶茶很快就做好了。虽然不是冰的，但一口喝下去，她依旧觉得很满足。

喻文州见时笙一脸餍足的样子，道：“这下可以走了吧？”

时笙嘴里还在嚼珍珠，也没办法讲话，只得使劲点了点头。

喻文州牵着时笙往一路往停车的位置走。

只是时笙现在眼里只有奶茶，根本没他的地位。

“很好喝？”喻文州突然停下了脚步。

时笙不假思索地点头：“好喝，很甜。”

“我尝尝。”他道。

时笙纠结了一下，不过纠结的点不是不想给喻文州喝，而是他有洁癖，现在奶茶杯子里可就一根吸管。但她转念一想，只要他不嫌弃，她倒是无所谓的。

时笙乖乖地伸手，将奶茶杯子递到了喻文州的面前。

喻文州用自己的手握住她的手，然后直接低头喝了一口。

时笙眨巴着眼睛看着他：“好喝吗？”

喻文州能看出来，她是期待他的回答的。

他故意蹙起眉头，看得时笙也在旁边蹙起眉头：“不好喝吗？”

喻文州思考了一下，说：“不太甜。”

时笙蒙了，到底是谁上次喝了一杯加了两勺蜂蜜的蜂蜜水就喊太甜的。

时笙有点儿怀疑，这天到底是她的味觉出问题了，还是喻文州的味觉出问题了。

“是吗？”她疑惑地收回手，准备自己再尝尝。只是她的手还没收回去，就再次被喻文州攥住。

这次喻文州也学聪明了。他先接过时笙手里的杯子，才将时笙拉进自己的怀里。

时笙想抬头看他又要干什么，结果他的吻就落了下来。

好在这里还是学校，喻文州倒也没有特别放肆。浅浅的一吻结束，他扶着时笙站好。

他做出一副回味的样子，而后认真地说道：“还是你比较甜。”

时笙的脸突然红了起来，瞪大眼睛又是一声：“喻文州！”

她发现自己现在对于喻文州的吻好像可以坦然地接受了，但每次他刻意讲的一些话，让她的心脏还是有点儿承受不住。

喻文州站在旁边笑了。他知道她是生气才喊他的名字，但那软软的嗓音实在是没什么杀伤力。

时笙将奶茶抢了回来，气呼呼地准备先走，结果走到一排车面前陷入了沉思。她不认识车的毛病又犯了，甚至这车还是她自己昨天停的。

喻文州站在不远处直接笑出声。他按下钥匙上的开锁键，车灯闪了两下。

时笙感觉被内涵了，生气地转头对着喻文州轻哼了一声。她自顾自地坐进车里，喻文州坐好了也不搭理他。

“还生气呢？”喻文州转头看了她一眼。

时笙拿出手机看了看，郑重地说道：“我还要气二十三个小时半。”

喻文州忍着笑点了点头，两个人一路上都没有讲话，很快就到了目的地。

这家越南菜馆其实是喻文州的朋友开的，但口碑确实还不错。

本来过完年刚开业时喻文州就该来捧场的，但因为前段时间太忙了，他一直没空过来。昨天朋友又专门打电话说给他留了一个包间，他就想着带时笙一起过来。

进了餐厅，喻文州报上自己的名字，服务员直接就带着两个人去了包间。

时笙对于这种经历有点儿新奇，总觉得认识老板还专门留包间这种事情很酷，特别像以前看的言情小说，里面的“霸道总裁”就是走到哪里都有这种特权。

“喻文州，我想问你一个问题。”时笙手托腮看着喻文州。

喻文州抬头看向时笙，说：“想问什么？”

“你看小说吗？”她问。

喻文州很肯定地回答：“看。”

按照喻文州的个性，就算是看，肯定也是看文学类的小说。

时笙组织了一下语言：“你有看过什么网络小说之类的吗？比如说‘亿万老婆买一送一’‘逃婚99次’之类的小说！”

喻文州不解地问：“‘亿万老婆买一送一’是什么？”

时笙抿唇：“就是那种霸道总裁的小说。”

说到这里，喻文州好像明白刚刚那个书名是什么意思了。他开口：“你这是暗示准备好要给我生孩子了？”

时笙刚刚说完觉得羞耻得不行，想喝口水压压惊，现在真的是肠子都悔青了。

“喀喀喀——”时笙咳嗽的声音顿时响彻整个包间。

喻文州过来一边帮她拍拍背顺气，一边还不忘补充：“怎么天天看这些没营养的。”

时笙都要冤死了。谁还没个青春期呢，她现在又不看了。

好不容易时笙的咳嗽止住了，喻文州又在旁边开口：“刚刚的问题你还没有回答我。”

时笙已经分不清自己脸上的热气是咳出来的还是被喻文州的话给臊出来的。

“你很喜欢小孩子吗？”时笙问。她想起昨天他对宋念的态度，应该是喜欢的。

喻文州的回答也不出所料：“喜欢。”

只要是时笙生的，他都喜欢。

“哦。”时笙咬了咬嘴唇，不知道还能说什么。

好在服务员在这个时候推着餐车进来，一张桌子很快被摆得满满当当的。

时笙觉得有点儿浪费，这么多他们肯定是吃不完的。她问：“怎么点这么多？”

喻文州也有点儿无奈，说：“不是我点的，是老板这么安排的。”

时笙顿时觉得这种操作更像小说里面的情节了。她也学着刚刚喻文州的语气说道：“刚刚的问题你还没有回答我。”

喻文州回忆了一下，说道：“看小说，但是不看你说的那种小说。”

时笙闷闷地“哦”了一声。

“所以你是想问什么？”喻文州又问。

时笙把自己在小说里看到的场景描述了一下。

喻文州抿唇：“去掉霸道两个字，应该也算是对的。”

喻家是喻老爷子白手起家发展而来的，现在不能说是大富大贵，也可以说是小有名气。

喻爸爸和喻妈妈继承了喻老爷子的衣钵，现在两个人都在打理公司。

但因为喻文州的主业是大学教授，喻爸爸和喻妈妈本该退休了，结果现在还奋斗在一线。

而喻文州本人，虽然是学医出身，看起来只是一个大学教授，但其实也做了不少投资。

现在圈内一家很出名的风投公司就是他名下的，不过他请了职业经理人打理，自己没有花太多时间。

“喻文州？”时笙听完，又开口喊他。

喻文州抬头：“嗯？”

“你是不是不好好教书、不好好做科研就要被抓回去继承万千家产？”

时笙第一时间想到的就是这个。网上有好多某某明星不好好唱歌、不好好演戏就要回家继承家业的新闻，喻文州的情况听起来和他们一模一样。

喻文州勾起嘴角：“那倒不会。”

将此生都贡献给医学是他的毕生追求，搞投资想多赚点儿钱也只是为了可以给时笙提供优渥的生活。

时笙一脸疑惑：“爸妈不会管你吗？”

都说豪门对继承家业这种事情有执念，喻家难道不会吗？

喻文州像是有读心术一般：“不会，爸妈很开明，不然我也不可能学医。”

时笙点了点头，好像是这样的。

她突然有些羡慕喻文州。

喻文州眼看着时笙脸上的表情以肉眼可见的速度垮了下去。他喊了一声：“笙笙？”

时笙猛地回神：“嗯？”

“你以后有我了。”他道。

虽然他也不确定时笙对以后有什么打算，但不管她打算干什么，他都会无条件地支持她。

“嗯。”时笙难得没有躲开他的视线，甚至还对着他笑了笑。

好在饭菜的味道不错，很快便让时笙忘记了刚刚想到的那些不愉快的事情。

吃过午饭，去哪里又成了新的问题。

时笙没事的时候喜欢宅在家里，但喻文州的情况就不一样了。

二人一起上了车，看着既不是回家的路也不是去学校的路，时笙疑惑了。她偏头看向驾驶座上的喻文州，问：“我们要去哪里？”

喻文州勾起嘴角，微微转过头说：“你不会忘了吧？”

时笙瞪大眼睛，开始思考自己到底又答应了什么东西。结果就是，她什么都没想到。

喻文州忍俊不禁：“你昨天说要给我买新床单的。”

喻文州怕她赖账，继续补充：“准确来讲是今天清晨。”

时笙一脸无奈。她现在的信誉度这么低吗？这种事情看起来又不是无法完成的。

两个人又一起去了附近的商场，因为有确切要买的东西，去了以后便直奔目的地。

时笙觉得只是去买个东西，但他们进去以后，氛围比时笙想象中要暧昧得多。

床上用品其实也是家的象征。

店里有不少一个人来看的，看样子是已婚女性居多。还有母女、母子一起来的，孩子的年龄一看就不大。

像他们这种一男一女出现的，好像是不太多见。

在这些店干久了的店员都是人精，看着时笙跟喻文州手牵着手进店，还有喻文州看时笙的那种眼神，是夫妻无疑了。

“二位是新婚吗？”店员问。

时笙一脸不可思议，这也能看出来？！

倒是旁边的喻文州配合地点了点头。

“是要挑床上用品吗？是喜欢四件套还是六件套呢？那边还有我们最近新款的十一件套。”店员开始殷勤地介绍。

站在一旁的时笙先迷茫了。以前她的东西都是她妈妈置办，搬来喻文州这边后东西也是现成的，现在算是长见识了。

四件套她倒是听过，床单、被罩和枕套，那六件套又是加了什么东西？还有更离谱的十一件套，现在都流行把事情复杂化吗？

“那边是专门的婚庆区域。”店员指了指不远处的展示区。

时笙看到入目不是红的就是粉的头都大了，赶紧抬头对着喻文州悄悄摇了摇头。

“我们先自己看看吧，有需要再叫你。”喻文州对着旁边的店员点头示意了一下。

店员识趣地笑了一下，然后退到了一旁去。

时笙被喻文州拉着去了另一边的展示区，看着琳琅满目的展示品，实在是眼花缭乱。

“有喜欢的吗？”喻文州问。

时笙摇摇头：“我有选择困难症。”

而且这些床上用品的花色看起来大同小异。

“没关系，那我们慢慢看。”喻文州柔声道。

两个人就在店里转了起来。

时笙一眼看到了铺在展示区的一套嫩黄色的碎花四件套，复古的油画色系是她喜好的风格。

只是一想到喻文州房间里那些颜色沉闷的物件，她觉得喻文州肯定不会喜欢这种款式。

时笙看了一眼又一眼，最后还是鼓起勇气看向喻文州，指了指展示区的位置说："那个可以吗？"

喻文州一早就瞥见了时笙的动作，好在她纠结半天后还是说了。

喻文州点了点头，摸了摸她的脸道："那也是你的房间。"

时笙有点儿不好意思地抿唇笑了笑。

时笙像是突然被开启了什么开关，接下来挑起东西几乎毫不犹豫，挑了一套清新田园风小碎花的，还有一套草莓小熊的。

唯一一套素色的还是喻文州定下的，不过在时笙的强烈要求下，要的是蓝色的。

喻文州看着花花绿绿的床上用品，虽然有些头大，但谁让时笙喜欢呢？他都能预感到房间大概会变成什么样子了。

终于把家里的东西选好了，喻文州才带着时笙往单人床的区域走去。

时笙这才反应过来，一开始是为了买喻文州学校宿舍里的床单的，怎么就挑成家里的了？

喻文州看见时笙的反应，笑着摸了摸她的脸。

之前时笙生气时还说让宋婶回去，要是宋婶真走了，他的房间没有一点能吸引她的东西，到时候岂不是会出大事。

宿舍的东西是喻文州敲定的，还是一如既往深色又简约的款式。

毕竟宿舍这种地方，保不准哪天有同事会去，要是看到他床上五颜六色的，他的一世英名也肯定保不住了。

二人拎着几个大袋子从店里出来，喻文州又问："房间还有其他东西想换掉吗？"

时笙看他这天很好说话，胆子也大了起来，说："窗帘。"

喻文州挑眉，那窗帘可是他专门找人定做的，这是又哪里惹到时笙了？

时笙解释：“颜色实在是太……”她差点儿脱口而出的字是“丑”，还好后面刹住了车。

“颜色我不喜欢。”她给自己找补道。

喻文州眨眼，行吧，现在这个家里时笙最大。他说：“那过两天我们再去做窗帘的地方看看，商场这边没有。”

时笙满意地点了点头，似是想到了什么，又继续补充：“还有刷牙的杯子和毛巾也不好看！还有飘窗，你竟然都不利用起来，好可惜。”

喻文州没有哪一刻这么怀疑自己的审美。那个房间虽然称不上是精心布置，但好歹也是他看得顺眼的东西，怎么到时笙嘴里就这个不好看那个也不好看了。

喻文州真的哭笑不得，连连答应：“好，都换掉，今天能买的就都买了，今天不能买的我们就之后再找地方买。”

好在商场的东西算是比较齐全，按照时笙的要求，买好了替换喻文州房间里的东西。

两个人一起把东西搬进车里，时笙这才想起来：“你下午不用去学校吗？”

喻文州摇头，下午学校没课，实验室那边这天所有人都在休息，倒是这天晚上宋修远会组局请实验室的所有学生一起吃饭。

喻文州转头：“今天晚上我有个……”

他的话还没讲完，那边的时笙已经提前预判了：“别问，问就是不去。”

喻文州没忍住笑出了声，怎么现在还学会抢答了？

两个人一起回了家，正准备一起收拾一下房间，时笙的手机铃声就响了。

看到来电显示，时笙差点儿心肺骤停。她对着喻文州指了指手机，用唇语说“我导师”，然后就赶紧跑到阳台那边接电话去了。

这个时间毕业论文导师打电话过来，不用想都知道是什么事情。

时笙接通以后连一句“喂”都还没说，就听到那边的导师开口：“时笙，论文三稿的修改意见给你返回来了，有空就尽快改好发给我。”

时笙能说什么，除了笑嘻嘻地答应别无选择。

时笙刚刚挂断电话，微信里又有导师发过来的语音，她深感崩溃。

喻文州看着她一脸可怜兮兮的表情从阳台回来，问：“怎么了这是？”

时笙抿唇，直接把手机屏幕拿起来给喻文州看。导师也很给面子，又是一条令人窒息的六十秒语音发了过来。

喻文州见时笙一副苦大仇深的样子，实在是好笑。

时笙像是突然想到了什么，问：“你今年有带毕业生论文吗？”

喻文州脸色一变，脑袋里突然冒出一些不太好的回忆。

时笙看他的表情就知道是什么情况了，好奇地问道：“那你看论文的时候是什么感觉？”

喻文州不答反问：“你写论文的时候是什么感觉？”

时笙仔细想了想，回答：“有点儿睡不着。”

喻文州有点儿无奈地呼了一口气，说：“我看的时候也睡不着。”时笙还没反应过来，就听他继续补充，“被气的。”

“哈哈哈——”霎时，房间内全是时笙的笑声。

她本来以为学生写论文的时候很痛苦，原来老师看论文的时候也这么痛苦。

喻文州见她笑得这么没心没肺，直接过去在她头上揉了一把。

时笙的笑是止住了，但看到自己乱糟糟的头发就生气。她气呼呼地对喻文州说：“你自己收拾吧，我要去改论文了！”

语毕，都没等喻文州有反应，人已经跑到房间门口了。

喻文州无奈，她可能就是想找理由不一起收拾房间。

好在也只是换一些摆件类的东西，收拾起来很快。喻文州把新买的床上用品塞进洗衣机里，就转身去了书房。

不得不说，时笙做事的时候很专注，喻文州推门进去，她连头都没抬一下。

“笙笙？”他喊。

时笙手正敲着键盘，头也没抬地应：“嗯嗯。”

喻文州将端着的水杯放在桌上，叮嘱道：“我要出门了，宋婶在做晚饭，吃完饭再继续写。”

时笙依旧没抬头，只是又“嗯嗯”了一声。

喻文州很怀疑她根本就没有听他讲话，又继续道：“按时吃饭。”

时笙：“嗯嗯。”

喻文州：“按时喝水。”

时笙：“嗯嗯。”

喻文州无语了。

此刻的时笙特别像设置了自动回复。

喻文州勾起嘴角：“亲我一下我就走。”

时笙：“嗯嗯。”

片刻后，时笙敲键盘的手停下，一脸惶恐地看着喻文州：“嗯？”

“什么？”

“你刚刚答应的。”

二人几乎是同时开口。

时笙看着喻文州嘴角带笑的样子就觉得很危险。她微微起身准备远离他，结果刚站起来，就被他按着肩膀送了回去。

吻来得很突然，却也不意外。时笙坐在位子上无法动弹，只能仰头静静地感受着喻文州的唇。

他们靠得太近，以至于时笙能看清喻文州脸上细致的茸毛，还能闻到他身上那股若有似无的香味，很勾人。

时笙依旧没有学会换气，吻到后面甚至连眼神都有些迷离了。

喻文州喘着气从时笙的唇上移开，伸手拂过她的唇瓣，低声告诉她：“下次记得闭眼睛。”

时笙愣怔地看着他，反应过来以后喻文州已经走了。

她闭上眼睛深呼吸几口气，但刚刚的画面在脑海里挥之不去。

时笙端起旁边的水一饮而尽，然后重新将目光放回电脑上。可是无论她怎样努力，思绪就是回不到喻文州进来之前的状态。

在她将新敲出来的一排字都删掉以后，她忍无可忍地给喻文州发了微信。

喻文州驱车去往宋修远那里时就听到手机响了，但他没时间看。好不容易到了目的地，他做的第一件事就是先把包里的手机拿出来，按亮屏幕，入目就是时笙的消息。

宝贝：“烦人！”

喻文州无奈地轻笑出声。

这天他们跟学生一起聚餐，喝酒肯定是不可能的。

喻文州预计这边最多两个小时就能结束，想着家里还有宋婶，他也稍微放心了些。

不过事实证明，时笙不管怎样都不能让人放心。

接到宋婶电话的时候饭已经快要吃完了，喻文州以为是家里需要带什么东西回去，结果宋婶开口就是：“笙笙现在还没吃饭呢，文州，你什么时候回来？”

喻文州蹙眉：“不是我走的时候就在做饭了吗？”

宋婶说了一句：“是。”

但问题在于，时笙后来突然来了灵感，论文改完了，又直接跑去画画了。

宋婶过去喊了两次，她都说忙，一直没出书房。

喻文州无奈地说道：“您再去看看她，我尽快回来。”

一桌子人都看着喻文州打电话。见他表情不对劲，有学生大着胆子问怎么了。

喻文州微微叹了一口气，说：“你们师娘不吃饭，我得回去一趟。”

众人见他虽然是在叹气，但嘴角依旧止不住地上扬，顿时，包间里传来一阵“哦”的声音。

喻文州笑着站了起来，一边穿外套一边说：“下次我请，想吃什么统一一下意见。”

听到又能有吃的，一群学生又开始起哄。

喻文州在众人的目光下离开了包间。他一边往停车场走一边给时笙打电话，结果打了好几个都没人接。

喻文州又给宋婶打了过去，得到的回答是时笙还在书房里。他赶紧上了车，以限速的最大速度开车往公寓赶。

“文州。”宋婶坐在沙发上，看到喻文州回来，赶紧站了起来。

喻文州一眼就瞥到了餐桌上还满满当当的菜品，问：“您吃过了吗？”

宋婶点了点头：“我吃了，但是笙笙那个丫头哟，怎么一做起事情来都不顾自己哦。”

宋婶说完还摇了摇头。她现在就指望喻文州能管得住时笙。

喻文州叹了一口气：“我去看看。”

时笙给喻文州发完消息以后，很久都没有收到回复，心里虽然气不过，但论文还是得继续改。

灵感也是一个奇怪的东西，有时候敲着敲着键盘感觉就上来了。

时笙就是这样。在她删删减减了好一阵子以后，灵感就跟爆发了一样。

论文已经修改到三稿了，需要修改的地方并不是很多，加上导师给了很明确的修改意见和方向，时笙没一会儿就将四稿发到了导师的邮箱。

她的论文本来就是关于国画和油画融合发展的主题，写着写着该怎么改画的灵感也来了。

时笙从电脑那边起开，直接就把画板架了起来。怕做其他事情把灵感消耗了，宋婶喊她吃饭的时候她说忙，暂时不吃。

喻文州进来就看到时笙正在埋头画画。

跟下午一样，听到有人进来，时笙连头都没抬一下。

喻文州轻手轻脚地靠了过去。他以为时笙是在画毕业设计的那幅画，但看过去以后发现不是。

时笙重新画毕业画的那天他跟着熬夜，记得十分清楚。就算这天她心血来潮又要重新画，但这幅素描显然也是不符合她的论文主题的。

喻文州几乎可以确定，她并不是在搞什么火烧眉毛的东西。他有点儿生气，她为了不着急的东西竟然连饭都不吃。

“笙笙。”喻文州出声。

时笙没有抬头，但好歹回了一声：“嗯。”

喻文州微微叹了一口气：“还没吃饭？”

时笙手里的动作没停：“待会儿吃。”

喻文州又瞥了一眼画板上的画：“画稿是要交吗？很着急吗？”

时笙顿了一下，急倒也不急。

见鹿新书的编辑昨天联系她，他们沟通了很久，加上见鹿本人的意见，很快就定好了封面的大致走向。两边商量了一下，定的交初稿的时间是下个月月底。

虽然现在用手绘屏的比较多，但时笙的习惯还是喜欢先用画纸打个草稿。她这天就是突然来了灵感，想赶紧记录下来。

喻文州见时笙不答，说：“先吃晚饭再过来画。”

时笙摇摇头：“不要，我不饿。”

她真的不觉得饿，但话音刚落，她的肚子就很不给面子地叫了两声，咕嘟咕嘟的声音在安静的书房里尤为明显。

时笙有点儿尴尬地捂住肚子抬头看了一眼喻文州，但喻文州的表情比她想象中要严肃很多。

“去吃饭。”他的语气中透着一丝严厉。

时笙抿唇，转了转眼珠子道：“我现在灵感爆棚，可以待会儿再吃吗？”

喻文州摇了摇头。

时笙委屈巴巴地保证说：“我待会儿画完肯定去吃，吃两碗！”

喻文州依旧面无表情地摇了摇头。

时笙瘪着嘴，看着他：“可是我被其他事情打岔以后灵感很容易就没了。”说完又继续补充，“我下午明明写得好好的，都怪你亲我，然后我就忘了。”

喻文州成功地被这句话逗笑，承认道：“好，下午怪我。”

时笙更生气，直接伸手捶在了喻文州的胸口：“晚上也怪你！我刚才坐在这都不敢动，生怕灵感就动没了，结果你又来干扰我！”

喻文州一边忍着笑一边说道：“好，那我不催你了，你现在坐好，看灵感还在不在？”

时笙深呼吸一口气，点了点头，又闷闷地回了一声：“嗯。”

喻文州简直哭笑不得：“那一边吃饭一边画画行吗？”

时笙知道他也是为了自己好，他已经妥协到了这个地步，再不领情多少有些不识好歹了，于是她点了点头。

喻文州无奈地拿手在她的头上揉了揉。

宋婶这边刚刚把所有碗盘都放在托盘上，喻文州就进了厨房。

宋婶将托盘递到喻文州手里：“你还是多劝劝笙笙，你说她这么犟干什么，哪能为了画画饭都不吃了？天大地大，吃饭最大。”

喻文州点头，知道宋婶也是为了时笙好：“好。”

等时笙快速地完饭，喻文州将碗盘收拾好又端了出去。

宋婶看着还剩了一半的饭菜，问：“就吃了这么点？”

她刚刚是按照时笙的饭量热的菜，结果这丫头到头来就吃了这么一点。

喻文州无奈地点了点头：“待会儿做点夜宵吧。”

看时笙这架势，也不知道几点才能结束。

宋婶点了点头，去看冰箱里的东西，已经开始计划夜宵要做点什么了。

第七章
仁者心动

★ ☆ ★

喻文州倒了两杯白开水，然后进了书房。

时笙只要有感觉，是真的很容易陷入自己的世界。等她把给见鹿的新书封面画了个大概，抬头一看挂钟，时间早已过了十二点。

她有点儿激动地先拍照发给了见鹿本人和他的编辑，毕竟后面怎么改还需要听取他们的意见。

喻文州看着时笙好不容易抬起头，结果又拿着手机不撒手了。他淡淡地出声："画好了？"

时笙猛地抬头，一脸心虚地看着喻文州。这个时间，早就过了他平常的休息时间了。她这天算不算是在疯狂地试探喻文州的底线？

"饿不饿？"喻文州又问。

时笙摸了摸自己的肚子，现在事情忙完一身轻松，好像是有点儿饿。于是她望着喻文州点了点头。

他笑着走过来摸了摸她的脸，说："走吧，去吃夜宵。"

他先前出去看过，宋婶专门包了小馄饨，清淡又有营养。

时笙有点儿愧疚地说："宋婶不会现在还没睡吧？"

喻文州的手直接敲在了她的额头上，问："怎么没见你心疼我现在还没睡。"

时笙看着喻文州略显疲惫的脸，有点儿心虚：“那你先去睡？”

她的话刚说完，喻文州又在她的额头上敲了一下：“你怎么知道我不吃夜宵？”

时笙无言以对。

有话能不能好好说，她有罪，但她的额头是无辜的。

喻文州憋笑，她可真好骗。

宋婶的年龄大了，确实经不起这么熬夜折腾，包够他们吃的馄饨就先去睡了。

要不是担心时笙煮馄饨会把厨房炸了，喻文州也考虑过要不要先去睡。

喻文州径直去了厨房烧水，时笙就靠在门边上看着他，突然开口喊他：“喻文州？”

锅里的水刚好开了，喻文州丢了一把青菜进去，而后才转过头来看着她：“怎么了？”

“你为什么对我这么好？”时笙问。

喻文州笑着看她，问：“你是我的谁？”

时笙抿唇。虽然她心里认定了自己和喻文州的关系，但那两个字好像有点儿说不出口。

喻文州见时笙愣怔地站在原地，温和地说道：“你是我老婆，我不对你好对谁好？”

时笙有点儿想反驳：“可是我们才刚认识不久。”

喻文州看向她，语气坚定地否定她的话：“很久了。”

时笙想了想，现在才半年不到，却又觉得可能是他们理解的时间不一样。

吃完夜宵再加上洗漱的时间，两个人躺上床时已经是一点多了。

时笙是真的困了，没一会儿就躺在喻文州的怀里睡了过去。

这天睡得晚，已经可以预想到第二天起床又是一场拉锯战了。

虽然第二天喻文州不是早上八点的课，但还是要去实验室，所以无论如何都是要早起的。

他先起床洗漱完，出去看到宋婶早饭都已经做好以后，才准备回去喊时笙。

有了上一次时笙起床闹脾气的经验，这次喻文州学聪明了。他先去衣柜里拿了毛毯，到床边以后也没有喊她，而是直接把她从被窝里拉起来，用毛毯裹住她，再把人抱了出去。

时笙虽然还闭着眼睛，却也不是毫无意识，只是她真的太困了。她主动在喻文州怀里蹭了蹭："我好困哪。"

看着她迷迷糊糊的样子，喻文州的心都快化了。他在她的额头上落下一吻，哄道："嗯，吃完早饭再睡。"

时笙继续眯着眼睛，连说话都显得有气无力："昨天晚上的小馄饨好好吃。"

喻文州轻笑，她真的是个馋虫，现在这么迷糊都还忘不了吃的。

"我今天早上还想吃。"时笙迷迷糊糊地继续说。

喻文州发现，时笙没睡醒的时候，讲话的尾音会不自觉地上扬，特别可爱。

"好，宋婶给你煮了小馄饨。"喻文州继续轻声细语地跟她说话。

宋婶看到小两口抱着出的房间，赶紧出声："笙笙，宋婶给你煮了小馄饨，快来吃。"

时笙这才惊觉家里还有一个人。她猛地睁开眼睛，在喻文州怀里动了两下。

"别动，宋婶又不笑你。"喻文州道。

时笙无语。刚刚她睁眼看到那个在掩唇笑的人到底是谁？

早上天气有点儿凉，加上椅子也是冷的，喻文州刚把时笙放在椅子上，她就打了一个响亮的喷嚏。

喻文州觉得她揉鼻子的样子实在是可爱，但她羞得不行。当着喻文州的面毫无形象地打了个喷嚏，实在是不符合她淑女的形象。

喻文州笑了，将裹在她身上的毛毯又拢了拢："自己裹好。"

时笙乖乖地从里面抓住毛毯，将自己遮得严严实实，看着喻文州把馄饨端到面前，出声道：“文州。”

喻文州挑眉：“嗯？”

时笙扯着嘴角：“你看看我。”

喻文州在桌前站定，还真的转过来认认真真地看她。

刚刚起床的时笙，周身还透露着慵懒的气息，脸上未施粉黛，但依旧是白里透红，还有那略显凌乱的头发，怎么看都觉得很可爱。

喻文州也确实这么说了：“很可爱。”

时笙的脸一下就红了，娇嗔道：“我不是说这个！”

喻文州勾着嘴角：“说不说这个你都可爱。”

时笙无语了。她见喻文州没明白自己的意思，又扬了扬下巴示意放馄饨的位置。

喻文州微微眯眼看着时笙，嘴角还带着若有似无的笑意。

时笙被看得有点儿发毛。但现在她脸皮也是厚了，过了片刻还是直接开口：“我没有手！”说完，她干脆闭上了眼睛。

家里安静得要命，时笙的心跳快得要命，要是喻文州不理她岂不是丢脸丢大了。

她又拢了拢身上的毛毯，正欲睁开一只眼睛观察情况，喻文州的吻就落在了她的眼皮上。

喻文州其实刚刚就猜到了她的意思，但是他更喜欢以后有什么她都能主动跟他开口。能被时笙依赖，他很开心。

喻文州摸摸时笙的脸道：“要干什么？告诉我。”

他的声音一如既往温柔又有磁性，带着蛊惑人心的魅力。

时笙虽然脸红，但还是小声说：“我要你喂我。”

喻文州勾起嘴角：“你叫我喂你我就喂你？”

喻文州以前也有做挑眉这个动作的习惯，但时笙总觉得这天他做这个动作的时候带着一丝痞气。

时笙抿唇，哼，果然不能指望他。明明都亲她了还赖账，不要脸。

“嗯？”喻文州双手托住她的脸。

时笙不敢直视他的眼睛，干脆把眼睛闭上。

“要叫我什么？”喻文州忍着笑出声。

时笙闭着眼睛，闷声回答：“喻文州。”

“不对。”喻文州摇头。

时笙闭了嘴，喻文州继续提示：“两个字。”

“文州？”时笙说完，悄悄睁开一只眼睛看喻文州的反应。

他似乎有点儿哭笑不得：“别的两个字。”

“州州……”时笙甚至拿出了自己这么多年都不曾使用过的撒娇技能。

喻文州微微撇开头，不理时笙。

时笙干脆跪在椅子上直起身子，让自己和喻文州离得更近一点。

“州州？”她又喊了一声。

喻文州将头转过来，看着离他咫尺的时笙。

时笙也觉得这天自己是疯了才敢这么大胆。她将手从毛毯里伸出来，直接拽上了喻文州的衣领。

他顺着她的意思稍微低下了头，随即，她的唇主动印在了他的唇上。

她的唇很软，随着她的动作，连发丝上的香味都飘到了喻文州的鼻腔里。虽然只是转瞬即逝的一吻，但喻文州脸上的笑意还是止不住。

时笙回过神才惊觉自己干了些什么不得了的事情，赶紧将自己裹进毛毯里，然后在椅子上缩成一团。

“我没有手。”她闭上眼睛，将头靠在椅背上喃喃。

喻文州没有刻意去控制自己的笑意，高兴不需要掩饰。

这天的时笙他很喜欢，比起以前在他面前拘谨的时笙，他更喜欢这个愿意在他面前闹小脾气和撒娇的时笙。

这至少证明，她在慢慢地信任自己不是吗？

喻文州将自己的椅子拉得离时笙近了一些，然后才坐下来。他吹了吹勺子里刚刚舀起来的馄饨，说：“张嘴。”

时笙本来在旁边闭着眼睛又要睡过去了，结果刚听到喻文州说话的声音，馄饨的香味就离鼻子更近了。

她睁开眼，将喻文州送到嘴边的馄饨吞了下去。不得不说，味道依旧很惊艳。

宋婶每天早饭的种类都很丰盛，时笙的嘴也馋，想留着肚子吃其他的。最后，馄饨她只吃了一半，剩下的一半全进了喻文州的肚子。

“我要吃那个。”时笙缩在椅子上，扬起下巴示意餐桌最中间的方向。

时笙没见过那种糕点，自然也没吃过。

喻文州递了一个到她嘴边。

时笙咬了一口，和想象中的味道有点儿不一样。她蹙着眉头问：“这个是什么做的？”

喻文州语气平淡地回答：“山药。”

顿时，时笙的脸皱成一团，她伸出手端起了旁边的碗，吃下一口甜甜的银耳羹，脸色才总算好看了一些。

时笙的眼睛直勾勾地看着桌子上的东西，生怕又钻出来什么她不喜欢吃的。只是瞥见坐在一旁的喻文州时，她觉得有点儿不对劲。

虽然喻文州的嘴角只是微微勾着，但还是能看出来他在笑。

“你是故意的？！”时笙开始指控。

喻文州笑了。他知道时笙不吃山药，刚刚确实是故意的。倒也不是想整蛊她，只是觉得她挑食的毛病真得改一改。

宋婶做饭的手艺很好，山药本来也没什么怪味，做成糕点应该更好入口才对，没想到时笙还是吃出来了。

“还吃吗？”喻文州故意把剩下的半块糕点往时笙面前递了递。

时笙赶紧侧身闪开：“不要。”

喻文州点了点头，故作迟疑道：“但是剩下的半块怎么办？”

时笙很想说“放那里吧”，但转念一想，除了浪费粮食，这还是宋婶的心血。

“你吃。”时笙看向喻文州。

喻文州勾起嘴角：“我也不要。”

时笙轻哼：“都怪你刚刚骗我。”说完，她以为喻文州也是不吃山药的，怀着复杂的心情准备自己解决掉剩下的半块。

喻文州见时笙痛苦的样子，开口道：“帮你吃掉也可以，但是我有条件。”

时笙抢答：“今天我要画画，不去接你下班。”

喻文州笑道：“不是这个。”

时笙瞪大眼睛望着他，那不然是什么？

“想好要叫我什么了吗？”喻文州低声道。

时笙总觉得喻文州这天铁了心要让自己喊他那两个字。但她是个倔强的人，不想就是不想。

时笙伸手准备去抢喻文州手里捏着的半块山药糕。她起身往他那边靠过去，但脸凑过去时接到了他的吻。

时笙瞪大眼睛愣在原地，喻文州笑着摸了摸她的脸说：“利息收到了。”语毕，他直接将刚刚时笙吃过的那块山药糕放进了自己嘴里。

嘴角沾上了糕点的碎屑，喻文州抬手用拇指擦了擦，随后舌尖轻轻舔过唇瓣。本来是一个略显油腻的动作，但偏偏他做得优雅。

时笙有点儿看呆了。她好像忽然就领会到了喻文州的颜值和气质，以前说自己喜欢什么阳光大男孩，好像都是废话。

“擦擦口水。”喻文州手里的动作没停，只是微微转头瞄了一眼时笙。

时笙几乎停止了思考，听到喻文州的话，也只是机械性地去完成任务。

喻文州笑出声来，时笙才猛地反应过来自己在干什么。她气呼呼地瞪了喻文州一眼，说：“骗子！”

反正现在也吃得差不多了，时笙说完直接就跳下了椅子。

喻文州就看着时笙跟只兔子一样，踩着细碎的步伐往房间的方向跑。加上她裹着毛毯，背影看上去实在是有点儿好笑。

时笙回了房间，第一件事就是扑到床上。她感受到喻文州靠近的脚步，干脆把自己整个人都埋进了被子里。

喻文州无奈，直接伸手将时笙从被子里扒了出来。看着满脸通红的时笙，他有些无奈地提醒："不要把头埋在被子里睡觉，会缺氧的，还有可能增加呼吸道感染的概率。"

时笙抿唇。她很想反驳，却又有点儿心虚。她总不能说脸红不是因为缺氧，而是因为心如鹿撞吧。

"要不跟我一起去学校？"喻文州问。

时笙转头看向他，眼中尽是不可思议："我不。"

再去被人围观一次，下次直接送她去动物园好了，说不定还能收点门票。

喻文州又提醒她："回笼觉也不要睡太久，用不用我打电话叫你起来？"

"我自己定闹钟！"时笙提高了音量。

喻文州挑眉，明摆着是要她当着他的面弄。

手机还在床头柜上，时笙现在躺得舒服，根本不想动。她干脆直接对喻文州说："手机在床头柜那里。"

喻文州轻笑，起身绕过去拿了手机。

"密码是我……"她的话还没说完，喻文州已经举着手机到她脸的上方，手机屏锁就这么解开了。

喻文州本来还觉得时笙主动让他看手机是有进步了，结果点开一看，她的手机壁纸居然是一张肌肉猛男的写真。

"嗯？"喻文州将屏幕反过来对着时笙。

时笙也顾不上睡觉了，直接从床上弹了起来。

如果可以，她希望时光可以倒流，自己一定不说这种搬起石头砸自己的脚的话。

喻文州微眯着眼睛看向时笙："怎么回事？"

时笙有些心虚，但还是理不直气也壮地说："我之前不是说过我喜欢克里斯·埃文斯的肌肉吗？当壁纸欣赏一下怎么了？！"

喻文州点头，欣赏一下确实也不是不行，但手机就那么大的显示屏，上半张是克里斯·埃文斯的照片，下半部分好几个他都不认识的腹肌照片又是谁？

而且这种壁纸，一看就是自己一点一点拼起来的。

喻文州轻笑着看向时笙，时笙忽然觉得背脊有点儿发凉。

"家里有现成的不考虑欣赏一下？"他勾起嘴角道。

时笙一脸难以置信地看向他，这是在说什么鬼话。

"嗯？"喻文州捏着她的脸。

时笙清了清嗓子："我又没见过，我怎么知道你的身材有没有克里斯·埃文斯的好。"

她说的是实话，露成她手机壁纸照片那种程度的，她本来就没见过。

不过她的话说完，她就发现喻文州看她的表情带着一丝耐人寻味。他挑了挑眉，勾起嘴角道："嗯，那我给你看。"

语毕，喻文州收回了捏在时笙脸上的手。

时笙眼睁睁看着喻文州将手收回去以后，放在了自己的衬衫领口上，然后他竟然开始解起了扣子。

一颗、两颗……看到他解开第二粒扣子，精致的锁骨映入了时笙的眼帘。

时笙赶紧伸手捂住眼睛："你干吗？！"

这个人怎么回事！

喻文州轻咳一声："你干吗？"

时笙捂着自己的眼睛不撒手："流氓！"

喻文州低头看了看自己的手，又看了看衬衫。这天他穿的本来就是休闲款的衬衫，解开两颗扣子也不是不行。

“睁眼。”喻文州道。

时笙捂着眼睛摇头：“我不。”

她的话还没说完，手已经被喻文州拽了下来。

时笙生怕看到什么不该看的东西，赶紧又使劲闭了闭眼睛。

喻文州轻笑，只重复了一遍刚刚的话：“睁眼。”

时笙还想摇头，但是下巴已经被喻文州扼住了。

他威胁道：“再不睁眼，中午我让宋婶给你做西红柿炒鸡蛋、红烧茄子、胡萝卜炒肉、山药炖汤。”

时笙无语凝噎。

她这是造了什么孽被人用吃的来威胁，而且西红柿、茄子、胡萝卜、山药……每一样都是她不爱吃的。

时笙㞞了。她才不要拿吃的来开玩笑。

喻文州言出必行，她丝毫不怀疑他说的话。

时笙先睁开一只眼睛，确定喻文州身上的衣服还在以后，才将另一只眼睛睁开。

“想什么呢？”喻文州伸手敲在了时笙的额头上。

时笙吃痛地惊呼一声：“我……”

“别急，等今天回来再给你看。”喻文州在她唇上啄了一下。

时笙很想说，她急什么急！

她过了好一阵子才反应过来，自己什么时候说过要看了？！跟喻文州待在一起怎么讲不讲话都会上当？

喻文州见时笙表情精彩，但脸上的疲惫还是掩饰不住。

“睡吧。”他低头吻在她的额头上，然后帮她掖了掖被角后就出了房间。

这天确实也没睡够，时笙没一会儿就睡了过去。过了一阵子听到有人开门进来，她还以为是宋婶，翻了个身眼睛都没睁一下。

喻文州见她睡得香，只能轻手轻脚地走过去，将刚刚带出去的手机给放回来，希望醒来的她看到以后会有惊喜。

房间里的窗帘还拉着，现在整个空间都一片昏暗，家里四周也都是安安静静的。

时笙醒过来的一瞬间是有点儿蒙的，竟然生出一种“今夕是何年”的错觉。她打着哈欠，伸手从床头柜上拿过手机。

本来只是想看看现在几点了，可当手机屏幕亮起来的那一刻，时笙差点儿被自己的口水呛到。

他们领证以后，喻文州把两本结婚证都收走了，时笙也问过放在哪里，但喻文州一直避而不答。

但现在，她手机屏幕上的锁屏壁纸不就是那两个红艳艳的小本本吗？！

时笙准备发微信控诉喻文州随便动她的手机，谁知道点进去还有更大的惊喜——里面的桌面壁纸，竟然被换成了喻文州本人，还是肌肉写真！

“咯咯咯。”时笙最终还是没有逃过被呛到的命运。

她趴在床边咳得半死，手机也跟烫手的山芋一样，被她从床头扔到了床尾。

过了片刻，咳嗽是止住了，时笙的好奇心也开始有点儿掩盖不住了。

“清心若水，清水即心。微风无起，波澜不惊。”时笙默默地念了两句《清心咒》才去把手机给捡了回来。

刚刚那匆匆一眼的杀伤力已经足够大了，待会儿她控制不住流鼻血了怎么办？

时笙从床上爬了起来，端坐在床头，先捏着手机深呼吸了一口。

事实证明，在足够美好的肉体面前，连《清心咒》都要失效。

虽然时笙觉得自己的心脏都要跳出来了，但眼睛还是非常自觉地盯着壁纸一眨不眨。

看得出来，喻文州是有意模仿克里斯·埃文斯的那种拍照姿势。他的身体并不是正对着镜子的，而是以微微斜侧的角度，刚好可以非常完美地露出手臂的肌肉、胸肌、腹肌，还有人鱼线。

人鱼线若有似无地隐藏在腰带后，简直勾人到了极致。

喻文州的肌肉肯定是没有那些欧美男明星的那么夸张，但胜在线条优美，纹理分明，妥妥的穿衣显瘦脱衣有肉。

时笙一边吐着气一边看着壁纸，一遍又一遍。她觉得有点儿不过瘾，壁纸没办法放大看，她都看不到细节。

时笙像是突然想到什么，直接点开了手机的相册，喻文州的那张照片果然就在里面。

不过一个更大的问题是，时笙发现她存的那些腹肌、胸肌各种肌肉的照片不见了！

时笙有点儿急了。有些照片她可是观察了好久，是最近准备找时间画画的素材。

这一刻，她突然明白电话这个东西经久不衰的原因是什么了。

发微信还要等对方回，时笙有点儿忍不了，直接给喻文州打了电话。

两个人就像有心灵感应一样，喻文州还在实验室，刚把手机从口袋里拿出来，上面就跳出来备注是“宝贝”的来电显示。

“醒了？”喻文州的语气中带着笑意。

时笙根本没闲工夫跟他瞎扯，开门见山地问道：“我手机里的照片呢？”

喻文州装傻：“你的照片不是在你的相册里吗？”

虽然他知道看别人的手机是一个特别不好的习惯，但这天早上也实在是有点儿没克制住。

不过时笙的手机相册和他想象中还是有点儿不一样的。她的相册里各种画展的照片最多，其次是自己的作品，然后就是各种肌肉美男的照片了。

时笙不爱自拍，手机相册里为数不多的几张自拍，都已经是一年前拍的了。还有几张别人给她拍的照片，看起来也是参加活动时拍的。

虽然这些照片少，不过现在也全部到喻文州的手机里了。

时笙都要急死了：“喻文州，你是不是把我的照片删了？！”

喻文州听到她急了，赶紧自证清白：“没有，只是设置成私密照片了，万一别人看到，你一个女生，相册里全是肌肉图多不好。”

时笙嘟囔：“除了你谁看我相册。”而且，把其他肌肉的照片都锁起来，又把自己的照片留在外面是什么意思。

别以为她真的什么都猜不出来！

时笙将电话开成了免提，准备回去相册验证一下。她长按相册底部，弹出来输入密码的页面以后，她随便试了几个，竟然都不行。

她彻底蒙了，自己的手机，自己的相册，自己竟然打不开。

时笙无语了，又问：“密码是什么？”

喻文州笑道：“不告诉你。”

时笙轻哼一声：“你不告诉我，我就把你的照片删了，我还要把手机壁纸换了。”

“你敢。”喻文州威胁。

“我就要。”时笙赌气。

喻文州继续威胁：“你试试。”

时笙有一瞬间无奈。

“密码！”时笙现在是连称呼都不想带了。

她试过她自己的生日，也试过喻文州的生日，还试过领证的时间，甚至连相亲的时间都试过了，可结果就是不对。她已经想不出来他们之间还有什么特别的时间了。

“你要是不说，我今天就让你连房间都进不了……”时笙威胁道。

喻文州学着她惯用的语气：“我不。”

时笙想哭，既然硬的不行那就来软的吧。她再度出声：“州州……”

她没有察觉，她在喻文州面前撒娇好像越来越顺了。

"干什么？"喻文州答。

时笙故作乖巧："密码是多少，你告诉我呗……"

喻文州不答反问："告诉你有什么好处吗？"

时笙咬了咬嘴唇，想骂人怎么办？她是第一次觉得喻文州竟然这么难缠。

"没有好处。"她坚定自己的想法。

喻文州轻轻地"嗯"了一声："那你自己慢慢试嘛，按照六位数密码的组合，也就只有一百万种可能。大不了运气差一点，就是前面九十九万九千九百九十九次都是错的而已。"

慢慢试？只有？大不了？运气差点儿？而已？

这是人话吗？！

时笙气炸了！

时笙用前所未有的严肃语气喊道："喻文州。"

顿时，两边都安静了下来。

喻文州听她语气不对，赶紧道歉："对不起，我错了。"

时笙"哼"了一声："错哪儿了？"

喻文州突然生出一种天道好轮回的错觉，曾经他也是这么问时笙的。他答："不该把你的照片锁起来。"

时笙"嗯"了一声："那密码是什么？"

喻文州沉默。

所以到头来还是绕回来了。

但现在的问题在于，他好像真的把时笙惹到了。他无奈地说道："密码是181207。"

"今天在……"喻文州的话还没讲完，那头传来的已经是"嘟嘟嘟"的提示音。他有点儿难以置信地将手机拿下来看了看，再三确认，确实是被挂断了。

喻文州闭上眼睛缓了缓，这就是传说中的过河拆桥吧？他也有今天？

挂断电话的时笙被这种感觉爽到，直接笑到在床上滚了几圈。

终于笑累了，时笙才趴在床上重新拿起手机。

181207，看起来像是日期。

时笙仔细回忆了一下，18如果是二〇一八年的话，那这个她熟。是她大学入学那年，所以记得很清楚。

至于十二月七日，时笙想了好久才想起来。

学校的校庆是十二月八日，如果是特殊的整数年份，就会是长达一周的隆重庆祝；如果是普通的年份，那就只是举办一天意思意思。

但并不是每年的十二月八日都能凑在工作日，二〇一八年的十二月八日刚好就是个周六，所以校庆的晚会就提前到了十二月七日的周五。

时笙所在的美术学院，承包了那年的学校大门装扮。

本来事情是由大二大三的学姐学长们来做的，但谁让时笙是个加了社团的大冤种呢？

校门口的装饰提前三天就开始了，天天忙前忙后还要担心被其他学生搞破坏。校庆当天人家都是高高兴兴地去参加游园会，去看表演，时笙却忙到脚底生烟。

虽然校庆是一件高兴的事，但给时笙留下的却不是什么太好的印象。

只是这一天，时笙死活想不起来能跟喻文州有什么关系，还是说那几个数字并不是她想的那个意思？

时笙想了很久也没想出个所以然来，最后只得放弃。

很快到了快吃午饭的时间，时笙胆战心惊地去厨房看了一眼，还好不是什么胡萝卜、番茄。

想起挂喻文州电话的事情，虽然刚刚爽到了，但时笙现在回想起来还有点儿心虚。她怕喻文州待会儿又给她打电话，所以吃饭的时候主动发微信给他汇报了自己的吃饭进程。

谁知道有些人就是故意要为难她。

时笙前脚发完微信，手里的筷子都还没捏稳，手机铃声突然就响了起来。

身为社恐人士的时笙表示，老是这个样子被吓，自己的心脏迟早会受不了。

她犹豫着接通了电话，但是尿得不敢先开口讲话。

“笙笙？”那头的喻文州开口。

时笙深呼吸一口气，说：“那个啥，刚刚家里信号不好，所以电话自动挂断了。”

喻文州先是故作思考地“嗯”了一声，而后道：“原来是这样。”

时笙铆足了劲儿点了点头，随后才想起来他们现在是在打电话，喻文州根本看不到自己的动作。她抿了抿唇，非常真诚地回答：“没错，就是这样的。”

喻文州轻笑出声，又叹了一口气，道：“吃饭吧，有事情给我打电话。”

“嗯嗯。”时笙道。

为了表达自己的诚意，这次她特意让喻文州先挂电话。

午饭过后，时笙就钻进了书房。

按照计划，她这天是要练素描的，素材就是她观察了很久的肌肉美男。但这天她无论怎么画，总觉得差点儿意思。

加上还有喻文州定的喝水的闹钟，时笙烦躁得不行。在宣布第三张画稿也失败以后，她气得直接把所有闹钟都给关了。

烦人！

时笙站起来蹦了两下，心态稍微缓和一些后才重新坐了下去。

她拿起手机又开始仔细观察要画的图片，过了好一阵子，她终于意识到自己总是觉得不对劲的点在哪里了。

图是别人的，可为什么她的脑子里自动带入的是喻文州！

其实也不是时笙故意存这么多肌肉美男图来画画，主要是平常能画到人体的机会并不多，为了能观察到肌肉、骨骼，画这种裸着的肌肉美男图也是没办法的办法。

但照片和自己亲眼看到的始终还是有差距的。

时笙突然就想起了喻文州的话,“家里有现成的不考虑欣赏一下”。她一下打定主意，破天荒地主动给喻文州打了个电话。

“州州……”她先开口。

喻文州听得背脊一直，她这是又憋着什么大招呢？

“州州，你今天几点下班呀？忙不忙呀？会加班吗？可以早一点回来吗？要我来接你吗？”时笙一口气说了一大串，吓得喻文州把手机拿下来确认了一下电话的来源，是他家宝贝没错。

“四点就可以走，不忙，不加班，可以，不用。”喻文州按着她问的顺序一一回答。

时笙咧开了嘴角：“太好了，那你早点回来，我在家等你哟……”

喻文州“嗞”了一声，不对劲不对劲，非常不对劲！他狐疑地问：“你今天是不是又干什么坏事了？”

时笙还是笑着回答：“哪有，我什么时候干过坏事？”

想想她前面的各种“战绩”，喻文州明显不信：“你干的坏事还少吗？”

时笙气呼呼地咬了咬嘴唇，难道自己在喻文州心里就是这样的形象？

片刻后，喻文州主动开口：“你知道‘无事献殷勤’的下一句是什么吗？”

时笙现在是有求于人，一点脾气都不敢有。她清了清嗓子，继续笑着回答：“不是‘非奸即盗’，我是你的笙笙嘛……”

她故意放缓了语调，加上本就软糯的声音，这声撒娇喻文州愣是没扛住。

“好，我早点回来。”他略显无奈地回答。

家里有个娇妻能怎么办，宠着呗，就算时笙这天把家给拆了他也不能怎么样。

喻文州看了看时间，已经快三点半了。他有一种预感，待会儿回家会有什么不得了的事情等着他。

得到了肯定的回答，时笙兴奋地从椅子上蹦起来，一溜烟地冲回了房间。

计算着从学校到公寓的时间，时笙四点半就坐到玄关处的小板凳上，盼星星盼月亮总算是在十分钟后把喻文州给盼回来了。

刚刚听到门外有输入密码的声音，时笙就站了起来。

喻文州推开门都还没看清室内是什么情况，就先感受到一个扑过来的身影。

“州州！”时笙跑过来，直接一头撞进了喻文州的怀里。

喻文州直接将手中的电脑包丢下，赶紧伸手把她搂住。他有点儿责怪地开口：“跑什么？”

时笙不好意思地笑了笑，没有回答，反而将双臂从喻文州的腰上挪到了脖子上。随着她踮脚的动作，一个吻直接落在了喻文州的唇上，还是超大一声的“吧唧”。

时笙笑着从他的唇上移开，一声“我”的音节都还没有发出，直接变成了“啊”的一声惊呼。

喻文州直接将时笙抱了起来，让她坐在旁边的矮柜上。

时笙略显慌张的眼神撞进喻文州充满欲念的眼睛里。她小声地叫他：“州州。”

回答她的是喻文州铺天盖地席卷而来的吻。

时笙整个后背都贴在了墙上，冰冰凉凉的，身前却是体温烫人的喻文州。

“州……”时笙推了推喻文州，试图说出一句完整的话来。只是话没讲出来，反倒是舌头差点儿被喻文州咬到。

她的双手刚刚撑到他的胸前，结果就被他钳住带到了身后背着。

喻文州将时笙的两只手腕都握到一只手里，方便他腾出另一只手来。

时笙一直在躲，喻文州干脆用手托住她的脸，让她无处可躲。

一吻结束，喻文州哑着嗓子开口：“别勾我。”

平日里他的嗓音温柔又磁性，现在染上了欲念，沙哑却性感，勾人得要命。

随着喻文州开口，他滚烫的呼吸也贴上时笙的皮肤，时笙被激得直接微微颤抖了一下。

喻文州轻笑出声，胸腔的震动甚至连时笙都感受到了。

喻文州抬手，将时笙耳边的碎发都撩到了耳后。随即，他直接含住她的耳垂。

时笙本来已经瘫软的身子直接挺直，一种奇怪的酥麻的触感席卷全身，时笙的脑海里像是绽放了一朵绚烂的烟花。

喻文州见她一副傻掉的样子，再次伸手在她的脸上摩挲了起来。他唤她：“笙笙。”

时笙机械性地抬头，有些茫然地看向喻文州。

喻文州笑了，低头又在她的唇上啄了一口：“你很甜。”

时笙的瞳孔猛缩，一阵热气再次袭上脸颊。

喻文州一把将她抱起来，一边往里面走，一边还不忘对在厨房里的宋婶喊：“宋婶，待会儿晚饭你先吃，不用等我和笙笙。”

宋婶抓着削了一半皮的土豆从厨房里出来，看到的是小两口抱着往房间走的背影。

虽然不吃晚饭不好，但偶尔一次也不是不行，宋婶又笑着回了厨房。

时笙听到喻文州说的话，整个人紧张得不行，现在看着喻文州抱着自己一步一步地往床边走，心都要跳出来了。

“州州。”她仰头望向喻文州。

喻文州勾起嘴角：“现在知道怕了？”

时笙咬唇。她本来只是打算亲喻文州一下就好了，谁知道他的反应这么大。

喻文州将时笙放在床上，腰还没直起来就被她抓住了手。他问：“想继续？”

时笙红着脸摇头：“我有事情想要你帮忙。”

喻文州挑眉，眼里都是询问的意思。

“给我当模特好不好？”时笙忐忑着开口。

喻文州不解，时笙又继续说：“让我画肌肉图。”说着说着她也觉得羞耻得不行，声音越来越小。

喻文州勾起嘴角：“好处？”

时笙咬了咬唇，对着喻文州招了招手。

他俯身，时笙又是一口亲在了他的唇上。

喻文州勾起嘴角，干脆坐在了床边。二人一个坐着一个躺着，眼神在空中交会。

“自己脱。”片刻后，喻文州俯身在时笙的耳边说。

时笙红着脸对上他的眼神。

短暂的沉默过后，时笙抬手搭上了喻文州衬衫的扣子。

喻文州笑了，眼睛直勾勾地盯着时笙的脸，连她每一刻细微的表情变化都看得一清二楚。

时笙一开始还只是脸红，随后红蔓延到了耳朵。解开喻文州所有衬衫扣子的那一刻，她连脖子都红了个干净。

喻文州还算配合，但将衣服剥离身体的过程中，时笙还是不可避免地碰到了他。微凉的指尖和滚烫的肌肤，一种很奇妙的触感。

时笙看了看喻文州身上的西裤，犹豫了一下后还是开口：“可以穿我给你准备的衣服吗？”

喻文州笑道：“好。”

刚刚进来的时候，他就看到飘窗那边空的地方已经布置过了，铺了地毯，旁边还很考究地摆了几本书和一些静物。

很显然，时笙这是谋划已久了。

喻文州起身：“要我穿什么？”

时笙赶紧从床上爬起来，快速冲到了衣柜那边。

印象中她没见过喻文州穿牛仔裤，下午在衣柜里翻箱倒柜地找了很久才找到一条。

反正现在脸已经够烫了，时笙也不想考虑更多了，直接将找好的牛仔裤和内裤都递给了喻文州。

喻文州笑了，看着时笙眼神飘忽的样子实在是好笑。他故意将手抚上了腰带，面前的时笙抬腿就准备跑。

喻文州从后面抓住她的衣领，说："跑什么？"

时笙抿唇："你先换。"

喻文州见时笙实在是羞到不行，放过她："行了，在这里待着吧，我去浴室。"

听到他逐渐远去的脚步声，时笙闭眼长长地舒了一口气。

想画喻文州，这也太磨人了。

片刻后，喻文州从浴室里出来，时笙立刻被惊艳到。

牛仔裤穿在喻文州的身上，本来和他严肃的气质是相违背的。但有了他嘴角那丝若有似无的笑意，竟带上了些许痞气，两种相悖的气质竟然出奇匹配。

喻文州站在原地，看着眼睛都不眨一下的时笙笑了。

时笙的眼神还在喻文州的身上流连，喻文州轻咳一声："画板拿过来了吗？"

时笙摇头。

喻文州怜爱地摸了摸她的脸，说："那先去拿过来。"

时笙出房间的第一个动作就是整个人都贴在墙上。她真的需要冷静一下。

从喻文州回家开始，她脸上的温度就没降下去过，还有那颗疯狂跳动的心。

时笙捂着胸口吐了好几口气才总算消停了些。她去书房把画板拿了回来，但刚刚进房间就听到浴室里哗啦啦的水声。

喻文州这是去洗澡了？

时笙也不敢催他，干脆抱着画板去飘窗那边坐着。

过了一阵子，时笙本来已经靠在床边昏昏欲睡了，结果听到了浴室门打开的声音。她抬头一看，和刚刚出来的喻文州的视线撞在了一起。

他光着脚踩在地上，穿着与时笙期望的造型无异，但最致命的是他正在滴水的发丝。一颗一颗水珠从他的额头滑过脸颊，再从喉结拂过腹肌，最后隐入人鱼线下消失不见。

时笙有点儿不争气地咽了口口水。

“笙笙？”

“州州？”

二人同时开口。

喻文州先笑了起来，简简单单的动作让时笙的心跳又漏了半拍。

“可以开始了吗？”

“要开始了吗？”

二人几乎又是同时开口。

这次时笙先反应过来。她从飘窗上跳了下来，指了指旁边铺地毯的位置，道：“这里。”

喻文州依旧是笑着的，然后一步一步往时笙这个方向过来。他问：“要什么样的姿势？”

时笙想了一下，说：“都可以，你放轻松就好。可能时间会有点儿长，选一个你自己舒服的姿势吧。”

喻文州点了点头，配合地坐在了地毯上。

时笙特意挑了整个房间采光最好的位置，如今喻文州右侧躺在地毯上，右边的手臂支撑着上半身，右腿挨着地毯，左腿则微微曲了起来。光源从他的头后照进来，形成了天然的阴影。

整个画面从构图到光影，朦胧中充满荷尔蒙的气息。

时笙微微闭上眼睛，深呼吸了几口气以后，才仔细观察起了喻文州。

他的发丝只是微湿，有几根不听话地搭在额头上，倒是多了几分随性。

时笙才发现，他的头发在光下并不是纯黑色，像是带了点褐色。

眉骨是时笙评判帅哥的标准。她一直觉得眉骨漂亮的人，不管男生还是女生，一定都会好看。

喻文州的眉骨就很突出。他英挺的鼻梁和眉骨相得益彰，显得整个眼窝都很立体。

他的眼型介于桃花眼和丹凤眼之间，眼角偏圆是像桃花眼，但眼尾又微微上挑，眼长也是明显大于眼宽的。这也是他没表情的时候会给人一种紧张感的主要原因。

不过只要他笑起来，就会显得温柔又深情。

再是他的唇，是男生里少有偏红的颜色，厚薄适中，看起来就很好亲。

其实单看喻文州的眼睛和嘴唇是偏阴柔的，但眉骨和鼻梁又是英气的。面部轮廓线条流畅又硬朗，既有皮相美也有骨相美。时笙想，这大概就是传说中的老天爷赏饭吃。

仔仔细细观察完他的脸以后，时笙的视线往下看过去。

喻文州的锁骨很漂亮，不是夸张的一字型，但和肩颈的线条融合得很完美。

然后再是块状分明的腹肌，轮廓并不是很夸张的那种凸起。不深不浅的线条，看起来的第一感觉是很有力量感。

再然后是若隐若现的人鱼线，隐匿于裤腰的位置。

时笙认认真真地观察了很久才开始下笔，但轮廓还没勾完她就已经感觉不满意。按照她以前画人体的经历，通过这么细致的观察以后是不该出现这种情况的。

她竟然一时间分不清问题是出在她这个画画的人身上还是出在模特身上。

犹豫了片刻，时笙放下手中的铅笔，喊："州州？"

喻文州抬头，一脸询问地看向她。

时笙抿唇："我……我可以摸摸你吗？"

喻文州勾唇："好。"

时笙从画板前起身，每往前走一步她觉得自己的心跳就快一分。直到跪坐在喻文州面前，她的心跳仿佛到达了极限。

其实她也不是没摸过他的腹肌，但上次是在眼睛看不到的情况下。这天，她希望用眼睛和触感一起记住他的轮廓。

时笙吐出一口气，才发现自己的双手竟然渗出了一层薄薄的汗。她在身上擦了擦手，紧握双手后再松开，然后颤巍巍地朝着喻文州的身上探了过去。

喻文州在她往这边走的时候就将手里的书放下了。他看了时笙一路，自然也看到了她所有的表情和动作。她紧张，他也好不到哪里去。

就在时笙快要碰到的那一刻，喻文州突然伸手攥住了她的手。

时笙没明白这是要干什么，看向喻文州的神情尽是紧张。

喻文州笑而不语，只是带着她的手覆上了自己的胸口。

"咚、咚、咚"的声音，强劲有力的心跳，确实很快。

时笙看着喻文州。他笑道："笙笙，它也很心动。"

它，是心脏。

它跳，是因为心动。

《坛经》中云："时有风吹幡动。一僧曰风动，一僧曰幡动。议论不已。"

"惠能进曰：'非风动，非幡动，仁者心动也。'"

后来，这句唯心主义的风吹幡动成了告白的佳句。

时笙却只记得，喻文州是个当代的医学生，是个坚定的唯物主义者。他却对她说，心动是因为心动。

时笙对上他幽深的目光，艰难地咽了口口水，道："我可以开始了吗？"

喻文州依旧在笑，虽然松开了她的手，但眼神却没有从她的脸上移开。

时笙伸出右手，一寸一寸地拂过他的眉眼，再一路往下。她手上的动作轻柔，像是在对待什么稀世珍宝。

描摹得差不多了，时笙站起来，伸手给自己红到发烫的脸颊扇了扇风。

这期间，喻文州不好过，时笙也没好到哪里去。他的呼吸重了些，而她的呼吸也乱了。

“我好了。”最后，她几乎是落荒而逃。

时笙重新坐回画板那边，闭上眼睛长长地吐了一口气。抛开杂念后，她开始在脑海里回忆关于喻文州的一切。

面部的骨骼轮廓、皮肤的触感、肌肉的纹理，甚至连身上的温度，一一在她脑海里闪过。

片刻后，喻文州看到时笙睁眼重新拿起了笔。这次她下笔的动作流畅且迅速，几乎没有任何停顿。

喻文州收回视线，将刚刚扔到一旁的书给捡了回来。他确实需要看点什么转移一下自己的注意力。

房间里很安静，静得能听到时笙的铅笔和画板摩擦的声音，也能听到喻文州翻书的声音。

房间里又不安静，既能听到喻文州的心跳声，也能听到时笙的呼吸声。

前期时笙还会时不时地抬头再看看喻文州，两个人的视线偶尔会在空中交会。到后面时笙几乎全程低着头在画画，喻文州却将视线从书上全部移到了她的身上。

都说认真工作的人最有魅力，此刻的时笙也是如此。平时的时笙看起来有些傻乎乎的不着调，但画画时的她，是真的在发光。

天色渐渐暗下来，时笙也加快手里的动作。

最终在室内正式陷入黑暗以前，一张素描大体成形。她激动地从椅子上蹦起来，直接对着喻文州的方向就扑了过去。

喻文州坐了起来，对着时笙张开自己的双臂。他以为她只是想过来抱抱自己，谁知道她过来的第一个动作就是捧住了他的脸。

随即，她在他的唇上落下温热的一吻，激动地说：“州州，我太爱你了！”

喻文州笑着摸了摸她的脸：“我也爱你。”

他知道她可能是出于心情激动才讲出了那句话，但他的这句，已经想说很久了。

第八章
童年往事

“画好了？”喻文州问。

时笙使劲地点了两下头：“嗯嗯，大体都画好了，后面只用添补细节就好了。”

“那走吧，该吃饭了。”喻文州先站起来，然后伸手将她从地毯上拉了起来。

时笙有点儿不好意思。她好像不止一次打乱喻文州的生活习惯和作息了。

看着喻文州就这么往外走，时笙赶紧一把拉住他：“换衣服！”

喻文州转头，笑而不语地看着时笙。

时笙有点儿惶恐地躲闪着他的注视，这又是要干什么？

喻文州俯身贴到她的耳边，说：“刚刚是你给我脱的，现在你给我穿。”

时笙“咝”了一声，往后退了一步。喻文州的呼吸实在是太烫了，她有点儿遭不住。

时笙撒开他的手，一边往衣柜那边跑一边说：“我给你找衣服。”

她在衣柜里搜寻了一下，喻文州的衣服偏休闲的款式和偏正式的款式各占一半。但平时很少看到他穿休闲款的衣服。

时笙拿了一件白T恤和一件墨绿色的针织衫，顺便又去挑了一条略微宽松的黑裤子。

在足够完美的脸蛋和身材面前，是不需要过分修饰的，最简单的色彩和款式即可。

喻文州见她挑好了，从另一边走到了她的面前。他微眯着眼睛，对她道："我没有手。"

时笙摸了摸下巴，这语气怎么这么耳熟？哼，就知道模仿她！

时笙气鼓鼓地看着他："自己穿。"

喻文州摇头，刻意学她的语气："我不。"

说完，大概是觉得只说话还不够，喻文州直接往前跨了两步抱住时笙，下巴还在她的头顶蹭了蹭。

时笙控制不住，笑着问："州州，你在撒娇吗？"

喻文州闷闷地用鼻音发出了一声"嗯"。

时笙直接笑得咧开了嘴："那你站好我给你穿。"

喻文州又抱着她赖了一会儿才松开。

时笙的身高不够，喻文州全程弯着腰配合她的动作。

T恤从头上套过，喻文州的头发也被弄得乱糟糟的。

时笙又帮喻文州把针织衫穿好，最后还是没忍住在他的头上摸了摸。他的发丝细软，是比她想象中还要舒服的触感。

喻文州见时笙偷笑的样子实在是可爱，没忍住在她的嘴角亲了一下。

时笙猛地抬头往后退了两步，将旁边的裤子扔给喻文州："自己换。"

喻文州轻笑出声："自己换有奖励吗？刚刚是你自己说要帮我穿的。"

时笙的脸红了。她说的帮他，难道能包括裤子吗！

"嗯？"喻文州又往她面前走了两步，二人的距离再次恢复。

"乖宝宝才有。"时笙道。

喻文州反问：“我还不乖？”

时笙摇了摇头：“你自己换了就是乖宝宝。”

喻文州勾起嘴角点了点头：“行。”

他刚刚抬脚往浴室那边走，时笙就一溜烟地往门口跑了。

此时宋婶已经吃过饭了，现在正坐在沙发上看电视。看到时笙红着脸从房间里跑出来，她脸上的笑容挡都挡不住，赶紧说：“笙笙，饿了吧，和文州要现在吃饭吗？”

时笙点了点头，宋婶就赶紧从沙发上起来。

时笙赶紧出声阻止：“宋婶，你不用管我们，我自己去弄。”

宋婶有点儿怀疑：“你可以吗？”

时笙合理怀疑喻文州是不是跟宋婶说了些什么。

“微波炉我还是会用的。”时笙赶紧出声。

她承认自己在做饭的时候是厨房杀手，但这种热热现成的菜，完全没有难度好吗！

时笙将餐桌上的菜全部端进厨房，先放了一个盘子进微波炉，又去了冰箱那边。挑挑拣拣了一番后，她抱着选出来的东西又进了厨房。

喻文州从房间出来就看到了宋婶，宋婶用手指了指厨房的位置，说：“在给你热菜呢。”

喻文州笑着点了点头。只是他走到厨房门口，隐隐约约听到里面的动静，一声一声的听得他的心都在颤抖。

有了前面无数次吓到时笙的经验，这次喻文州专门在临近厨房的时候搞出了点动静。饶是如此，在砧板那边忙活的时笙还是一点反应都没有。

她手里现在正拿着刀，喻文州不敢随便出声，不然被吓到了可能真的会发生事故。

时笙的刀工差，但好歹有点儿美术生的功底在，色彩搭配起来还是挺得心应手。她端着切好的果盘转身，看到站在门口的喻文州时还是被吓得耸了一下肩。

喻文州觉得无奈又好笑，搞了半天她还是没有听到他来。

他发现，只要时笙沉浸在自己的世界里，基本就与世隔绝了。

“你又吓我。”时笙气鼓鼓地对着他开口。

喻文州是真的冤枉，但是，老婆说的都对。

“好，我的错。”喻文州一边说一边往时笙那个方向走过去。

时笙抿唇笑了笑。她发现这天的喻文州很好说话。

喻文州将时笙手里的果盘接了过去，说：“这就是奖励？”

时笙点头：“对，我亲手切的哟。”

喻文州仔细看了看里面的水果，说：“下次还是叫宋婶吧，或者我来也行。”

时笙不可思议地看向他：“你是不是嫌弃我切得丑？”

喻文州抿唇，这个问题该怎么回答呢？

丑是真的丑，刚才他远远地看了一眼，水果的色彩搭配和摆盘都是好看的，但这个刀工实在是惊人。看到坑坑洼洼的苹果表面，不难想象它刚才都经历了什么。

“喻文州你这个……”时笙的话没讲完，喻文州直接将一颗草莓塞进她的嘴里。

草莓很甜，以至于时笙嚼了两口连自己要说什么都忘了。

喻文州摸了摸她的头：“没有特殊情况就不要自己动刀了，出去等着吧。”

语毕，喻文州将果盘重新递到时笙手里。

时笙是坐到椅子上才想起来自己刚刚是进去热菜的，结果到头来还是变成喻文州的事情了。

没过几分钟，喻文州拿了筷子出来。

不管桌子怎么擦过，直接放在上面好像都显得不太卫生。

时笙看着喻文州过来，主动伸了手。

喻文州笑道：“这么饿？”

时笙噘着嘴生气地看向他。

这不过是她表达情绪的方式之一，谁知道喻文州直接手撑着桌子亲了过来，还是超级大的一声。

轰隆一声，时笙只觉得脑袋炸了，脸上的热气也迅速上涌。

餐厅离客厅就隔了那么点距离，宋婵肯定都听到了！

时笙都不知道该怎样形容自己的心情了，以前一本正经的喻文州到底去哪里了！

喻文州见时笙脸红的样子，实在是可爱得过分。他是存了心思要逗她，便又在她唇上亲了一下才算完。

“这个才叫奖励。”喻文州笑道。

时笙一时没反应过来，喻文州直接将筷子塞到她手里后就又往厨房那边去了。

就算是奖励，那为什么要亲她两下？

时笙看到喻文州的背影消失在眼前以后，才回想起这个问题。

不过美味的饭菜总是会让人心旷神怡，能够忘记烦恼。等到酒足饭饱，时笙脑袋里就只剩下了睡觉这个想法。

喻文州见时笙开始打哈欠，也松了一口气。

虽然这天晚饭的时间还是有点儿不对劲，但好歹终于能在正常的时间睡觉了。

“先去洗澡。”喻文州道。

时笙现在是真困，点了点头，就先往房间去了。

喻文州收拾好残局，跟宋婵打了声招呼以后就回了房间。

说来也巧，时笙的手机铃声刚好就是在这个时候响的，喻文州捏着手机去敲了敲浴室的门。

听到第一声的时候时笙还以为是自己幻听了，第二声倒是能确定是外面有人在敲门了。但会在这个点进房间的，不是喻文州又还能是谁。

第三声，时笙关掉了花洒的水，顺便回忆了一下自己刚刚进来的时候有没有锁门。

“笙笙？”半天没人出声，喻文州只得一边敲门一边喊人。

“怎么了？”时笙抓起一旁的浴巾将自己裹了起来。

喻文州答：“你的电话。”

时笙的脑子迅速思考，这个点还能有谁给她打电话？但是这都不重要，她谁的电话都不想接。

“你帮我接！”说完，时笙重新打开了花洒。

喻文州无奈地看了看上面备注的“顾问”两个字，差不多猜到是什么情况了。

“喂？”电话那头一个女生先开了口。

喻文州“嗯”了一声，还是礼貌地加了一句：“你好。”

顾问就是上次时笙去报名编剧课时负责接待的那个工作人员。听到电话是一个男人接的，她立刻反应过来：“您是时笙的老公吗？”

喻文州很满意顾问如此迅速的反应，连回答的语气都不自觉地带上了一丝愉悦。

顾问赶紧解释起这通电话的用意：“是这样的，我们这边的那位编剧老师因为其他行程的冲突，现在只能把课往前调，明天就是第一节，不然就要等到下个月了。”

“知道了。”喻文州回答。

顾问对这么简洁明了的回答一时有点儿手足无措：“那时笙这边是想明天开始呢还是下个月再上呢？”

“这个要先问她的意见，待会儿再让她给你回复。”喻文州回答。

本来就事发突然，顾问现在很是焦灼，听到喻文州这么回答，直接脱口而出：“不能现在吗？”

“她还在洗澡。”

顿时，电话两边都噤声了。

顾问猛地反应过来：“对不起，打扰了！”

“没……”喻文州一句“没关系”还没说出来，那头的顾问又急着开口了：“待会儿告诉我就行，不，明天早上告诉我都行！实在不好意思，我先挂了，抱歉抱歉！”

说完，顾问快速挂断电话。

时笙擦着头发从浴室里出来，喻文州正坐在床上看手机。

喻文州感受到她的目光，直接抬头看了过去。他朝她招了招手：“过来。”

时笙也不知道喻文州说话是有什么魔力，反正她就是乖乖地过去了。

喻文州在床边坐好，攥着时笙的手将她拉了下来。

时笙警惕地看着喻文州，结果他只是凑过来把她手里的毛巾拿了过去。他一边帮她擦头发，一边把刚才顾问打电话的事情讲了一遍。

时笙思考了一下，反正早上晚上都得去，那还不如就第二天去。

喻文州见她的表情就知道是怎么回事。他捏了捏她的脸道：“今天早点睡，明天就能起得来。”

时笙一脸无奈，谁让她好死不死非要报班呢。

喻文州笑了，又去浴室把吹风机拿了出来。他也是第一次知道，女生吹个头发竟然这么麻烦。

时笙的头发又长又厚，想要吹到干透，二十分钟就已经过去了。

时笙全程手都没抬一下，享受着喻文州的服务。

吹风机停了，时笙仰头看向喻文州：“嘻嘻，谢谢州州。”

喻文州轻笑，一吻直接印在了她的唇上。他道：“下次感谢要用实际行动。”

喻文州说完，将吹风机的线绕好以后又进了浴室。

时笙以为他会洗完澡再出来，结果不出片刻，喻文州又出来了，还是往房门口的方向去的。

“州州，你要去哪里？”时笙问。

喻文州又好气又好笑，“州州”她是越叫越顺口了。

“你先睡，我还有点儿事情，待会儿就回来。”他解释。

时笙“哦”了一声，然后掀开被子上了床。

喻文州怕时笙多想，又走到床边，替她掖了掖被角道："是真的有事情，不要乱想，待会儿就回来。"

时笙闷闷地"嗯"了一声。

喻文州在她的额头上吻了吻："晚安。"

喻文州拿着车钥匙出了门，趁着现在这个时间去超市买东西还来得及，要是等到早上九点开门就真的来不及了。

他回来的时笙已经睡得迷迷糊糊了，他洗漱完上床，她就自觉地滚进了他怀里。

第二天，喻文州是在闹钟响之前起的床。能多睡一分钟也是一分钟，他并没急着喊时笙起来。

喻文州洗漱完，先去厨房帮宋婶做早饭，回去喊时笙起床的时候才发现人已经不在床上了。

浴室的门关着，喻文州对着里面喊："笙笙，洗漱完出来吃早饭了。"

结果里面半天没有动静。

喻文州想着可能她在洗漱没听到，准备先把床上收拾好再喊一声。他把被子拉到床尾铺好，整理床单的时候才发现有点儿不对劲。

喻文州赶紧去敲浴室的门："笙笙，是不是不舒服？"

语毕，担心时笙还是不说话，他又补充道："回答我。"

时笙坐在马桶上，很是为难。

闹钟响后她眯着眼睛进了浴室准备洗漱，结果就发现，她来月经了。重点是，她刚刚什么都没带进来，现在简直是进退两难。

最致命的是，月经这个神奇的东西，没发现的时候肚子没反应，一旦发现小腹就开始一阵一阵地疼。

喻文州肯定她是能听到的，又问："卫生棉放在哪里了？"

他记得那天帮时笙收拾东西的时候并没有看到。

听到这里，时笙更羞愤，喻文州竟然猜出来了。她也没办法了，总不能在这里面待一天吧。她只得回答："在最里面那个柜子的黑色手提袋里。”

喻文州得到回复以后，立刻转身去往衣柜的方向，还顺便帮时笙把换洗的衣服都拿了出来。

“开门。”喻文州拿着东西又去敲门。

时笙现在真的想死，站起来缓步挪到门口打开了一条门缝。

这次喻文州倒是没有调侃她，把东西递进来以后甚至还帮她关了门。

时笙在里面磨蹭了很久，冲了个澡，才换了衣服。

出房间的时候，喻文州已经不在了。

看到床上已经重新换了床单，时笙就知道出大事了。她刚刚还在思考到底有没有弄到床上，这简直就是板上钉钉了。

喻文州看时笙站在门口犹犹豫豫，对着她招手：“过来吃饭。”

时笙闷闷地“嗯”了一声，这才慢慢走了过去。

“有没有不舒服？”喻文州替她捋了捋耳边的碎发。

本来他想等时笙出来，但她脸皮薄，还是给她一点空间比较好。换完床单以后，他便先出来了。

时笙摇了摇头。就算有，她也有点儿不好意思说出口。

看着一桌子精致的早餐，时笙实在是没胃口，最后还是在喻文州的强迫下才喝了一碗粥。

喻文州早上要去学校，时笙也要去上课，就算不顺路，喻文州还是得送她过去。

只是看着车停在药店门口的时候，时笙还是惊讶了一下。

“等我一下。”喻文州摸了摸时笙的头。

一个早上时笙的脸色都很苍白，还有她略显迟缓的动作，就算她不说，喻文州也猜到是肚子痛。

时笙看着喻文州捏着药盒子出来，一时间没看清楚是什么东西。

喻文州去买了布洛芬，顺便还要了一杯热水。他先将水杯递给她，然后拿了一颗药递给她。

“吃下去待会儿就不痛了。”他又摸了摸她的头。

时笙撇撇嘴：“真的可以吃止痛药吗？”

以前每次肚子痛，她几乎都是硬生生熬过去的，她妈妈一直跟她说吃止痛药不好。

喻文州有些无奈：“我是干什么的？”

时笙看着他坚定的眼神，抿唇道：“我相信你。”说完，她就着水把药丸吞了下去。

喻文州看着她吃完药才解释：“可以吃，每次痛都可以吃。”

大部分女生痛经都只是前一两天，一个月最多也就一两颗，副作用几乎可以忽略不计。

唯一可能出问题的就是，肠胃不好的人可能会引起腹泻或者呕吐的现象。这也是为什么刚刚喻文州非要逼着她喝下一碗粥。

时笙的状态确实不是很好，喻文州是真的很想让她回去休息，但她是肯定不会答应的。

时笙靠在椅背上闭眼休息。她上课的地方在市中心，加上现在是早高峰，本来就堵得不行，她以为喻文州会把她放到附近。结果再睁眼的时候，喻文州已经在找停车位了。

“州州，你把我放在这里就好了。”她道。

喻文州刚好看到一个车位，就先顾着停车了。

时笙一想到自己又在耽误喻文州的时间，心里总觉得有点儿过意不去。她问：“州州，你上班会不会迟到呀？”

喻文州停好车，转过身来：“不耽误，别人有的你也要有。”

时笙咬了咬唇，看着喻文州的眼中带着些雾气。好像还是第一次有人跟她说这种话。

喻文州先下车给时笙开了车门，几乎半扶半抱地将她带出来后又问：“还是很痛？”

时笙委屈地点了点头。

喻文州心疼地在她额头上亲了一下：“待会儿药效上来就好了。”

时笙也只能点点头。

喻文州从车后座拿了一个袋子出来，然后牵着时笙一起往培训机构那边去了。

时笙来得算早，还能选个好位子。

喻文州跟着她一起进去，再三确认她没问题以后才开始嘱咐："不舒服及时给我打电话，有其他问题也给我打电话。"

主要是这个培训课一次上三个小时，中间只有二十分钟休息时间，喻文州是真的有点儿不放心。

时笙点了点头："我会的。"

喻文州笑了，时笙这么配合倒是少见。他将手中的袋子递过去以后，才跟她道了别。

待到喻文州的身影消失在眼前，时笙才好奇地打开了袋子。里面有两个保温杯、几个小蛋糕、一袋干果，还有一盒小小的葡萄。

喻文州写的字条还贴在上面，写着：葡萄用热水过一下再吃。

时笙将保温杯打开看，一个里面是热牛奶，一个里面是热水。保温杯不是传统造型的，圆乎乎的还怪可爱。

喻文州好像细心得有些过分。

时笙本来就很在意细节，现在摸着袋子都觉得还带着喻文州的体温，有点儿让人心动。

宝贝："谢谢州州。"

她还发了一个亲吻的表情。

喻文州把车停好，拿起手机看到的第一条消息就是时笙发过来的。

昨天晚上确定时笙要来上课以后，他就担心她中途会饿，连夜去买了些可以充饥的小零食。他怕时笙不喜欢那些丑丑的保温杯，现在买的这种可爱保温杯他逛了两家超市才找到。

本来还准备了巧克力，结果时笙先到了生理期。

喻文州笑了笑。她能喜欢，他就已经很开心了。

已经开始上课了，时笙听到抽屉里的手机在振动，还是没忍住拿了出来，一边在心里默默地给老师道歉，一边看了起来。

喻文州：“也不要吃太多，上完课给我打电话，我来接你吃午饭。”

时笙愉悦地给喻文州回了一个“OK”的表情图。

她盯着手机看了好一会儿，喻文州的消息没收到，反倒是觉得哪里有点儿不对劲。

犹豫片刻，时笙还是点了右上角，将喻文州的备注从“喻文州”改成了“州州”。

明明只是一个不到三十秒就能完成的动作，时笙因为紧张到手抖，硬生生地花了两倍的时间。她有一种自己在做什么不得了的事情的感觉。

将手机重新放进抽屉的那一刻，她也松了一口气。

上课的时候只要足够投入，时间过得还是很快的，三个小时几乎是一眨眼就过去了。

时笙一边收拾东西，一边给喻文州打电话，只是等她收拾好了还是没人来接。

虽然有一点点失落，是喻文州让自己打电话的，可一想到他可能在忙，时笙立刻就释怀了。

时笙背着包闷闷地往外走，因为没注意周围的环境，被抓住包带的时候吓了一大跳。她的惊呼还没出口，就听到身后的人说：“笙笙，是我。”

喻文州的声音实在是好认，时笙闭着眼睛转身直接撞进了他怀里。

“你怎么不接我电话？”她委屈巴巴地问。

喻文州拍了拍她的背说：“抱歉，本来想给你一个惊喜的。”

时笙很快又反应过来，从他怀里抬头，望着他问：“你是不是又翘班了？”

喻文州没忍住笑了起来：“对，就是翘班来接你的。”

时笙蹙眉：“那你的学生怎么办？”

喻文州无奈地捏了捏她的脸：“今天在实验室忙。”

他也承认自己这天有点儿不厚道。

新项目刚刚启动，但因为一开始准备得很充分，确实不算很忙。宋修远说自己盯着，按照以往的惯例喻文州不会走，但这天情况实在是特殊。

“你也很重要。”喻文州道。

时笙突然又有点儿鼻酸了。果然生理期的时候她的情绪波动很大，偏偏这天的喻文州还情话连篇，她都能感觉到自己现在的心跳有多快。

“今天下午都把东西准备好，接下来的两天我都会很忙，可能没办法陪你了。”两个人手拉着手往外走，喻文州开始说起周六的安排。

时笙反应了一下才想起来，马上到周六了，是他们该回去的日子了。

谁能想到到头来喻文州竟然比她还考虑得周到些。

吃过午饭以后，两个人一起去了商场。

因为时笙生理期，喻文州逛半个小时就休息十分钟。

最后他在时笙的建议下，把周六回家带给时爸爸和时妈妈还有时娆的东西都准备好了。

喻文州说的忙两天也是真的忙，虽然他早上会跟平常一样的时间起床，但晚上一般要八九点才回来。

不过刚好时笙这两天也不舒服就赖在家里，好歹也让他省了点心。

很快便到了周六，喻文州难得陪时笙睡了个懒觉。

只是从中午吃过饭开始，他就明显感觉时笙整个人和平时比起来显得有些焦虑。

喻文州拍了拍沙发旁边的位子：“过来坐。”

时笙深呼吸一口气，从阳台那边走了过来。

“担心什么？”喻文州将时笙拉进了怀里，顺便摸了摸她的脸。

时笙在他怀里寻了个舒服的姿势，捏着他的手把玩，以此来缓解自己此刻的焦虑。

“嗯？”喻文州又捏了捏她的脸。

时笙吐了一口气：“我就是觉得自己好惨。”

时笙一想到这天晚上要跟三个老师和一个律师一起吃饭，她就觉得自己跟那张“弱小无助又可怜”的表情图一模一样。

喻文州又气又笑：“怕什么？一个是你爸、一个是你妈、一个是你姐，还有一个是你老公。”

时笙抿唇，又在喻文州胸口蹭了蹭：“州州，今天你得保护我。”

喻文州笑道：“我不保护你保护谁？”

时笙说的是真心话，她总觉得这天晚上不会太轻松。

因为说好要等时娆一起回去，时笙跟喻文州就一直在等她的消息。

六点过一点，时笙的手机响了。她以为是时娆的，结果打开就看到了“妈妈”的备注。

她忐忑地接起电话：“喂？妈？”

时妈妈现在的心情说不上好，都到饭点了，结果一个人也没回来。时爸爸和时娆是从外地回来，她忍了，时笙离得这么近竟然还没到。

“到哪里了？”时妈妈问。

时笙瞥了一眼喻文州，现在只好先委屈他一下了。

“文州还有事情在忙，我们等一下就回来。”时笙答道。

既然话都说到这里了，时妈妈也找不到什么好反驳的理由。

终于，在七点刚过的时候，时娆给时笙打了电话，说她大概再过半个小时到家。

从公寓这边回家差不多也需要这么久，时笙跟喻文州便也跟着出发了。

还是时笙他们要稍微快一点，时娆现在在开车，时笙也不敢随便给她打电话。

但是不出五分钟，一辆眼熟的车就出现在了视野里，片刻后又出现了一辆。

时笙没想到，他们父女三人能在小区门口遇上。

时笙激动地跳下车，对着那边刚刚停下的车挥了挥手，高兴地喊：“姐、爸！”

很快那边的车也停好，时娆先下了车。

时笙直冲冲地撞过去，给时娆来了一个大大的拥抱，顺便一口亲在了她的脸上。

时娆故作嫌弃地擦了擦脸：“干什么，干什么？”

她的话虽这么说，但抱着时笙的手一点儿都没松开。

时爸爸也下车走了过来，看着两个闺女抱在一起，也跟着笑了起来。

喻文州其实已经下车很久了，只是旁边的人都没空搭理他。

还是时爸爸先看到了他：“小喻。”

喻文州笑着点了点头：“爸。”

时笙和时娆也看了过来，时娆看着喻文州就调侃：“哟，妹夫呀。”

喻文州跟她妹妹结婚了，现在得跟着她妹妹的称呼来喊人。

虽然她和喻文州也见过几次了，但每次她都觉得很搞笑。

谁知喻文州倒是没有任何不乐意，他对着时娆也点头示意了一下：“姐。”

时笙在一旁憋笑，还是时爸爸先开了口，几个人才重新将车开进了小区。

时妈妈一直等在客厅里，听到走廊里越来越近的脚步声和说话声就知道是他们回来了。

几个人刚刚站定在门口，钥匙还没掏出来门就从里面打开了。

时爸爸先上前喊了一声“老婆”，然后时笙几个人又跟在后面喊了“妈”。

有喻文州这个新姑爷在，时妈妈的脸色看起来还算可以。

现在这个点也确实该吃饭了，进去以后几个人也没有过多寒暄，直接就坐到了饭桌边。

时笙发现，他们几个人讲话她是真的一句嘴都插不上。

几个人聊着教学上面的一些事情。时娆这个非专业人士只是偶尔开口说几句，时笙更是直接隐形了。

她坐在时娆跟喻文州的中间，要不是两个人时不时给她夹个菜，她真的快要吃不下去了。

“时笙。”时妈妈突然开口。

被点到名的时笙下意识地挺直了脊背，然后茫然地看向时妈妈。

“实习工作找好没有？”时妈妈又问。

时笙抿唇，含糊地“嗯”了一声。

“嗯是什么意思，找到了还是没找到，说话！”时妈妈直接给了一个二选一的答案出来。

时笙有点儿慌。她不敢说自己没找，更不敢说自己并没有要找的打算。

毕竟是自己的女儿，她现在这种反应是什么意思，时妈妈也不是一点都猜不到。

“上次你跟我说你自己找，到头来找了个什么？我跟你说了我们学校今年招聘美术老师，我先托关系送你进去实习，等正式考试的时候你也更熟悉一些，通过的概率好歹也要大一些。”

话题终于还是扯到了她身上，也终于扯到了这件事情上。

时笙鼓起勇气解释：“妈，我有其他想做的工作。”

时妈妈盯着她，面色依旧严肃：“当初是你自己说的，我答应你学画画，以后出来就当美术老师。”

时笙彻底闭了嘴，这话她确实说过。

她其实从小就喜欢画画，甚至在幼儿园的时候就有美术老师和时妈妈说，可以重点培养她画画，但显然家里人都没有当真。

时笙也印证了老师的话。她喜欢画画，还极有天赋。

为了高考，她就和时妈妈提过自己想学画画的事情，但得来的是无情的拒绝。

那是她青春期做过最叛逆的事情，她以绝食抗议，最后把自己闹进了医院事情才算有了结果。

时妈妈答应时笙可以学画画，但以后的工作只能是美术老师。

可自从时笙上了大学，她慢慢开始对自己的未来有了规划。尤其是她的微博运营还算成功，她生出了以后想做全职画手的想法。

她不喜欢过多的人际交往，能直接在家完成工作是她最想要的状态。

只是不说她都知道，她妈妈肯定不会同意。

见时笙不语，时妈妈又继续说：“来，你说给我听听你还能做什么？”

时笙依旧沉默。

“干什么什么不行，我帮你找实习工作还是害你不成？你比得上你姐哪怕半点我也不至于这么操心。”时妈妈数落她。

时笙本来就在眼眶里打转的眼泪终于还是在这一刻掉了下来。她倔强地抹了一把眼泪，说：“当初我姐要走的时候，你可不是这么说的。”

时妈妈本来这天就不怎么高兴，被时笙这么一顶嘴，火气就直接上去了。她说：“我当初确实不是这么说的，但你姐她自己一个人能照顾好自己，你行吗？从小到大什么都比不过你姐，现在你又拿什么跟你姐比？”

“那你当初生我干什么！”时笙抻着脖子看过去。

因为在哭，她的嗓子本就哽咽着，现在突然提高了音量，语气听起来确实也不好。

“你以为我想生你吗？生出来这么不省心！”时妈妈一下就将手里的筷子拍在桌子上，时笙被吓得颤抖了一下。

“你对孩子这么凶干什么！”一旁的时爸爸赶紧拉住了时妈妈。

喻文州瞥见时笙泣不成声的样子，心疼地将她搂进自己的怀里。

“时笙，你一天天是不是要气死我才甘心！”时妈妈大声呵斥。

时笙这天终于也是忍不了了，哽咽着喊道：“那是不是没有我这个女儿你就甘心了！”

“吵什么！”最后还是时娆以更大的一声让大家都安静了下来。

虽然和时笙结了婚，但硬要算起来，喻文州仍是个外人。现在母女俩发生矛盾，他更是不好插嘴。除了不断地安抚时笙，让她的情绪尽快稳定下来，他也没别的办法了。

一旁的时娆跟时妈妈的对话也不见得有多愉快，尤其是提到关于时笙的事情时，两个人的语气都很冲。

“我先带笙笙回去了。”

“喻文州你带笙笙走。”

喻文州和时娆几乎是同时开口。

时爸爸欲言又止，但最后也只能这样了。

一旁的争吵还在继续，喻文州将时笙拉起来，捂着她的耳朵将人带了出去。

进了电梯，时笙是真的憋不住了，抱着喻文州就开始号啕大哭。

喻文州抱着时笙，一边帮她拍背顺气，一边出声安慰。

看这样子也知道，时笙这口气憋了很久了，只是这天刚好有了发泄的契机。

喻文州突然就想通了，这天时笙为什么要说保护她这样的话。他答应了，但是好像没有做到。

喻文州摸了摸她的头，低声说：“对不起。”

时笙现在哭得上气不接下气，根本没空回答喻文州的话。

走到了停车位，喻文州让时笙先上了车，又去后备厢拿了矿泉水和纸巾才坐了回去。

此时时笙哭得没那么厉害了，傻傻地坐在那里。

喻文州拿纸巾给她擦了脸，将矿泉水瓶拧开后递到了她的嘴边，道：“喝一口。”

时笙撇着嘴看了他一眼，吸了吸鼻子后乖乖地喝了一口水。

喻文州又将盖子拧好，将时笙拉到怀里以后问："哭好了？"

时笙点了点头，轻轻"嗯"了一声。

喻文州将时笙从怀里拉出来，双手托着她的脸问："那你愿意跟我分享为什么吗？"

时笙望着他，眼泪又滚了两颗下来。她哽咽着问："很长很长，你也要听吗？"

喻文州用指腹拂过她的眼睛，说："只要你愿意。"

过了片刻，时笙长长地呼了一口气，然后讲起了自己的故事。

时笙从小就知道，自己是意外怀上的，还是在时妈妈即将调去另一个区的学校当校长的那年。

因为她的出生，时妈妈最后没有走成，一直留在现在任教的学校。

时笙从小就觉得，妈妈对她好像并不是很上心，加上家里还有个标准的"别人家的小孩"的姐姐，她从小到大就没听到过什么夸奖。

姐姐考试永远是年级第一，那她就算考第二也不会有任何表扬；姐姐奥数比赛得了奖，那她那些画画的奖自然是不配与之相提；姐姐乖巧懂事，她为了吸引父母眼球的那些小把戏就成了不听话……

甚至遇到熟人，别人夸的也是时家的大女儿多么厉害，到她这里只能夸她一句长得可爱。

时笙也是从那个时候开始才慢慢懂得，大概要顺着妈妈喜欢的样子才能得到关注。但她的学习成绩就是没有姐姐好，人际交往能力也好像天生就不好。

一开始时笙也是有朋友的，但每次有朋友约她出去玩，她妈妈都会以耽误她的学习为由拒绝。

被放鸽子的次数多了，渐渐也就没有人约她出去玩了，到后来她甚至都没什么朋友了。

因为时笙长得好看，从小在男生堆里人气就高。但她从来都不喜欢这些，她只希望还有女生愿意跟她交朋友。

时娆高考结束那年，按照时妈妈对时娆的安排，她应该去学医，以后出来当医生才对。

但时娆就是不喜欢学医，想要学法律。母女俩因此吵得不可开交。

既然这边不同意，时娆直接瞒着家里申请了国外的学校，临走前在机场才告知了家里人。她一走，好几年过年都没有回来过。

时娆走的那天，时妈妈直接被气到晕倒。

时笙那天听时妈妈说得最多的话就是，她教的所有学生里，即使是男生也没有像时娆这样固执的。

时娆走了，时妈妈的关注力终于落到了时笙这边。

她承认，在时娆走的那天，她是开心过的。因为姐姐走了，她一定可以被妈妈关注到。可当她提出想学画画，她才知道，姐姐的勇敢，是她一辈子都无法达到的。

按照时妈妈对时笙的计划，她应该按部就班地去读师范，最后出来当老师。但偏偏她说了自己想学画画，以后想当画手这样的话。

姐姐够勇敢，可以脱离这个家，但是时笙的能力和胆量都不够，最后只能用绝食来抗议。

她在家里人面前一直都是软软的性子，没有人想到这次她是来真的。

她把自己关在房间里，不吃不喝三天，最后被时妈妈发现的时候，她已经晕倒在厕所里。

时笙被送去了医院，用以后当美术老师为条件得到了可以学画画的机会。

但时妈妈的要求也很明确，她什么都不用做，只要好好学习，好好画画就可以。如果考不上最好的美术学院，她就乖乖地去读师范。

从那以后，时笙的生活就只有两件事：学习和学画画。

她也是在高中上心理课的时候，才意识到自己的性格好像存在一定的缺陷，自卑、敏感、固执、患得患失、胆小、懦弱、迟钝和别扭，好像什么不好的词汇都可以在她身上找到符合的地方。

比如擅长伪装，在任何人面前都是乖乖的样子，但心里倔强得不行；比如明明很渴望交朋友，但始终不愿意主动迈出第一步；比如有时候明明心里已经很难受了，但还是不愿意找任何人倾诉；比如很想得到大家的关注，但永远担心下一刻自己会不会做错事情……

连时笙都觉得自己的性格乱七八糟，有时候甚至会讨厌自己。

时爸爸因为工作原因常年不在家，在时笙的成长过程中几乎是缺席的。偶尔他回来几次，也是说教她几句。

时笙也是后来才知道，她家的情况基本跟丧偶式婚姻差不多。

父亲常年不着家，母亲一个人顾着家里。但因为时妈妈也有自己的工作，留给家里两个女儿的耐心也是有限的。

时娆足够独立，所以她成才了。时笙是个习惯依赖他人的性格，所以一切都发展得偏离了路线。

从小到大，时笙对父母最深的印象就是老师，刻板又严厉。这也是为什么最初嫁给喻文州的时候她会那么容易受惊，说她对老师这个职业有心理阴影都不为过。

时笙从来没有在外面留宿过，所以搬去喻文州家里的时候她有些激动。

尤其是喻文州不在的那几天，真的是她最快乐的时候。她从来不知道，一天到晚都能一个人赖在家里原来是这种感觉。

在她眼里，结婚就是可以脱离曾经的那个家了，她想把自己曾经没有尝试过的东西都尝试一次。

说到中途，时笙一度哽咽到说不出话。

曾经无数个崩溃的夜晚都是自己硬生生熬过去的，这天突然有人在旁边安慰，时笙只想把自己这么多年的委屈都说给喻文州听。

爸爸经常不在，所以她想要更多的母爱。她不是需要偏爱，哪怕只得到和姐姐一样的宠爱她就已经很知足了。

可直到长大，大到她甚至可以不再需要母爱的时候，她依旧没有得到。

时笙讲完了，但还是抽泣了好一阵子才缓过来。

喻文州替她擦了擦眼泪，随后双手托住她的脸，让她能够直视他。

看着时笙已经红肿的双眼，喻文州很心疼。他低头吻在她的眼皮上，然后将自己的额头贴上她的额头，低声唤她：“笙笙。”

时笙吸了吸鼻子，哽咽着回答：“嗯。”

“你以后有我了。”

我会对你好，尽我最大的努力，直到生命的最后一刻。这么好的时笙，值得他所有的偏爱。

“州州，对不起。”时笙突然出声道歉。

喻文州摸了摸她的脸：“怎么了？”

时笙思考了一下措辞，沉默片刻后道：“我当初答应跟你结婚其实是别有目的的。”

喻文州点了点头：“嗯，说说看。”

“我是为了脱离原生家庭才决定跟你结婚的。”时笙道。

大四马上要面临实习，时笙一开始就因为这件事情跟时妈妈闹过别扭，但还没有到吵架的程度。

只是时笙知道，事情只能先短暂地躲过去，是绝对逃不过的。所以在替姐姐去相亲以后，喻文州提出结婚时，她没有过多犹豫就答应了。

喻文州当时说家里爷爷生病了，希望在有生之年看到他结婚所以很急，而时笙当时想要脱离原生家庭的念想也很强烈。

“我很乐意。”喻文州回答。

不管出于什么理由，能让时笙选择他，就已经是给他机会了。

时笙看着喻文州没有半点开玩笑的样子，心里感觉有些奇妙。一开始她以为自己能跟喻文州相敬如宾就算不错了，可是喻文州对她的好好像早就超出了她的想象。

“笙笙。”喻文州再次出声。

时笙“嗯”了一声，随即疑惑地抬头看着他。

“我爱你。”他道。

一字一字，温柔且坚定。

时笙听着他坚定的语气，看着他真挚的眼神，心里的小鹿突然又撞了一下。

“州州。”她喊他。

喻文州捏捏她的脸：“嗯。”

她又喊：“州州。”

“嗯。”他继续答应。

时笙微微张开了嘴，最终还是一个字都没有说出来。

喻文州也不催，只是耐心地等着她的后文。他轻声说：“笙笙，以后有什么事情都告诉我，好不好？”

时笙想了想，随后点了点头。

“那你告诉我刚刚想说什么？”喻文州继续一步一步地引导她。

时笙微微吐了一口气。她确实只是不知道该怎么表达而已。

车里开了灯，虽然不算太亮，但喻文州还是瞥见了她疑似变红的耳垂。

“州州。”

“嗯。”

“我……好像有一点点喜欢你了。”时笙顿了一下，最终还是一口气把话说了出来。

顿时，车内陷入一片寂静。

时笙只觉自己的心跳快极了。她很少表露自己的内心，同时也是一个不善言辞的人，可在听到喻文州毫不掩饰的告白时，她觉得自己也不能这么自私地藏着掖着。

片刻后，喻文州笑了出来。笑意从他的胸腔里发出来，直至她的心底。

这还是时笙第一次看到喻文州露齿笑的样子。她想：他是真的很开心吧？

喻文州从来没有想过，自己可以从时笙嘴里听到这么直白的话。

他的时笙害羞又别扭，他以为，至少不会这么快听到。

可是他的笙笙是真的很可爱。

喻文州重新伸手将时笙拥入了自己怀中，下巴抵着她的头顶喊：“笙笙。”

时笙搂住了他的腰：“嗯。”

“谢谢你喜欢我。”他说。

能有一点点喜欢也是好的，他相信，总有一天他的时笙会爱上他。

“在后座躺一会儿，我们回家。”喻文州又摸了摸时笙的头发。

哭真是个体力活儿，哭累了是真的容易困。

时笙点了点头，喻文州又去后备厢给她找了抱枕和毛毯。

一路上喻文州都开得很慢，生怕有过大的颠簸影响到时笙。本来不到半个小时的车程，他硬生生多开了一半的时间。

时笙是有些困，但思绪却清醒得有些过分。她躺在后座，车内是黑的，只偶尔有路灯的光会照进来。

虽然只能从后视镜里看到喻文州模糊的轮廓，但时笙依旧觉得很安心。原来，被人明目张胆地偏爱是这样一种感觉。

喻文州以为时笙睡着了，小心翼翼地停车开门，结果看到她睁着圆溜溜的眼睛看着他。

“州州。”她喊。

喻文州笑了笑：“我在。”

“州州。”她继续。

“我在。”

时笙好像突然就迷上了喊喻文州这件事情，喊了无数次，喻文州每一声都回答得很干脆，脸上也没有任何不耐烦。

“你可不可以抱我？”时笙总算是喊累了。

喻文州低头在她的唇上印下一吻：“当然。”

时笙露出了这天的第一个笑脸，躺在座位上对喻文州伸出了双手。

喻文州小心翼翼地将时笙抱了出来，时笙倒是也配合，一只手环着他的脖子，另一只手主动去关了门。

喻文州笑了，在她的脸颊上亲了一下：“真贴心。”

时笙有些不好意思，但还是克制住自己的害羞对着他笑了笑。

两个人一路抱着回了家。

在明亮的光线下，时笙的眼睛肿得更为明显，喻文州除了心疼还是心疼。他将她抱回了房间，将她放在床上以后才道：“在这里等我。”

时笙点了点头，还不忘说一声“好”。

喻文州去冰箱里找了冰块，将就着用密封袋装好以后又包了一层毛巾。

时笙看着喻文州进来，直接从床中间滚到边上来。

喻文州坐了下来，她又自觉地将头枕到了他的腿上。

喻文州在她的唇上啄了一口：“闭眼睛。”

时笙乖乖地闭上眼睛，喻文州将自制的简易冰袋敷到了她的眼睛上。

冰凉的触感一下便缓解了眼睛的疼痛感，时笙舒服地长叹一口气。

喻文州看着傻乎乎的时笙，实在是忍不住想笑。

两个人都没有说话，安安静静地待着。喻文州看着时笙，时笙在想事情。

“州州？”她突然开口。

“嗯，我在。”喻文州答。

“你会永远对我好吗？”

曾经她没有得到过偏爱，现在得到了，她又开始担心会不会失去。她知道是自己的不自信在作祟，可是她真的好希望可以得到喻文州肯定的回答。

喻文州将她眼睛上的冰袋拿开，伸手遮了遮光，随后才看过去，说：“笙笙，你永远可以相信我。”

时笙一直坚信，看着别人眼睛说出来的话一定是真话。她紧张地抿了抿唇，片刻后才道：“你也会相信我吗？”

喻文州笑道："会。"

时笙吐出一口气："我会慢慢变好的，你等等我好不好？"

喻文州摸了摸她的脸，说："你不用做任何改变就很好，我永远都在你回头就能看到的位置。"

时笙的眼泪还是不争气地掉了下来，被夸奖和信任的感觉真的很好。

"去洗澡吧。"喻文州吻过她眼泪流经的每一寸皮肤。

时笙心一紧，好像被他吻过的地方，带来的都是暖意。她撒娇："你抱我。"

喻文州无奈地捏了捏时笙的脸："好。"

浴室里没有板凳可以坐，喻文州只得将时笙放到洗漱台上。他道："我去给你拿衣服。"

时笙像是突然想到什么，红着脸点了点头。既然决定要慢慢融入他的生活，她好像不应该再像以前一样了。

喻文州将时笙的衣服拿过来挂好："有事情叫我，我就在外面。"

时笙乖乖地应了声。

时笙这天是真的累了，身心俱疲，在浴室里磨蹭了很久才出来。

"过来。"喻文州见她出来，将旁边的被子掀开，又对着她拍了拍。

时笙不知道他这是要干什么，一时愣在了原地。

喻文州又好气又好笑："不是说想听睡前故事吗？"

说到这里，时笙才想起来，自己刚刚抱怨过妈妈从小就没给她讲过故事。喻文州倒是给她讲过大人的读物，不过不是她小时候期待的童话故事。

时笙看着喻文州周围什么都没有，显然有点儿蒙。

喻文州看着时笙的样子有点儿无奈，将一旁的kindle（电子阅读器）拿起来对着她扬了扬。

时笙说过自己小时候无比期待父母可以给她读睡前故事，但她竟然一次都没有等到。听到同桌说她妈妈给她讲《安徒生童话》《格林童话》的时候，她都要羡慕死了。

喻文州的书架上没有这类书籍，现在这个点书店也早就关门了。他这才想起来自己遗忘已久的kindle，还好没有坏，充充电还可以用。

他赶紧去书城看了看，幸好各类童话书的种类还算齐全。

时笙乖乖地躺上床，喻文州帮她盖好被子后问："想听什么？"

时笙思考了一下，还是说："都可以。"

喻文州摇头："不可以。笙笙，你可以告诉我任何你的具体要求，想什么都可以直接告诉我，知道吗？"

时笙盯着他的眼睛，片刻后张了张嘴："我想听《灰姑娘》……"

她自己也觉得不好意思，这么大的人了，听这种故事好像有点儿太幼稚，声音也越来越小。

谁知道喻文州只是笑道："好。"

时笙在被子里拱了拱，喻文州又说道："那我开始念了。"

"嗯嗯。"时笙闭着眼睛点头。

"从前，有一个富人的妻子得了重病，在临终前，她把自己的独生女儿叫到了跟前……"喻文州启唇，嗓音温柔地念了起来。

"鸽子唱完之后，飞上前来，停在了灰姑娘的右肩上，他们一起向王宫走去。"

其实早在故事只讲到一半的时候时笙就已经睡着了，但喻文州还是坚持把故事讲到了结尾。

以后，他要尽可能地弥补时笙在童年时期缺少的经历。给她讲童话故事，因为她永远都是他的时笙。

"晚安。"喻文州捋了捋时笙耳边的碎发。

他起身在她额头上落下一吻，又替她掖了掖被角以后，才轻手轻脚地退出了房间。

另一边，时笙离开以后，时娆和时妈妈针锋相对地吵了起来。这是时隔这么多年，她又一次跟时妈妈吵到不可开交。

上一次是因为她自己，这一次是因为时笙。

“你们两姐妹没有一个让我省心的！”时妈妈有些气急败坏。

时娆听到这句话，竟然觉得有些麻木。她扯着嘴角，低声说：“夏老师。”

一个称呼，就让时妈妈直接顿在了原地。这好像是她第一次在自己女儿的嘴里听到这样的称呼。

时娆似乎很满意时妈妈这样的反应，继续平静地开口：“我和笙笙都是你的女儿，不是你的学生。在学校里你是那些孩子的老师，但在家里，你只是我们的母亲。”

但事实上，时妈妈在角色转换上是存在问题的。

时娆从小就觉得，时妈妈是把她们当成了自己的学生们，关爱是有，但更多的还是说教。甚至偶尔在学校里遇到了不听话的学生，她会把不好的情绪带回到家里。

时娆发誓，自己和时笙真的已经是同龄孩子里很懂事的了。

自己比妹妹大几岁还好，可以理解父母的难处，但那个时候时笙才多大，每天还不是不哭不闹。偶尔她们撒个娇、做错事，却要被冠上不听话的称号。

都说皇帝爱长子，百姓爱幺儿，但是在她家，竟然谁都没有得到偏爱。

时娆甚至觉得一开始父母对她好，只是因为第一次当父母的新鲜感，到时笙这里，新鲜感没了，只剩下了不耐烦。

她曾经不止一次觉得是自己的存在影响到了时笙在家里的处境。后来她选择出国，一方面确实是因为想去学法律，另一方面也是希望父母可以把更多的爱和关注分给时笙。

结果证明，是她想得太多了。

“夏老师、时教授。”时娆再次开口。

两个人听到这样的称呼，都没有开口讲话。

“这样的称呼听着怎么样？”时娆补充。

“我承认，时教授可能对考古界有着卓越的贡献，你是一个好老师，好考古人。但是，你不是一个好父亲。

“还有夏老师，我也承认，你是一名优秀的中学老师，带出过很多优秀的学生。但是，你同样也不是一个好母亲。

“你们是不是好妻子、好丈夫这一点我不知道，这个只有你们自己清楚。但你们在我和笙笙这里，就是不称职的父母。”

都说父母和子女要互相理解，但前提是双方有互相理解的机会。

在时家，父亲常年不着家，母亲没办法将工作和生活分开。他们用自己觉得好的方式为时娆和时笙安排未来，却从来不关心她们的意愿，到底喜不喜欢、愿不愿意。

他们觉得时娆该去做医生，所以她去学法律就是忤逆父母；他们觉得时笙该去当老师，所以她要学画画就是辜负父母的好意。

时娆从小被灌输的思想是什么都要做到最好、做到完美，给时笙灌输的思想就是一定要跟姐姐一样好。

但她和时笙从来都是独立的个体，有自己的思维，有自己的判断。她们从来都不一样。

也许时父时母没有错，但时娆和时笙也没有错。

从小到大受到的压抑太多，时娆爆发了，成了现在可以一切靠自己的时娆。但时笙本来就是内向又懦弱的性子，所以只能被压到喘不过气。

时娆发现每次回家都精疲力竭，她不想在这里浪费时间了，沉静地说道：“我觉得我们四个人各自都需要冷静一下，短期内不要再互相伤害了，今天就先这样吧。”

语毕，时娆直接拿起沙发上的包走了出去。

时妈妈直接将手里的杯子重重地拍在了桌子上。

时娆充耳不闻，打开门直接走了出去。

喻文州就是在门口遇到时娆的。

“姐？”他喊了一声。

时娆叹了一口气，点了点头："笙笙还好吗？"

喻文州点头："嗯，已经睡了。"

"行，那等她醒了，你跟她说我明天去家里看她。"

喻文州又点了点头。

时娆知道这个时候喻文州过来是什么情况，指了指门的位置："进去吧，都在里面。"

喻文州先敲了门，是时爸爸开的门。他以为是时娆又有什么事情回来，没想到门口站的是喻文州。

喻文州依旧是得体的表情和称呼："爸。"

时爸爸点了点头："怎么这个时候过来了，笙笙呢？"

"笙笙睡了，我过来找您和妈有点儿事情。"喻文州答。

话都说到这里了，时爸爸大概也猜到了会是什么内容。

时爸爸干脆将门全部打开，往旁边站了站，给喻文州让了个进去的位置。

时妈妈刚刚在里面就听到了门口的动静，看到喻文州进来也没有任何惊讶。

喻文州进去对着时妈妈点头示意："妈。"

家里的残局还没有收拾，三个人面面相觑，最后还是选择在沙发那边坐了下来。

"爸、妈，我有点儿事情想跟你们谈谈。"喻文州说。

时妈妈现在完全是不想说话的样子，只有时爸爸在那边点了点头。

喻文州猜想，刚刚时娆应该是把该说的都说了，那他也只用表明自己的立场就可以了。

"虽然接下来的话当着你们的面说会不太礼貌，但是我今天也只能先说抱歉了。"喻文州顿了一下，简洁地说，"虽然小时候笙笙很渴望你们的关爱，但有些东西缺失了就是缺失了，她现在也不是非要你们安慰的年纪了，你们有你们的苦衷，笙笙也有她的难处。"

"她现在已经嫁给我了，余生大部分的时间都会和我在一起，所以我希望你们，尤其是妈，您可以试着对她放手。

“我爱她，我会对她好，你们可以放心地把她交给我，我一定不会让她受委屈。”

时妈妈看了过来，高声道：“她是我的女儿！”

喻文州点头：“是，她是您的女儿，这个一辈子都不会变。但她也是我的妻子，也是一辈子都不会改变的事实。”

“我都是为了她好！”时妈妈的嗓音突然提高了一些。

她这天着实被气得不轻，曾经引以为傲的大女儿，现在责怪她曾经的教育方式。她担心大女儿的婚事，结果到头来却被嫌弃多管闲事，就连曾经性格懦弱的小女儿现在也叛逆成了这个样子。

“您都没有真正关心过她，又凭什么说这是为了她好呢？！”喻文州的语气也不自觉地拔高了一些。

时妈妈没有想过一个小辈敢在自己面前这样，脸色瞬间难看到了极点。

喻文州毫不避讳地看向她：“在您心里，笙笙到底是什么样的孩子呢？”

时妈妈看着喻文州，眼神也跟着变了变。第一次被直白地问这个问题，她竟然有点儿不知道该怎么回答。

也许因为自己是中学老师，时爸爸是大学教授，她也一直认定他们的孩子必须优秀。

时娆做到了，考试年级第一，各项竞赛的奖状拿到手软。所以在有了时笙以后，她理所当然地觉得时笙也应该这样。

可时娆性格要强又独立，并没有过度依赖她，也从来不需要她过多的鞭策。时笙却是个天生的软性子，爱哭爱闹，很黏人也很爱撒娇。

她每天在学校的工作已经够累了，回家以后根本就没有时间应付家里的琐事。可偏偏时笙就是个不让人省心的，学习不好，甚至在家连自己都照顾不好。

她到现在都没想明白，自己为什么会生出两个性格迥异的女儿。

喻文州见时妈妈不说话，知道她在认真思考，只是偏见从来都不是一天两天就可以消除的。

“我觉得您和笙笙现在都需要冷静，等什么时候可以心平气和地讲话，到时候再见面吧。”语毕，喻文州直接从沙发上站起来，对着时爸爸和时妈妈鞠了一躬，然后往门口走过去。

时妈妈怎么也没想到会从喻文州这里听到和时娆刚刚说的那么相似的话。这天接二连三地被质疑，她现在心情很复杂。

虽然心底已经开始动摇，但她始终不愿意承认是自己出了问题。

“站住！”时妈妈出声。

喻文州顿了一下，站定后再次转身鞠了个躬。

对于执迷不悟的人，打破幻想才是唯一的选择。

“妈，不管您愿不愿意承认，但您对笙笙的教育就是失败的。她需要您的时候您不在，现在她不需要了。”

“您觉得您是为她好，但我也不会伤害她，近期内，大家就暂时不要联系了，笙笙在我身边会很好很安全，您和爸都不用担心。”说完，喻文州直接推门走了出去。

喻文州承认，这是他长这么大以来做过最出格的事情——对长辈不敬。这是他的家教里永远不允许出现的，但为了时笙，没有什么是不可以的。

如果他这天说的话，能让时爸爸和时妈妈改变自己的观念是最好的；如果不能，那以后时笙就由他来宠着吧。

第九章
生日快乐

★ ☆ ★

时笙一开始确实是睡着了，但没过多久就开始做梦。那些童年的渴望都出现在了梦里，但因为最终没有实现，她被压得喘不过气来。

时笙突然醒来。她伸手摸了摸床的另一边，冷冰冰的一片。

时笙爬起来，开了床头的台灯以后扫视了屋内一圈，喻文州竟然不在。她赶紧抓起手机给喻文州打电话，只是电话接通了并没有人接听。

时笙慌张地起身准备去找人，刚推开门就看到喻文州气喘吁吁地站在门口。

“你去哪里了？”时笙低着头，直接撞进喻文州怀里。

喻文州拍了拍她的背：“做噩梦了？”

时笙摇头，过去的就已经过去了，纵使遗憾，弥补也没有意义了。

“你还没有回答我。”时笙闷闷地出声。

喻文州笑道：“这就开始查岗了？”

这天出门时他把手机调了静音，进电梯才发现时笙打了电话过来。只是电梯里信号不好，加上电话太久没接就自动挂断了。

想着距离很近，出了电梯以后，喻文州一路小跑回来，结果时笙还真是在找他。

时笙不说话，喻文州直接将她抱了起来。结果把她放在床上，她环在他脖子上的手仍是不放开。

喻文州亲了亲她的脸颊，笑道：“怎么这么黏人？”

时笙还是不说话，赖在他怀里不动。

“笙笙，我们出去旅行好不好？”喻文州突然开口问。

时笙不解地看着他：“你可以随便走吗？”

喻文州想了想，只要提前把事情安排好，应该是没问题的。他说：“我的婚假还没有休。”

突然提到婚假，时笙才真情实感地觉得，他们已经是领证的合法夫妻了。

“那要提前请假吗？”时笙又问。

正常来说递交书面申请再审批，可能要一周的时间，但喻文州有点儿等不及了，说：“明天我去安排一下学校的事情，后天走可以吗？”

时笙想了一下，反正她的编剧课只上了一节，不如干脆等到下次再上算了。

“好。”她答。

喻文州看着时笙，没忍住在她唇上亲了亲。他说：“你先睡觉吧，我去洗个澡。”

时笙摇头：“我不。”

喻文州的眼神从她的脸上一路滑下去：“那是准备跟我一起？”

时笙红了脸：“不是。”

喻文州知道这天的她很没有安全感，捏了捏她的鼻子道：“我很快就出来。”

时笙继续摇头。

喻文州也是真没办法了：“那我去拿张凳子过来，你坐在浴室门口等我？”

时笙这才松了口。

喻文州觉得好气又好笑，出去搬了张凳子回来，时笙主动过去坐下来，还说：“你要快一点。”

她这天就是觉得只有看着喻文州才安心。

“好。”喻文州点了点头。

两个人隔着门，有一搭没一搭地说着话。喻文州突然想起来，说：“姐说她明天过来看你。”

“好。”时笙回答。

喻文州怕她一直坐着难受，很快就洗好了。

浴室门一推开，喻文州就看着坐在凳子上用手撑着脑袋的时笙。她的眼皮已经开始打架了，但还是倔强地坐在这里等人。

喻文州哭笑不得，过去将她拉起来：“走吧，快点去睡。”

两个人一起上了床，时笙主动缩进他怀里，还不忘说：“州州晚安。”

喻文州笑了。在他的印象里，这好像还是第一次听到时笙把“州州”这个称呼和晚安连在一起，实在是让人心动。

时笙也觉得神奇，有喻文州陪着，自己竟然一夜无梦地睡到了天亮。

早上她醒来的时候，喻文州又不在了。她拿起手机一看，时间已是早上十点多了。

她推开门出去，第一眼看到的是坐在沙发上的时娆，还有先看过来的宋婶。

“姐，你怎么这么早就过来了？”时笙出声。

时娆抬头，脸上的表情尽是无奈：“我的小祖宗，你看看现在几点了？”语毕，还不忘指了指不远处的挂钟。

时笙不好意思地摸了摸鼻子。

时娆指了指一旁的饭桌：“你家喻文州让你起床先吃饭。”

宋婶点了点头，看着还穿着睡衣的时笙，道：“笙笙，你先去洗漱，宋婶去给你热早饭。”

时笙火速回房间洗漱后换了衣服，坐到餐桌前的第一件事就是给喻文州发消息，感谢他这天不喊她早起的大恩。

两个人在发微信上，好像向来很默契，时笙刚刚发过去，喻文州几乎是秒回。

宝贝："州州，我起床吃早饭啦！"

州州："好。"

时娆就看着自家妹妹捏着手机坐在那里，那笑容怎么看都像是傻笑。

时笙盯着屏幕看了半天，总算是感受到了旁边的一道目光。她抬头，问："姐，你要不再来吃点？"

时娆无奈："我可是要留着肚子吃午饭的。"

时笙咧了咧嘴，不好意思地放下手机开始吃早饭。

看着慢慢吞吞吃饭的妹妹，时娆笑着摇了摇头。

没一会儿，宋婶就进厨房开始准备午饭了，姐妹俩一起坐在沙发上看电视。

时笙像只考拉一样，非得赖在时娆身上。时娆推了一下没推动，最后只能让她那么挂着。

"笙笙？"电视里还放着令人捧腹大笑的综艺节目，但时娆面上却依旧很淡然。

时笙收住自己的笑容："怎么了？"

时娆看着又恢复成没心没肺样子的妹妹，也不知道这种性格到底是好还是不好。她认真地问："你怪过我吗？"

时笙顿了一下，笑意止住了。她看了看时娆："要听实话吗？"

时娆笑了笑："当然。"

时笙郑重地看着她："曾经不懂事的时候怪过，觉得为什么爸爸妈妈都只关注你。"

时娆知道还有转折，于是继续问："后来呢？"

"后来啊……"时笙拖长了音量，"我觉得我的姐姐又美又酷，而且，重点是她是我姐姐哎！"

尤其说到“我姐姐”几个字，她不仅加重了语气还上扬了音调，从眼神到表情，她对时娆的喜欢和崇拜没有一点掩饰。

时娆笑出声，学着她的语气道：“我觉得我的妹妹又美又甜，而且，重点是她是我妹妹哎！”

“哈哈哈。”时笙直接笑到扑进了时娆的怀里。

时娆摸了摸她的头，还好还好，父母的事情没有让她们的感情受到影响。她的妹妹，就该天天这么快快乐乐地生活。

趁着时娆不注意，时笙猛地抬头在她的脸上亲了一口，超大一声的“吧唧”，甚至时娆被亲的那一块迅速就红了起来。

时笙笑个不停，时娆在旁边无奈又好笑。

两个人的视线重新回到电视上，腻在一起的样子跟时娆出国前一模一样。

没过多久，宋婶就出来叫她们吃午饭了。

三个人一起坐在餐桌前，刚刚放下筷子，时笙的手机就响了。看到是喻文州打来的，她的嘴角又不自觉地勾了起来。

“州州！”她略显激动地出声。

“嗯。”只是电话那头的喻文州情绪就没有那么高涨了。

“州州，有什么事情吗？”时笙有些紧张地问。

喻文州反问道：“你和姐下午有别的安排吗？”

时笙瞥了一眼时娆：“暂时还没有。”

喻文州似是松了一口：“有点儿事情可能要麻烦你们。”

“什么？”时笙疑惑地问，到底是什么事情还能扯上“麻烦”两个字。

“下午你可以和姐去接一下念念放学吗？”喻文州开口。

因为他急着休婚假，实验室的大多数事情又要落在宋修远和另一位同事身上了。

这天宋修远临时要去一趟邻市，估计得大半夜才能回来。

念念不太黏家里的保姆，平常不是宋修远去接就是喻文州去接。

宋修远拜托喻文州接念念放学，但实验室这边暂时有点儿走不开。喻文州想，接孩子放学，至少也得是孩子认识的人才行。

一想到那个软软糯糯的宋念，时笙满口答应："好呀。"

得到肯定的回答后，喻文州就先挂断电话。他又跟宋修远说了一声，发了一张时笙的照片过去让他发给幼儿园的老师，不然可能孩子都带不走。

念念上的幼儿园是下午三点半放学，姐妹俩吃过午饭休息了一阵子就出门了。

时笙站在幼儿园门口，看着门口围着的一群家长，心里感觉还挺奇妙。

小班最先出来，念念刚走到门口就看到不远处站着的时笙，跳起来招了招手，喊："姐姐！"

老师也看向这边，一眼就认出时笙是宋修远发过来的照片上的女生。

孩子就这么顺利地接到了。

三个人坐进车里，时娆在驾驶座上，后座两个人叽叽喳喳说个不停。她问："想去哪里？"

"逛商场！"时笙率先开口。

既然要跟喻文州请婚假去度蜜月，虽然暂时还不知道去哪里，但不管去哪里好像都需要美美的小裙子吧。

时娆笑道："好，坐好了，准备出发！"

虽然有明确的购物目标，但是谁知道下一家的裙子会不会更好看，三个人便从一楼逛起来。

小孩子个子不够，站在地上，看到的视角跟成年人是不一样的。时笙怕念念跟着她们无聊，干脆就把念念抱了起来。

"姐姐，我重不重呀？"念念问。

时笙故意思考了一下，念念就一脸紧张地看着她。

“重倒是不重，就是太可爱了。”时笙道。

听到被夸可爱，念念的脸一下就红了，脑袋在时笙的肩头蹭了蹭，开口道：“要是姐姐累了就告诉我，我可以自己走的。”

时娆看着她们的互动，也心软得不行，摸了摸念念的后背说：“姐姐累了还有姐姐的姐姐可以抱你。”

她们一路逛过去，时笙去试裙子，时娆和念念就坐在外面等她。

“怎么样怎么样？”时笙从试衣间里出来。

一大一小摇头的动作出奇一致。

“花色有点儿太老气了，你个女生家家的就该穿那种粉粉嫩嫩的。”时娆评价。

说完，她偏头看了看念念，念念也跟着使劲点了点头：“嗯嗯！”

虽然她觉得姐姐穿什么都好看，但姐姐的姐姐说的话肯定错不了。

时笙叹了一口气：“好吧，好吧，我们去下一家。”

时笙将裙子换了下来，抱起念念又准备往楼上走。谁知道电梯正对着一家内衣店，外面橱窗里假人模特身上的睡衣和泳衣有点儿性感。

时笙一下撇开了眼睛，随即才想起来要捂念念的眼睛。

“姐姐，怎么啦？”念念抓住时笙的手，刚刚面前是什么她还没有看清楚呢。

时笙严肃地开口：“小朋友不可以看的。”

念念只得乖乖地点头“哦”了一声。

时娆看了一眼旁边傻乎乎的两个人，实在是有点儿好笑。

从一楼逛到顶楼，时笙成功地买了七条裙子。

她了解了一下，喻文州的婚假应该是有十五天。这样算下来，加上家里的裙子，就算他们要出去玩整整十五天，她也可以每天穿的裙子不重样。

这一通折腾下来，几个人都累得不行，还好这边有可以休息的奶茶甜品店。

几个人找了一家甜品店，坐好以后，念念和时笙的眼睛都快黏在菜单上，这里的食物看起来都很好吃的样子。

“你们先看着，我去一趟洗手间。”时娆出声。

时笙赶紧问：“那姐你要吃什么？”

“跟你一样。”语毕，时娆直接站了起来。

时笙以为她是比较着急，点了点头，就放她先出去了。

“你怎么这么久才回来？”时笙有点儿眼巴巴地看着时娆。

甜品已经端上来很久了，结果时娆就是不回来。

时笙虽然想吃，但好歹是大人，还可以控制住自己。念念是个小朋友，看得着吃不上更心急。

她让念念先吃，结果小丫头就是要等时娆回来一起吃。

时娆有点儿不好意思地轻咳一声：“刚刚洗手间人有点儿多。”

“快来坐。”时笙赶紧招呼时娆过来。

喻文州那边还在忙，打电话过来让她们自己解决一下晚饭问题。

想着小孩子还是少吃外面的东西比较好，最终由时娆敲定，回家吃宋婶做的饭菜。

晚上九点多，喻文州总算是回来了，念念看到他也是激动得不行。

“哥哥，我爸爸要什么时候才回来？”念念跑过去抱住喻文州的腿。

喻文州将宋念抱起来，语气温柔地说道：“念念去睡一觉，等醒过来爸爸就回来了。”

“可是我想回家睡。”念念小声地说话。

这个时间对于她这个年龄段的小朋友来说已经算是很晚了，结果现在小丫头困得揉眼睛也不肯去睡觉。

“哥哥家也是念念的家，哥哥保证，你乖乖睡觉，醒来的时候爸爸肯定就回来了。”

喻文州说的话在念念这儿是有很高的可信度的，虽然还是有一点点想爸爸，但她还是乖乖地点了点头。

公寓这边一共就两个房间，现在念念要睡觉，那也只能睡在喻文州和时笙的房间里了。

闹瞌睡的孩子多少都会有点儿情绪，喻文州和时笙两个人带着念念去了浴室洗漱。

三个人站在浴室里，喻文州开始思考，换大房子的事情是不是该提上日程了。不然家里随便来个客人，他和时笙的二人世界可能都会被打扰。

时笙在房间里陪着念念，准备等她睡着了再出去。

喻文州先出了房间，正准备给宋修远打个电话，谁知那边就先打了过来。

“文州。”电话那头的宋修远语气有些着急。

喻文州眉心一蹙：“怎么了？”

“念念在你这边还是送回家了？”宋修远赶紧问。

“在我这边，”喻文州答道，“你明天早上再来接她吧，她刚刚睡下。”

听到这里，宋修远松了一口气。

这天他临时出门，拜托喻文州去接念念放学，也没来得及问是送回家了还是被喻文州带到他那边去了。

刚刚小区保安打电话过来说他老婆带了人过来在门口闹，他本来就急得不行，打了家里保姆的电话也没人接。

万幸的是念念不在家。

喻文州一听到这里就猜了个大概，说：“她又找人来闹事了？”

宋修远无奈地吐了一口气：“嗯，幸好念念不在。”

现在念念还小，他不太希望念念知道他们之间那些事情。虽然他们的夫妻关系已经到无法挽回的地步了，但他还是希望能尽量把对念念的伤害降到最低。

喻文州也叹了一口气：“师兄，你没有错，你能做到这个份儿上已经够好了，她还不离婚到底是要做什么？”

宋修远叹息一声，喻文州又继续道：“师兄，有时候还是要狠得下心才行。”

宋修远的语气中满是无奈：“唉，今天麻烦你们了，我已经在赶回来的路上了，待会儿我就来带念念走。”

虽然听别人讲电话不好，但喻文州就站在那里，时娆坐在客厅想听不到都不行。

“念念的爸爸？”待到喻文州走到客厅这边，时娆才开口问。

喻文州点了点头，时娆也没再多问。

她不是八卦的人，只是念念那么乖，小小年纪就要经历父母离婚这种事情，只希望最后她受到的伤害能小一些。

没过一会儿念念睡着了，时笙也从房间里出来。

既然宋修远说了要过来，他们总不能先去睡。

几个人看着电视，有一搭没一搭地聊着天，终于还是在十二点之前听到了门铃的声音。

喻文州去开门，门口的宋修远还喘着气：“念念没闹你们吧？”

喻文州摇头：“念念有多乖你又不是不知道。”

喻文州侧身让宋修远进来。

看到里面还坐着两个人，宋修远愣了一下，都这个点了还连累大家都没睡成觉。

宋修远对着时娆和时笙点头示意：“今天打扰你们了。”

喻文州站在他旁边，介绍了一下时娆：“笙笙的姐姐。”

时娆笑着站起来对着宋修远伸出手：“你好。”

宋修远也大大方方地握住她的手，点了点头道：“你好。”

喻文州去给宋修远倒了一杯水。

宋修远才坐下来没两分钟，手机又响了起来。他以为又是保安的电话，谁知道不是，一接通，手机那头就传来一道尖锐的女声：“宋修远，你是不是打算带着念念一辈子躲着我！”

宋修远没忍住蹙眉，刚刚那一声，估计大家都听到了。他捂住听筒站起来，对着大家用唇语解释：“不好意思，我先去接个电话。”

喻文州指了指阳台，宋修远走了过去，顺便关上门。

这通电话打了很长时间，光看宋修远踱步走来走去的样子也看得出他聊得并不顺利。

过了快二十分钟，宋修远才重新进来：“今天实在是不好意思了。”

喻文州见他的脸色差得不行，问：“你那边还有办法住吗？”

宋修远叹了一口气：“我暂时带念念去宿舍凑合凑合。”

宋修远也是个倔脾气，说都说到这里了，喻文州也知道自己拦不住。主要是他这个公寓实在也住不下这么多人。

时笙去房间将念念抱了出来，宋修远接过念念以后就向众人道了别。

看到宋修远走了，时娆也向喻文州和时笙道了别：“那我也先走了。”临到门口，她转过来对着时笙开口：“笙笙，出去玩得开心……”

她挑眉的动作，加上嘴角若有似无的笑意，时笙总觉得有哪里不对劲。

时娆出去的时候，宋修远的背影刚刚消失在走廊。她快步跟了过去，还好，人还在那里等电梯。

听到脚步声，宋修远偏头就看到了时娆。他礼貌地笑着点了点头：“今天麻烦你照顾我家念念了。”

时娆不以为意地摆摆手：“照顾什么照顾，念念很乖的。”

她说的可是实话，三岁多的孩子，不哭不闹还听话的真不多。

如果她没猜错，念念应该是宋修远带得多。能把孩子教得那么乖那么好，他肯定是花了不少心思的。

电梯到了，三个人一起进了电梯。时娆和宋修远隔着一段距离站着，也没有讲话。

他们的车都停在停车场，出电梯以后也是顺路一起走的。

宋修远的车停得近一点。他站定在车前，对着时娆开口："那我就先走了，路上注意安全，今天很谢谢你。"

时娆点了点头："小事，小事。"

语毕，宋修远就先打开车门将念念放了进去，结果转过身来时娆还站在那里。

"还有什么事情吗？"宋修远问。

时娆抿了抿唇，犹豫了一下还是打开包包，抽出一张卡片递给他，说："这是我的名片，我是律师，如果需要帮忙可以联系我。"

宋修远顿了一下，随即笑了笑："好，谢谢你。"

两个人总算是正式分道扬镳了。

时娆虽然是去年回国才进的现在这家律所，但因为业务能力优秀，如果顺利，这年年底就能当合伙人了。

虽然她是主打经济官司的，但事务所还是有擅长打离婚官司的律师。如果宋修远需要，她一定把他们律所最擅长打离婚官司的律师给找来。

虽然不算她的业绩，但好歹也是他们律所的业绩。

而且如果是妹夫的朋友，她帮帮忙诉讼费打点折也不是不可以。

另一边，看着房门被关上，室内陷入一片寂静。

宋婶早就回房间睡觉了，现在只有喻文州和时笙在客厅里。

"州州，我好困哪。"时笙开口。

喻文州笑着摸了摸她的脸，说："快去睡吧。"

时笙也很想睡觉，可是刚刚家里有人。现在更大的问题是，行李都没收拾。

喻文州知道她的顾虑，安抚道："你先去洗澡，我去收拾东西。"

时笙点头，乖乖地进了浴室。有了喻文州，她好像真的什么都不用担心。

"笙笙，今天买了什么东西，都要带走吗？"喻文州看着桌子那边的袋子出声询问时笙。

时笙现在还开着花洒，只能大声地回答：“我买的是裙子，都要带走。”

“好。”喻文州又回了她。

既然是新裙子，总还是要洗洗才能穿的，反正洗衣机和烘干机一体，倒也方便。

喻文州将袋子一个一个打开，把裙子从里面拿出来将吊牌剪掉。只是当他拆开最后一个袋子的时候，顿时愣住了。

他以为时笙买了一条丝绸的裙子，拿出来一看，是丝绸没错，但不是外穿的裙子，而是睡裙。

一条吊带睡裙，酒红色在灯光下看起来很有光泽感，只是想着，喻文州就觉得和时笙的肤色很相配。

睡裙前面的设计倒也正常，后面却是露背设计，一直露到腰，中间还有两根交叉的绑带。裙子也不长，偏偏右侧的下摆还是开衩的设计。

喻文州将裙子捏在手里，心跳得有点儿过速了。他缓了好一阵子才平复了心情，将睡裙放到一边后才收拾起了其他东西。

时笙这天不用洗头，出来得很快。

喻文州正拿着她的一堆裙子准备去洗衣机那边，两个人的视线就在空中交会了。

时笙看着搭在最上面的一抹红色有点儿疑惑，她这天没有买过红色的裙子。她指了指红色的那一块，问：“那是什么？”

喻文州眼神有些躲闪，轻咳一声道：“不是你买的？在购物袋里面啊。”

时笙疑惑地往那边走，将那块拎起来的那一刻，她直接手抖了一下。她总算是知道喻文州刚刚那复杂的眼神是怎么回事了。

“不是我买的！”时笙立即反驳。

她就说她姐去上个洗手间怎么要那么久，原来是在这里憋着坏呢。

重点是，这是什么时候被塞进她的购物袋的？她竟然不知道！

喻文州勾着嘴角点头：“嗯，我知道了。”

语毕，他将睡裙从时笙手里抽了回来，搭在自己的手臂上准备拿出去。

时笙猛地抱住他的手臂，一把将所有裙子都搂进了自己怀里，着急地说：“不是，你听我解释，真的不是我买的！”

只是喻文州看她的眼神，明摆着就是不信。

二人以一种极其诡异的姿势僵持在了原地。

“你去洗澡吧，我自己拿去洗！”片刻后，还是时笙先开口。

喻文州看着从脸颊红到脖子的时笙，最终还是给她面子没有再逗她。

喻文州进了浴室，时笙抱着裙子一溜烟地冲了出去。将所有东西都塞进洗衣袋放入洗衣机以后，她才在旁边放心地玩起了手机。

这天编剧课喻文州帮她请了假，刚刚顾问给她发消息，确定了下次开课的时间。

时笙本来是准备在手机日历上标注一下的，结果就看到了某个日期上的小圆点。

她记性不是太好，经常忙起来就忘记时间，所以一直在日历上做备忘录。她点进去一看，上面赫然写着几个大字：喻文州生日。

喻文州的生日还是领证那天她注意到的，当时就做好了备忘录。

前阵子试相册密码的时候她还用过，她就说刚刚怎么越看越眼熟。

只是，如果他们出去玩，喻文州岂不是没办法和家里人庆祝生日了？

可是她也没时间想这么多了。刚刚还觉得是后天，现在已经是清早了，算下来不就是第二天的事情吗！

加上马上就要出去玩了，她到底要去哪里准备礼物？！

不过这都不是最要命的，最要命的是，除了她爸，她根本就没有给男生买礼物的经验！

时笙有点儿抓狂，站在原地绞尽脑汁地想解决方案。

她也不知道自己算是急中生智还是慌不择路，最终她选择去论坛问网友。

milky tea：“老公生日可以送什么礼物，明天就要，拜托了，挺急的。”

时笙捏着手机，焦急地等着能有网友给她解惑。

不过还好，现在半夜还在玩手机的夜猫子挺多的。

滴滴打船：“自己老公的生日还能忘，你们是假夫妻吧。”

猹：“上面的说出真相了，假的估计都不会这么临时才想着准备。”

时笙无语。

她承认自己是有问题，加上最近心情不佳忘得一干二净。但是她都已经准备好将功补过了，大家好歹给点有用的建议呀！

milky tea：“救救孩子吧，给孩子一个将功补过的机会吧！”

时笙焦虑地盯着屏幕，没一会儿，总算是有点儿有用的回复了。

一顿三个饼：“呃，看你老公的喜好吧，我老公喜欢喝茶，我上次送了他一罐茶叶。”

退退退：“腰带、领带、手表什么的，好买且有特别的意义。”

在下三千瓦：“你们这些不上道的小笨蛋，你老公生日，当然是把你送给他啦！”

“笙笙？”时笙正准备打字回复，喻文州的声音就传过来，吓得她手忙脚乱地将手机屏按灭。

“怎么不回房间？”喻文州见她站在洗衣机这边不动。

时笙摇头：“没事，我等着它洗好。”

喻文州以为她是担心新裙子，说：“你先去睡吧，明天要早起赶飞机，待会儿我给你收拾。”

时笙拨浪鼓似的摇摇头：“不！”

话音一落，两个人都觉得刚刚那个语调是不是有点儿高了。

“州州你今天在外面忙辛苦了，你先去睡吧，我待会儿自己来收拾。”时笙赶紧找补。

喻文州一脸警惕地看着她，总觉得她现在的样子就是有事情瞒着他。

“州州……”时笙两步过去拉住他的手臂，一边晃着一边喊人。

喻文州依旧看着她不语。

时笙抿唇，继续喊：“州州，你就听我的嘛……”

喻文州还是继续看着她不说话。

“州州，我最爱你了……”说完，时笙直接踮脚在他唇上啄了一口。

虽然不想承认，却又不得不承认，他就是在她一声声的撒娇里沦陷了。

喻文州微微叹了一口气：“那我先去房间收拾其他东西，这边弄好了就马上回来。”

毕竟是心虚，喻文州走了以后，时笙也没敢明目张胆地站在那里玩手机。她背靠窗户，身体正对着里面，过不了两分钟就要抬头看一眼。

等到洗衣机停了，她收到的大多数评论竟然都是类似的，她有点儿不知道说什么才好。

她抱着一堆还冒着热气的裙子回了房间，推门就看到喻文州正靠在床头，书放在被子上，眼睛已经闭上了。

时笙看到放在床位的行李箱还有一个是开着的，肯定是留给她装东西的。她猫着腰悄悄往那边挪，刚刚把裙子全扔下去，就听到了喻文州的声音。

“笙笙？”他的声音已经带着睡意，有些慵懒。

时笙被这一声吓到直接颤抖了一下。她急忙抬头看，还好喻文州只是睁开眼睛在看她，并没有要过来的意思。

“我来吧。”语毕，喻文州就准备掀被子准备下床。

光速打脸。

“不！”时笙赶紧出声阻止，甚至不惜直接从床尾跳到床上，然后直接过去扑在了喻文州身上。

喻文州着实被她这个动作吓了一跳。他顺势躺下，手臂圈住了时笙的腰，问："慌什么？"

时笙的下巴抵在他的胸口："我看你都困了，先睡吧，我自己弄。"

喻文州轻笑："可是你的事比睡觉更重要。"

他说话的语气自然又不轻佻，时笙听得心动不已。

她也不知道为什么，好像从喻文州表明心意的那天开始，她总会无意识地关注他的一举一动。他喊她时候的表情、语气、眼神、动作，每多看一次，心跳好像就要快一分。

不过现在不是她心动不心动的问题。

时笙学着以前喻文州摸她脸的样子说："州州先睡，我马上就好。"

喻文州作势要将她拉起来，吓得时笙只能采取紧急措施了。

她直接吻在了喻文州的唇上，还不忘加一句："州州要乖，我真的很快就好。"

喻文州抿唇，这太反常了。但是香吻都送上来了，他也总不好一直拆台。

时笙跳下床去，顺便有模有样地给喻文州掖了掖被子。

她重新回到行李箱旁边，想到喻文州的强迫症，她开始一件一件地把裙子叠好。

只是轮到那团红色的布料时，时笙还是控制不住地脸红，最终在丢进衣柜里和塞进箱子里纠结了起来。

"笙笙？"喻文州闭着眼睛躺在床上喊人。

这天累了一天了，现在也已经很晚了，他实在是有点儿困，结果等了好久时笙都还在磨蹭。

"来了！"时笙心虚地抬头看了一眼床上，咬了咬唇，闭着眼睛将那块红色的布料塞进了箱子最里面。

将箱子关上，时笙总算是放心了一些。她将房间的灯都关了，从旁边上床以后，直接拱进了喻文州的怀里。

她的眼睛还没有适应黑暗，最后抬头的一吻落在了喻文州的下巴上。

喻文州睡得迷迷糊糊的，感受到了时笙的动作，又伸手将她往怀里揽了揽。他说道："晚安。"

时笙在黑暗里勾起嘴角，安安心心地靠着喻文州，听他的心跳声。

第二天飞机起飞的时间不算早，但算上去机场的时间，也还是有点儿早的，尤其是昨天两个人还睡得那么晚。

时笙被喊起来的时候，睁眼的一瞬间就是茫然。

喻文州捏捏她的脸说："吃完早饭，待会儿在车上还可以睡。"

虽然很困很想闹脾气，时笙还是选择了点头。只是她不想自己动，直接闭着眼睛对着喻文州伸出手。

喻文州笑着摇了摇头："小懒虫。"

时笙一路上都是半梦半醒的状态，到了机场才想起来正事。她问："州州，我们要去哪里？"

喻文州看时笙终于清醒了，笑道："就不怕我把你卖了？"

时笙抿着唇认真地思考了一下："你不会。"

喻文州笑道："那确实不会。"把他自己卖了也不能把他家时笙卖了。

"所以到底要去哪里？"时笙继续问。

"去程杰那边。"喻文州答。

时笙第一反应就是这个名字耳熟，但死活想不起来是在哪里听过。

喻文州见时笙那个思考的样子实在好笑，伸手敲了敲她的额头说："是我的大学室友。"

时笙这才猛地反应过来。上次见他们的时候她超级紧张，好像都没好好打过招呼。

"他家在哪里呀？有什么好玩的吗？我们要玩多久？"有了明确的地点，时笙才有了真的要出去玩的感觉，连声问。

主要是她出去玩的次数太少了，偶有几次还是跟爸妈在一起，玩得也并不尽兴。

认真算起来，这好像还是她第一次脱离爸妈出远门。

“在南城，可以去看海，计划玩三四天。看你想不想待久一点，或者想提前去其他地方。”喻文州依旧是逐一回答她的问题。

听到海边时，时笙的眼睛都亮了。她没有去看过海，而且她买的那些小裙子，好像刚好可以派上用场。

从上飞机开始，时笙的兴奋就变得肉眼可见。

喻文州坐在一旁宠溺地笑着，这个决定目前看起来是很正确的。

只是时笙的兴奋并没有持续多久，没一会儿喻文州就发现她的脸色有点儿不对劲。他赶紧问：“笙笙，是不是不舒服？”

时笙无力地点了点头，刚刚突然觉得头有点儿晕，还有轻微反胃的感觉。

喻文州想到她昨晚没睡好，估计是有点儿晕机。他要来毛毯，将她裹得严严实实：“你闭着眼睛休息一下看能不能睡着，实在不舒服要告诉我。”

三个多小时的飞行时长，时笙全程都闭着眼睛没有讲话，也没睡着，直到下飞机脸色一直都不是很好。

“再坚持一下，到了我们就先休息，程杰在外面等我们。”喻文州拍了拍时笙的背安慰。

时笙点了点头。

只是人在不舒服的时候实在不能瞎想，一听到接人，她的第一反应就是汽车，然后无端地就想到了汽油的气味。

“嗯……”时笙没忍住捂住嘴巴干呕了一声。看到不远处的垃圾桶，她直接就跑了过去。

喻文州也没想到她的情况会这么严重，赶紧跟了过去。

程杰刚刚就看到喻文州了，正准备抬手打招呼，就看到他低头跟时笙讲话，根本就没注意到自己。

片刻后，程杰又看到了时笙捂嘴干呕的样子，他的眼睛猛地一下就瞪大了。

时笙站在垃圾桶旁边，喻文州只能在旁边帮她拍背顺气。

结果到头来就是一阵干呕，什么也没吐出来。

一旁的程杰越看越觉得是那么回事，赶紧去车里拿了水出来。

“老喻。”程杰快要到的时候才出声喊人。

喻文州看到他手上拿着水，直接伸手准备接过去。

“哎、哎、哎，不是给你的，给我妹子的。”程杰笑嘻嘻地拿着水绕开了喻文州。

喻文州看了他一眼：“占谁便宜呢。”

他们宿舍当年可是按照本事排序的，喻文州年纪最小，却是公认的老大。

程杰这个年纪最大的，排行却在最后，结果这天还想占他便宜了。

时笙接过矿泉水，先喝了一口才对程杰道了谢。

“唉，谢什么谢，老喻的儿子就是我儿子。”程杰一脸不以为意。

时笙睁大眼睛：什么？她怎么有点儿听不懂？

一旁的喻文州倒是反应了过来，难怪刚刚程杰一副贼兮兮的表情。

“闭嘴吧你。”喻文州出声。

程杰笑着点了点头，一脸“我都懂”的表情。

看着二人奇奇怪怪的动作，留下时笙风中凌乱。这都什么跟什么，这两个人打什么哑谜呢？

坐进车里，时笙总觉得程杰有意无意地看了她一路。至于那个眼神，直到下车她都没想到一个形容词来形容。

这边沿海最大的一个度假村就是程杰家的，还不是集团合作，就是他家公司独立运营的。

“妹子，最里面那个小独栋给你们收拾出来了，你跟老喻好好玩……”程杰也不是闲得没事，这天为了接喻文州他也耽搁了不少时间。

程杰将钥匙拿出来递给喻文州就走了。喻文州撇过头就见时笙的脸色还是很不好，便问道：“还不舒服？”

时笙眼神躲闪，随后点了点头：“嗯。”

喻文州心疼地摸了摸她的头说：“那先去休息一下。”

时笙又乖乖地点了点头。

其实下车吹了点风以后，她已经好很多了。与其说是晕机不舒服，不如说她就是困的。

进了最里面的独栋小别墅，时笙都还没有参观的时间就被喻文州赶到了床上去。

“不舒服就先休息，待会儿起来再看。”他道。

时笙将被子拉上来捂住了半张脸，对着喻文州点头：“嗯嗯，州州你先去吃饭吧。”

虽然现在早就过了午饭的时间点，但饭总不能不吃。

喻文州知道她现在胃里不舒服，肯定也吃不下什么东西，便说：“好，那待会儿给你带点粥回来，你先睡觉。”

他本来想等时笙睡着了再走的，结果时笙固执地让他先去，最终以时笙的胜利作为结局。

时笙闭上眼睛，听到房间门被关上的声音，然后再是下楼的脚步声。又过了片刻，她才从床上爬起来。

她轻手轻脚地跑去了卧室的阳台，这个位置观景角度一流，顺便还能看到喻文州逐渐走远的身影。

确认喻文州的身影消失在眼前并且不会回来以后，她才出了房间。

这栋小别墅有上下两层，二楼有两间卧室套房，还有一个私人影院。一楼是一个超大的客厅，还有一个开放式厨房，一眼就能看完全貌。

时笙又去了外面，旁边挨着两间矮楼，分别是健身房和棋牌室。然后是院子后面的露天泳池，还有一个小花园。

一道院门把房子围起来，很有安全感。

这个布局好像在住家宅院里不算常见，但时笙很喜欢。

她顺着外面看了一圈，再回来的时候站在客厅里陷入了沉思。这么大的地方，她到底该怎么布置呢？

她有点儿担心喻文州会突然回来，只能重新回到床上。谁知道脑子里想着事情越想越困，没一会儿她就睡了过去。

再醒过来的时候，天色已经暗下来了。

时笙睁眼就看到喻文州正坐在床边。

时笙打了个哈欠：“几点了？”

“快六点半了。”他答。

时笙蒙蒙地点了点头，而后才反应过来：“我是不是又把晚饭错过了？”

喻文州笑了，她的重点怎么都在吃上面？他摇了摇头，说：“晚饭和程杰一起，他还在等我们。”

“那你怎么不喊我！”说完，时笙直接从床上坐了起来。她的计划怎么可以缺少程杰这个重要的助力呢！

喻文州见她着急，还以为她是急着吃饭。

其实时笙着急，只是急着找程杰帮忙。

有了前面两次的见面，这次跟程杰坐在一起吃饭倒也没有显得过分尴尬，只是实在也没办法熟络。

时笙绞尽脑汁地想怎么才能把喻文州给支开，结果他的电话先响了。

“我去接个电话。”喻文州见是学校那边打来的电话，他指了指手机，又指了指外面的位置。

“嗯嗯！”时笙猛地点了点头。

喻文州总觉得这天的时笙有点儿不对劲，但具体又说不上来，无端觉得这个小家伙有事情瞒着他。

只是他忙着接这个电话，暂时也没时间深究了。

“大哥？”待到喻文州离开后，时笙试探着开口。

程杰本来正端着杯子喝啤酒，听到这个称呼，眼睛突然就亮了。他猛地把杯子放下来，应道：“哎，妹子！”

时笙怕啤酒洒出来，下意识地往旁边侧了侧身子。

程杰有点儿不好意思地摸了摸鼻子：“不好意思，不好意思。”

时笙抿着唇笑了笑。

程杰看着这么好的机会，突然就八卦起来：“妹子，你跟老喻怎么认识的？”

时笙几乎脱口而出：“相亲。”

上次喻文州也是这么说的，听到二人如此一致的回答，程杰突然就对自己的相亲充满幻想。他妈最近催他也催得紧，要是相亲能遇到个萌妹子，他做梦都得笑醒。

“妹子，几个月了？”程杰的眼睛又往时笙的肚子看过去。

时笙这才反应过来他之前为什么用那种眼神看自己，无奈地解释道：“你误会了，我今天就是有点儿晕机。”

程杰又只能说“不好意思，不好意思”道歉。

时笙轻咳了一声，说：“那个……大哥，能不能麻烦你一点事？”

程杰抬头：“你说，只要哥能办到的，肯定给你办了！”

时笙摆手：“不是，不是，不是什么大事。”

下午她想了很久，别墅空间太大，要全布置起来太麻烦了，而且走到门口就会露馅。思前想后，最好的办法还是就把他们住的那间卧室布置好就行。

时笙将自己的想法、需要布置的地方，以及要用到的地方都说了一下。

程杰立刻拍胸脯保证：“行，哥肯定给你办到！”

时笙笑起来：“那就先谢谢大哥了！”

喻文州回来，就看到刚刚还不熟的两个人，现在“大哥、妹子”地互相喊了起来。

“你占我便宜？”喻文州威胁地看了一眼程杰。

“瞧你这话说的，我跟我妹子关系好跟你有啥关系，是吧妹子……”说完，程杰还炫耀似的对着时笙扬了扬下巴。

时笙配合地点头：“对，这是我大哥。”

喻文州摇摇头，无奈地将手搭在了时笙的头顶。

程杰话多，一顿饭的时间他不停地说，说的都是他们上大学时的事情，时笙也听得津津有味。

结束的时候，时笙还意犹未尽不想走。

喻文州拉着时笙，时笙就眼巴巴地看着程杰：“大哥。”

程杰摆摆手，看着喻文州黑下去的脸，赶紧说：“哎，妹子你先睡，明天我跟你说那个校花追老喻的事情。”

听到这里，喻文州的脸更黑了。

一个揭他老底，一个还专听他的八卦。他是造了什么孽，才把这两个人凑到一块儿去了。

回去躺在床上，时笙还一直叽叽喳喳问个不停，偏偏就挑程杰讲的八卦问。

他们医学生很忙，其实空闲的时间不多。加上喻文州是个性格冷淡的人，追他的人其实很少。

但是少，不代表没有。

喻文州忍无可忍，直接抬手捂住了时笙那双“求知若渴”的眼睛。

“再不睡觉我亲你了。”喻文州威胁她。

时笙忙摇了摇头，示弱道：“州州晚安，明天我想睡懒觉，可不可以不叫我？”

喻文州有些无奈：“好。”

难得出来玩一次，本也就是为了放松的，总不能让时笙的神经一直这么紧绷。

时笙第二天醒来已经是中午了，跟喻文州一起吃过饭以后，两个人计划去附近的小镇逛逛。

因为这天是喻文州的生日，他的手机从上午开始就没消停过。

时笙没醒来时倒也没什么，结果后来当着她的面接电话她还是没反应，喻文州越想越觉得心都凉了。

时笙很努力地克制住自己的笑意，看着面色逐渐僵硬的喻文州问：

“州州，怎么啦？”

喻文州摇头：“没事。”

怎么可能没事？

往年的生日，喻文州一般是跟家里人过的。这年出来玩虽然是临时决定的，其实完全可以等过完生日再走，但他是故意选择出来跟时笙过二人世界的。只可惜他家时笙是个不开窍的。

他们在小镇吃过晚饭，天色暗下来以后，两个人才准备打道回府。

车刚刚停在小别墅的门口，喻文州就接到了程杰的电话，不用想也知道是给他庆祝生日的。

只是看着已经到晚上了，很快这一天都要结束了，喻文州有点儿心塞。

“我大哥找你，快去，我都累了，想休息一会儿，你去跟我大哥玩吧！”

喻文州只能无奈地说道：“我尽快回来，有事情给我打电话。”

时笙点了点头，跳下车还不忘道别：“州州拜拜，和我大哥玩得开心……”

看到车消失在眼前，时笙这才松了口气。

按照计划，车开回度假村的时候，程杰就得给喻文州打电话了。要是刚刚电话再不响，她都怀疑要当场露馅了。

时笙进了别墅。因为确定只布置了卧室，她便直冲着卧室而去。

只是推开门的一瞬间，她还是傻眼了。

一屋子的红玫瑰到底是什么鬼！！说好的梦幻唯美风呢？！到底是她的传达出了问题，还是程杰的理解出了问题？！

时笙抓狂，赶紧走进房间准备看看有没有什么可以补救的。一圈扫视下来，她发现，昨天的要求程杰只做到了一样。

“还要一个超大的礼物盒子，就是一个可以把我整个人都装进去的那种。”这是昨天时笙的原话。

她看着入目鲜艳的红玫瑰，脑袋里回荡着昨天程杰的话：“行，哥肯定给你办到！”

目前看来，这个“办到”，多多少少是带了程杰的审美在里面。

虽然这不是时笙最理想的布置，但说实话也不能算很差。更重要的是，现在根本没有补救的机会了。

时笙深呼吸一口气，将行李箱最角落的那抹红色掏出来以后才进了浴室。

洗头洗澡，一番操作下来一个小时都过去了。

距离喻文州的生日过去又近了一步，时笙也慌起来。她拿着手机，一边往盒子里钻，一边给喻文州打电话。

那边的程杰听到喻文州的电话响，简直像是听到了救命的声音。

天哪，买醉的男人太难伺候了。

“笙笙？”喻文州开口。

时笙故意吸了吸鼻子：“州州，房子里突然没电了，我好害怕。”

喻文州听到时笙委屈的声音，心都要揪到一起了，说：“好，我马上就回来。”

程杰见他已经站了起来，赶紧出声：“我找人送你！”说完，指了指在旁边等了很久的助理。

就算距离很近，但喝了酒就是不可以开车的。喻文州只得点了点头，嘴上还说着安慰时笙的话。

车很快开到了别墅外面，果然就这里黑黢黢的一片。

本来电话一直没有挂断，结果喻文州刚跟程杰的助理道了谢，电话突然就挂断了。

他被吓得不轻，几乎是小跑进了院子。

开门后他先按了门口的电灯开关，确实是没电。

但喻文州现在已经顾不上检查故障的问题了，赶紧找到时笙才是正事。他摸黑走到了楼上，推门的同时开口喊人：“笙笙？”

出于习惯，他顺便按了门口的电灯开关，但是这次灯亮了。

入目皆一片殷红，床上、地毯上全是玫瑰花瓣，甚至连桌子上都摆着一大束玫瑰。

花瓣在灯光照耀下光泽而明亮，馥郁芬芳也随之侵入口鼻。

喻文州的视线很快落在了窗帘那边的巨大的礼物盒子上。他有预感，所以每往前走一步，心跳就会加速一分。

直到手抚上礼物盒盖子的时候，他先选择闭上眼深呼吸了一口。

将盖子揭开的那一刻，喻文州低头，呼吸也随之凝滞。

时笙正穿着他昨天晚上看到的那条睡裙，坐在里面。

裙子的面料不多，时笙大片的肌肤都露在外面，加上酒红色的衬托，更显得肤白如雪。

时笙没有主动讲话，只是望着他的眼神依旧清澈纯粹，和这身大胆穿搭明明很矛盾，却偏偏又融合得很好。

“州州？”时笙出声。

“嗯。”喻文州嗓音沙哑地答。

时笙从盒子里站起来，其实她现在整个人羞得不行，却还是努力克制着自己看向喻文州。

喻文州站在盒子外面，时笙站在盒子里面，二人隔着一层纸板望着对方。

时笙伸手抚摸喻文州的脸，随即踮脚在他唇上印下一个吻。

“州州，生日快乐。”她很紧张，嗓音也无端带上了一丝沙哑。

喻文州勾起嘴角，摸了摸她的头道：“谢谢宝贝。”

语毕，刚刚还抚在她头上的手转而托住了她的脸，吻，重新落了下去。

时笙傻愣愣地睁大眼睛。

喻文州浅笑，伸手盖住她的眼睛，提醒她：“要闭眼。”

要闭眼，触感才会无限放大，他希望时笙可以感受到他。

一吻结束，喻文州窝在时笙的颈窝里喘气。他问：“礼物呢？”

时笙抿唇，微微偏头对着他的耳朵说：“我，可以吗？”

因为离得近，她的声音很小很轻，温热的呼吸也传到喻文州的耳边。

听到这里，喻文州突然抬起头，低声问：“想好了吗？”

时笙看着他的眼睛，片刻后回答：“嗯。”

喻文州直接伸手将时笙从盒子里抱了出来。

动作很突然，吓得时笙抬手圈住他的脖颈。

喻文州看着时笙，双手托住她，将人抱着往浴室那边走。

“我洗过了。”时笙赶紧出声。

“陪我。”喻文州偏头在她的脸上亲了亲。

他们进去以后，喻文州并没有将时笙放在地上，而是直接将她放在了洗漱台上。

时笙的手还放在他的肩膀上，他的双手撑着洗漱台，将她困在自己怀里。

“在我洗完澡之前，你随时可以喊停。但是等到我洗完澡以后，你的反对就无效了。”说完，喻文州直接当着她的面脱起了衣服。

外套、T恤，当他将手放到腰带的位置时，时笙还是闭上了眼睛。

喻文州瞥见时笙害羞的样子，直接笑着站到了花洒下面去。

时笙闭着眼睛，听到水声后才睁开。她是鼓足勇气才偏头去看他的，但发现他的长裤还穿在身上。

他站在花洒下淋水，手撑着墙壁，低着头不知道在想什么。

时笙也不知道自己看了多久，最后还是选择从洗漱台上滑了下来。她光着脚，一步一步靠近花洒的位置，直接从喻文州手撑着墙的那个空隙钻了进去。

“笙——”

时笙双臂攀上他的脖颈，努力踮脚封住了他的唇。

喻文州给了时笙反悔的机会，甚至做好了这天晚上也不会成功的准备。可时笙总是给他带来惊喜。

喻文州伸手关掉了花洒，除了偶有几声水滴落下的声音，一室全是两个人的呼吸声和心跳声。

“笙笙，我爱你。”话音刚落，喻文州直接拦腰将人抱了起来。

喻文州抱着时笙重新回了房间。时笙的后背刚刚贴到床上，他又急切地吻了上来，说：“相信我，好不好？”

时笙闭眼：“嗯。”

直到结束，两个人喘着气靠在一起。

喻文州伸手捏在时笙的鼻子上：“小坏蛋。”

听到自己的称呼又进化成了“小坏蛋”，时笙气不过，一口咬在了喻文州的手上。

喻文州一动不动地任她咬。

待她松口，喻文州在她的嘴角亲了一下，手托住她的脸问：“牙齿痛不痛？”

时笙委屈巴巴地看着他：“我好累的。”

喻文州笑着将时笙搂进了自己怀里。

两个人紧紧地抱在一起，可以清晰地感受到对方皮肤的温度。

静静地过了片刻，喻文州突然笑起来，从胸腔袭来的笑意让趴在他身上的时笙也感受得清清楚楚。

“笙笙，谢谢你信任我。”他道。

时笙抬头望着他，在他下巴的位置亲了亲：“州州，谢谢你包容我。”

包容这个不完美的我。

喻文州望着时笙，伸手用指腹在她的脸颊上摩挲。他的时笙真的太可爱了。

被人信任，被时笙信任的感觉真的很好。

第十章
开诚布公

★ ☆ ★

毕竟是休假，喻文州把闹钟也关了。

这一觉两个人都睡了很久，喻文州醒过来的时候，时笙还在他怀里睡得很香。

他看着脸颊红扑扑的时笙，实在是没忍住，在她的脸上亲了亲。

大概是被人扰了清梦，时笙的眉头跟着蹙了起来，有了转醒的迹象。

这一下吓得喻文州赶紧起开。要是时笙被吵醒了，他担心后果会有点儿严重。

喻文州轻手轻脚地起床，准备先去浴室洗漱。

时笙醒来的时候，有一瞬间的茫然。看到入目皆是稍显陌生的环境，她反应了一下才想起来现在身在何处。

她翻了个身，发现床上并没有喻文州的身影。

时笙摸了摸尚有余温的床单，直接下床往浴室的方向去了。

喻文州刚刚洗漱完，推开浴室门就看到时笙正睡眼惺忪地站在门口。

“州州。”时笙开口，顺便还朝他张开了双臂。

喻文州勾起嘴角，直接上前将她抱了起来。

时笙双臂搂住他的脖子，抱怨道：“你起床都不叫我。”

“走吧，洗漱完我们出去吃饭。”语毕，喻文州将时笙抱进了浴室。

喻文州帮着时笙洗漱完后又将她抱了出来。

二人换好衣服站在穿衣镜前，时笙生气的目光最终还是落到了喻文州的身上。

刚刚洗漱的时候没注意，现在才发现她脖子上全是星星点点的红痕，而始作俑者正站在旁边似笑非笑地看着她。

“你还笑？”时笙瞪了喻文州一眼。

喻文州摸了摸鼻子，轻咳一声安慰她：“要不用丝巾遮一下？”

时笙对于这个馊主意除了叹气还是叹气。这种天气戴条丝巾，不是“此地无银三百两”是什么？

如果真的这样子出门，不如杀了她算了。

时笙思考了一下才想起来，还好自己带了化妆品出门。她把遮瑕找出来，对着镜子一点一点地遮盖脖子上的痕迹。

喻文州就全程站在那里看着她，等她收拾好，两个人手牵着手出了门。

说来也巧，两个人又在吃早饭的地方碰到了程杰。他笑嘻嘻地打招呼：“哟，老喻、妹子，早……”

时笙看着他就想起那个非常具有个人思想的房间布置，看他的眼神多少带了点个人恩怨。

程杰眼神躲闪，转而看向喻文州，故意问：“老喻，昨天睡得还好吧？”

喻文州难得没有让他滚，反而顺着他的意思答：“嗯。”

时笙有点儿不好意思地往喻文州身侧躲了躲。

“我们先去吃饭。”喻文州对着程杰开口。

程杰连连点头：“哎，是得多吃点，你看我妹子多瘦，多吃点补补……”

喻文州勾起嘴角，笑着拉着时笙转身背对着程杰准备走。

两个人拿了些吃的，去外面寻了一张桌子坐下。

有阳光、海风，还有喜欢的人在身边，时笙的心情是前所未有的放松。她双手托腮，看着坐在对面的喻文州："州州，我们下午去哪里？"

喻文州思考了一下："就去海边转转？"

时笙笑着点了点头。她等这一天可是等了好久了。

但是现在有一个问题，时笙道："我的防晒霜好像没有带够。"

一开始喻文州没说去哪里，她只准备了日常要用的东西。现在要去海边，她的低倍防晒肯定是不行的。

喻文州笑道："待会儿去买，吃过午饭再去海边玩。"

时笙非常赞同地点了点头。

还好附近卖东西的店铺很多，两个人去买了高倍防晒霜，时笙还顺便买了一顶草帽。

想到待会儿有玩水的机会，时笙准备回去换一条短一点的裙子。

时笙换好衣服推开浴室门，喻文州正拿着她刚买的帽子在门口的全身镜前站着。他笑着对她招招手："笙笙，过来。"

每次他这样说话，总是带着一丝蛊惑。

时笙缓步走过去，喻文州扶着她站在镜子前。他小心地将她绑的丸子头拆开，然后帮她把帽子戴好。

编织的草帽，帽檐四周缝着一层蕾丝。

喻文州揽着时笙的肩膀将她转了过来，顺便把帽子上垂下来的蕾丝防风绳绑成了蝴蝶结。

时笙穿的是碎花裙，这身搭配看起来，是真的又娇又俏。

喻文州没忍住在她的嘴角亲了亲，牵过她的手道："走吧。"

最近的海滩只要坐观光车去就可以了，一路上时笙肉眼可见地变得兴奋。

最后下了车，喻文州都还没来得及喊人，时笙就已经直冲冲地往前跑了。他又无奈又好笑。

时笙看到海，有种控制不住的高兴。

“笙笙！”后面的喻文州出声。

时笙虽然着急，但听到喻文州的声音后还是转了身。

阳光下，时笙的皮肤白得耀眼，长发随着海风扬起，脸上还挂着难以掩饰的笑容。

喻文州举着手机，一张构图还算不错的照片就这样诞生了。

时笙发现自己被偷拍了，噘着嘴开始往回走，走到喻文州身边的第一句话就是：“哼，你偷拍我。”

喻文州笑道：“你好看。”

最近听到的夸奖太多了，时笙笑着踮起脚在喻文州的唇上啄了一口：“你也好看。”

喻文州还没反应过来自己这是又被调戏了，时笙已经重新跑了出去。

他跟在她的后面，拿着手机点开了常年空白的朋友圈，发了一条文案：“今天的风好甜。”配图就是刚刚抓拍到的时笙的那张图。

几乎是他发出去的那一刻，就开始有人点赞。他都怀疑这些人是不是天天都抓着手机在玩。

许家恒：“我羡慕了。”

乔远：“我羡慕了。”

程杰：“我也是。”

宋修远：“玩得开心。”

时娆：“啧啧啧——风还能是甜的？”

妈：“我们笙笙真漂亮！”

爷爷：“我孙媳妇儿真可爱！”

爸：“我老婆说的都对！”

喻文州都还没来得及打字回复，喻妈妈的视频通话就发了过来。

喻文州举着手机接通，一个“妈”字的尾音还没结束，喻妈妈就说：“把手机给笙笙。”

喻文州沉默了。

“不对，你把摄像头给我转过去，你举着手机，别累着我们笙笙了。”

暴击总是接二连三地到来，以前见证爸妈的恩爱，现在还要被嫌弃，他这是做错了什么？

时笙已经跑到沙滩那边去了，喻文州一边走一边还要被催快点。

“笙笙。”喻文州出声。

时笙站在水里，茫然地看过来。

“你赶紧把摄像头给我转过去。”喻妈妈再度开口。

喻文州叹了一口气，对着时笙开口：“妈发了视频通话过来，她说想看看你。”

时笙点头：“好。”说完，她又从那边跑了过来。

喻文州本来是打算按照喻妈妈的要求直接转成后置摄像头的，结果时笙跑过来直接跳到了他背上。

为了时笙的安全，喻文州只得把手机递到她手里，然后双手揽住她的腿弯。

时笙就这么挂在喻文州身上，不过这样好歹两个人的脸都出现在了屏幕里。

“妈妈……”时笙甜甜地对着电话那头的喻妈妈开口。

“笙笙今天的帽子和裙子真好看！”喻妈妈开始一个劲地夸她。

但偏偏时笙就是吃这一套，尤其是夸细节，很有信服度。

喻妈妈问了几句玩得开不开心之类的话，最后神秘兮兮地说：“笙笙，回来妈妈有礼物送给你。”

听到这里，这边的两个人几乎是同时开口——

“什么？”

“找到了？”

前一句是时笙说的，后一句是喻文州问的。

喻妈妈笑了笑，先回答了时笙的问题："回来就知道了。"

这句话，也算是给喻文州的回答了。

喻妈妈接着又说了一句，然后手机那头的人又换成了喻老爷子和喻爸爸，几个人一通叮嘱之后才挂断视频通话。

视频挂断后，时笙的笑一下就收敛了。喻文州以为她是想到了自己家里的那些事，安慰道："他们也是你的家人。"

时笙听到这里，突然又笑了起来："哼，就你想得多。"

喻文州欲言又止。行，又成他想多了。

时笙看他一脸吃瘪的样子，有点儿好笑。她现在还挂在他背上，干脆凑过去在喻文州脸上亲了亲，说："我的脸笑得都有点儿僵了，而且我还控制不住一直笑，烦人。"

明明她是说着类似抱怨的话，可结果语气里带着点骄傲。

喻文州已经开始怀疑自己是不是亲生的了，现在全家人的重点关注对象都是时笙，而且时笙好像还知道。

喻文州听她那副故作烦恼的语气，直接反手在她的脸上捏了捏。

时笙想躲，但她现在就趴在喻文州的背上，也实在是没地方可躲。

喻文州的背宽阔又有安全感，时笙干脆搂紧他的脖子不动了。

"这么懒？"喻文州笑了。

时笙舒舒服服地眯着眼睛："嗯嗯。"

喻文州有点儿无奈，时笙平时在家就经常一动不动地待一天，出来玩本来就是想着她能多动动，结果根本不能指望一个小懒虫能突然变勤快。

"想去哪里？"喻文州问。

时笙睁开一只眼睛瞄了一眼四周，最终伸手指向了他们正前方。

喻文州看到前面几个正在玩沙子的小朋友就知道，有些人心里打着小算盘呢。他问："想玩沙子？"

时笙奋力地点了点头："嗯嗯。"

喻文州笑了，刚才没想到这个，什么工具都没有买。现在时笙说要玩沙子，不就是明摆着想去小朋友那里借工具嘛。

喻文州走了过去，作势要将时笙放下来。

时笙一把抓紧他的肩膀说：“我不，你去借。”

喻文州轻笑：“你觉得我这种形象去借合适吗？”

时笙可不管那么多：“州州……”

她现在是发现了，只要她撒娇，喻文州就肯定会答应她的要求。

果然不出所料，喻文州无奈地开口：“你下来我去借，不然就跟我一起去。”

听到这里，时笙果然从他背上下来了，站在那儿偏头望着他，还不忘眨巴眨巴眼睛。

喻文州在她的脸上捏了捏：“我可不做亏本的买卖。”

时笙自觉地踮脚在他唇上落下一吻。

时笙不知道喻文州跟那边的小朋友说了些什么，几个人全朝着她看过来。

她有点儿不好意思地对着那边笑了笑，然后就看到有小朋友递了两把小铲子和一个小桶给喻文州。

喻文州蹲下来，不知道又在跟小朋友们说什么。

时笙猜想应该就是一些道谢的话，他的表情柔和，看起来很温柔。

她静静地等在原地，看着喻文州离她越来越近。有风扬起了他额前的碎发，眉宇间尽显张扬和自信，步履平稳且坚定，像极了意气风发的少年郎。

“州州。”她唤。

喻文州挑眉：“嗯？”

“今天对你的喜欢好像又多了一点哎。”时笙望着他，连眼睛都笑得弯了起来。

喻文州勾起嘴角，时笙开窍的速度好像有点儿快。他笑道：“那希望宝贝每天都可以喜欢我多一点。”

时笙说想玩沙子，结果到头来几乎全是喻文州动手，她只负责指挥。

“你要把这边多堆一点。

“那边那边，那边还要修一个水池。”

时笙每提一个要求，喻文州就抬头看她一眼。

一通操作下来，喻文州也被弄得没脾气了。

时笙将手臂撑在腿上，然后又用手托住脸，眼睛一眨不眨地看着喻文州的动作。

拿着粉红色小铲子的喻文州，和平时的形象实在是相差甚远。可是，她好喜欢。

喻文州听到时笙突如其来的笑声抬起头，一张嘴角带着笑但眼里尽显无奈的照片就这么定格了。

时笙刚刚看到了喻文州的朋友圈，既然是夫妻，当然是要整整齐齐了。

时笙：“今天的海好暖。”配图是刚刚拍下的照片。

她来的那天加了程杰，顺便也加了许家恒和乔远的微信。

他们三个人，好像永远可以跑在最前线。

乔远：“要不你们还是把我杀了吧。”

许家恒：“除了羡慕，我竟然想不到其他词。”

程杰：“我也是。”

爷爷：“我孙媳妇儿堆的城堡真不错！”

妈妈：“笙笙玩得开不开心呀……”

爸爸：“笙笙玩得开不开心呀……”

姐姐：“啧啧啧——海水不是冷的？”

明明发的是喻文州的照片，结果到头来没有一个人是问他的。时笙一边回微信，一边笑到肚子痛。

最后要不是几个小朋友要走了必须把工具还回去，时笙还准备再在这里玩一会儿的。

反正时间也差不多了，喻文州将她从地上拉起来：“去吃晚饭吧。”

度假村这边除了能在酒店吃东西，还可以去不远处的小吃街吃。

既然来了，肯定还是吃当地的美食比较有感觉，时笙想都没想，选择了后者。

她有选择困难症，最后还是喻文州选了一家看起来卫生条件不错的店铺走进去。

时笙的胃口并不大，可是又什么都想吃。最后没办法，只能每样都点小份，两个人分着吃，可以尽可能地多吃些不一样的东西。

大排档的小吃和啤酒是最配的，喻文州平时不爱喝酒，但氛围到这里了就还是给自己点了一杯。

时笙看着端过来的啤酒，有点儿眼馋。她长这么大一次酒都没喝过，说不好奇，那肯定都是假的。

喻文州看着眼睛都快掉到杯子里的时笙有点儿想笑，他问："要不要尝尝？"

时笙抿着唇思考片刻，最后还是点了点头。

喻文州伸手将杯子递过去，时笙就着他的手喝了一口。

事实证明，没尝试过的东西不要瞎尝试。

时笙蹙眉才将那口啤酒咽了下去。要不是当场吐出来很不礼貌，她是真想这么做的。

从来没喝过酒的人，是真的喝任何酒都觉得很难喝，总觉得有股味道。一口啤酒咽下去，时笙赶紧喝了一口橙汁压压。

喻文州看时笙的动作，笑得不行："一口都不行？"

他嘴角带着笑意，连语气中都透着逗趣的意味。

时笙觉得自己的尊严受到了挑战："谁说我不行！"

喻文州点了点头："嗯，你行。"

他越是这么说，时笙就越觉得喻文州是在嘲笑她。

"真的只是因为啤酒太难喝了！"时笙坚定地对喻文州开口。

喻文州依旧是淡淡的表情和语气："对，啤酒太难喝了。"说完，他顺便端起手边的酒杯喝了一口酒。

时笙：“如果是其他酒类，我肯定可以的。”

话都说到这里了，喻文州干脆对着不远处的服务员招了招手说：“要一瓶低度鸡尾酒，谢谢。”

很快，服务员便拿着一瓶酒过来，又用起子开了瓶盖。

喻文州直接扬了扬下巴指向时笙的位置：“给她。”

时笙只得笑着跟服务员道谢。

低度鸡尾酒对于会喝酒的人来说就是饮料，但对于时笙这种从来没喝过的，那肯定就不是这样了。

虽然有果味，但说实话这个酒并不好喝。时笙全程几乎是硬着头皮在喝。

谁让她是个嘴硬的，而且刚刚还夸下了海口。

看到一瓶见底，喻文州又问：“不再喝点？”

时笙望着他的眼睛亮亮的，无端想赌口气，于是又点了点头。

第二瓶喝完最后一口，时笙总算知道这酒为什么要叫微醺鸡尾酒了。她倒没有醉，意识现在也还算清醒，只不过是觉得头顶有点儿发热，还有点儿困。

喻文州看着脸色微红的时笙就知道是酒精上头了，对于滴酒不沾的时笙来说，这天真的是为难她了。他问：“回去休息吧？”

时笙想了想，点了点头，对他伸出了手。

“等一下，要付完钱才能走。”

时笙又将手放下来，“哦”了一声。

喻文州笑得不行，付完钱以后，起身走到时笙这边。他刚刚蹲下来，时笙就非常自觉地趴到了他的背上。

两个人一起出了小吃街。

时笙突然想去吹吹海风，伸手指了指海边：“我想去吹风。”

喻文州笑了，这么简单的要求当然可以满足了。

现在时间还不算晚，一路上都是人声，偶尔还能听到小孩子打闹的声音。

时笙闭着眼睛，将头靠在喻文州的颈窝里，突然开口：“州州？”

喻文州微微转头：“嗯？”

“为什么要跟我结婚？”

这个问题她想问很久了。

就算喻文州已经跟她告白了，就算她也喜欢喻文州了，她也依旧很好奇。

一开始他们明明是抱着明确的目的结婚的，但婚后的生活并不是时笙想象中的样子。

喻文州宠她几乎超过了他们这种闪婚夫妻该有的样子，给她做饭、哄她睡觉、带她出来玩，还总喜欢亲她。

一开始她只觉得这是所有丈夫的标配，后来才发现，这只是喻文州对她的标配。

许久没有得到喻文州的回答，时笙已经有些昏昏欲睡了。

前面就有可以休息的长椅，喻文州加快脚步，轻手轻脚地将时笙放在了椅子上。

时笙乖乖坐着，手撑住椅子的边缘，仰头看着喻文州。

旁边就是路灯，柔光从头顶落到喻文州的身上，让他平日里有些冷硬的气质一下子柔和下来。

喻文州看到微醺的时笙，心都快化了。他俯下身去，在她的嘴角轻轻印下一吻。

他笑了，在她耳边喃喃道：“我以为我表现得挺明显的。”

从回国开始，爷爷就把给他相亲的事情提上了日程。他是看到时娆的资料才决定要去的，因为他知道那是时笙的姐姐。

本来是准备借这个机会去打听一下时笙的近况的，结果惊喜总是来得猝不及防。

到了约好的咖啡馆，看到是时笙的那一刻，喻文州激动的心情根本掩饰不住。

他从来都不是一个喜欢主动介绍自己的人，但那天他走过去的第一个动作就是对着时笙伸出自己的右手，郑重地告诉她：“你好，我是喻文州。”

那是他们第一次正式打招呼，他紧张得甚至有些手心冒汗。

谁知时笙握住他手的第一句话就是：“你好，我是时娆。”

其实喻文州和异性接触的时间和机会都不多，更何况是面对喜欢的女生。

相亲的过程中，他一度不知道自己该说点什么。那应该是他活了二十多年最手足无措的时候。想多说点什么，又害怕自己说错什么。

那天结束，他把时笙送回了家。

因为实验室突然有情况，他连夜飞去了国外。

他都不知道那一周他是怎么过的，除了工作时间，满脑子都是时笙。他只想着可以快点回国，想快点跟她求婚。

爷爷年初是生了一场大病没错，这也是为什么他急着想看喻文州结婚生子的原因。

只是喻文州在遇到时笙的时候，爷爷的病早就大好了。但他偏偏还是以爷爷病重为由提出想要快点和她结婚。

在时笙眼里，他们不过是才认识了一周多的人。他知道这样的要求有多么无理和唐突，但惊喜总是接二连三地到来。

时笙竟然跟他说了“好”。

那天晚上喻文州失眠了，以往有做实验压力太大失眠的情况，可这是第一次因为激动而睡不着觉。

约好领证的那天，喻文州起得很早。明明就是白衬衫，他硬生生地换到第七件才满意。

他们坐在一起拍了结婚照，那是他们的第一张合照。

看到两个人的照片和名字出现在一个红本本上，还有钢印的加持，喻文州很心安。他喜欢了时笙这么久，终于能和她在一起了。

因为回国的时间很赶，实验室那边的事情还没有全部处理完，领完证的第二天，喻文州又走了。

那时时笙在放寒假，因为他的离开，两个人硬生生地错过了那么长的相处时间。

好在开学之前喻文州回来了，时笙也如愿地搬过来和他一起住了。

虽然开学那段时间两个人在同一屋檐下，但相处的时间也不多。

喻文州以为时笙可以察觉到自己汹涌的爱意，可她不仅反应有些迟钝，甚至还有些怕他。

他反思过到底是因为什么，但万万没想到只是因为她怕老师这个职业。

他知道她简单的家庭背景，却从来没有想过她会有那样的童年。

不过好在，以后有他了。

喻文州以为时笙对于感情反应迟钝，自己以后还有很长的路要走。谁知道她却告诉他："州州，我好像有一点点喜欢你了。"

他何其有幸，一生能遇到一个爱的人，而那个人刚好也在慢慢爱上他。

时笙看着喻文州满眼笑意的样子，问："你上次告诉我的那个密码，是我们第一次见面的时间吗？"

虽然时笙有些反应迟钝，但思前想后，这是唯一的可能了。

喻文州笑道："是。"

时笙再次陷入沉思。她是真的想不起来了。

喻文州看着她，继续道："其实也不是。"

准确来说，他见过她的样子，在更早一些的时间。

时笙本来就头晕，喻文州的话让她一直想。到最后她实在是不想动脑筋了，就说："你告诉我吧。"

喻文州摇头："你要自己慢慢去发现。"

因为他的这句话，时笙回去的一路上都气呼呼的。

到房间以后，她直接从喻文州的背上滑了下来。

喻文州见她走路都有点儿不稳，想要伸手去扶，结果被一巴掌拍开。

喻文州看着时笙这过河拆桥的架势，笑得不行。

时笙去旁边找了睡衣进了浴室，只是裙子都还没从身上脱下来，门就被推开，随即就落入了喻文州滚烫的怀抱。

“喻文州！你……”她的话还没说完，尽数被他的吻堵在了喉间。

亲够了，喻文州帮时笙洗了澡，抱她上床后，她滚进被子里几乎是秒睡。

喻文州哭笑不得，上床后从背后将时笙拥入怀中。

“晚安。”他道。

时笙这一觉睡了很久，醒来的时候时间已经是十一点了。她睁开眼睛就看到喻文州正靠在床头拿着电脑不知道在干什么。

“醒了？”喻文州转头看过来。

“哼。”她轻哼一声翻了个身，又把眼睛闭上了。

喻文州笑了，将电脑合上以后又起身去了床的另一边，看见时笙闭着眼睛，一张小脸睡得红红的，心下思忖，看起来应该改名叫她小娇娇了。

“宝贝。”他俯身在她耳边唤她。

时笙不想理他，紧闭眼睛又将头往被子里缩了缩。

“宝贝。”喻文州继续喊。

时笙干脆把被子拉起来蒙住了头，片刻后，闷闷的声音从里面传来：“走开。”

喻文州摇头笑了笑，起身去了衣柜那边。

时笙听到逐渐走远的脚步，还以为喻文州是真的当了一次好人。

结果不过片刻，脚步声再次临近，她就被人从被子里拉了出来。

站在镜子前的那一刻，她好想揍喻文州一顿。

现在已经十一点多了，等时笙收拾好出来又到吃午饭的点了。

她发现自己根本就不是出来玩的，每天就只是换个地方吃吃喝喝。除了看到了心心念念的大海，她都不知道自己还干了些什么。

喻文州想过来牵她，时笙闪身躲开："你离我远点。"

她现在总算想到该怎么形容喻文州了，他就是只狐狸，还是只狡猾的狐狸。偏偏自己还总是在不经意间就上了他的当。

喻文州看着时笙气冲冲地走在前面，他三步并两步地走到她旁边，问："那宝贝中午想吃什么？"

时笙瞥他一眼："不准叫我宝贝！"

喻文州故作思考地点了点头："那乖乖今天中午想吃什么？"

时笙一边走，一边瞪他一眼："不准叫我乖乖！"

喻文州又点头："那，honey（甜心）今天中午想吃什么？"

时笙真的要炸了。她之前怎么不知道喻文州也能这么油嘴滑舌？

"Sweetheart（甜心）？Darling（达令）？Dear（亲爱的）？"

路上有其他人听到喻文州的话，纷纷投来好奇的目光。

时笙的脸皮没那么厚，赶紧抬手想去捂喻文州的嘴。结果她的手是碰到他的唇了，一个吻也直接印在了她的手心。

他看自己的眼神里带着说不清道不明的意味，时笙的脸一下就红了。她合理怀疑，这个男人就是仗着自己的美貌在勾引她。

喻文州看着时笙又羞又气的样子有点儿好笑，顺手牵过她的手以后说："中午真的没有什么想吃的？"

时笙见他总算是恢复正经了，赶紧开启报菜名模式。

附近的店不少，二人很快就找到了一家看起来还不错的店。

菜刚刚上来，时笙的手机就响了。

喻文州坐在对面，看着时笙的脸色肉眼可见地变得苍白。

"怎么了？"他问。

时笙望着他，张开嘴最后还是一个字都没有讲出来。

喻文州心中有了些许猜测，对她伸出手："给我。"

时笙捏着手机僵在原地，喻文州干脆自己去拿手机。

"喂，妈。"他走到外面，对着电话开口。

电话那头的时妈妈也是没想到电话会是喻文州接的，问："时笙呢？”

喻文州不答，转而问：“有什么事情吗？”

“叫时笙接电话。”时妈妈的语气强硬了一些。

“妈，以您现在这样的语气，我都不知道您是不是又会说什么伤害到她的话。”喻文州立场坚定。

时妈妈始终觉得被一个小辈以这样的语气讲话很没面子，岔开话题继续道：“把手机给时笙。”

喻文州现在的态度确实也称不上好：“几天前，我们刚刚说过，如果没什么重要的事情，就互相冷静一下。”

“那是我女儿！”时妈妈再次强调自己的身份。

喻文州也依旧态度强硬：“她是我老婆。”

时笙出来听到的就是这句话。她真的很开心有人会无条件地站在她这边支持她。

只是有些事情迟早都是要解决的，躲得过初一躲不过十五。

“给我吧。”时笙过去拍了拍喻文州，朝他伸手要手机。

喻文州看了她一眼，握住听筒问：“确定要接吗？”

时笙点了点头：“嗯。”

喻文州犹豫了一下，最终还是把手机递了过来。他道：“就站在这里接，我去里面等你。”

他不希望时笙觉得自己在打探她的隐私，但她站在自己的视线范围内接电话，他会安心些。

时笙乖乖地点头：“好。”

电话没有挂断，那头的时妈妈也能听到这边的对话，嘴里一直说不停。

时笙深呼吸一口气，随即将手机贴到耳边道：“喂？妈？”

时妈妈总算是听到她的声音了，质问道：“刚刚干什么去了？”

时笙抿唇：“在外面吃饭，刚刚在等上菜。”

时妈妈轻轻“嗯”了一声，问：“你是不是有什么事情瞒着我？”

时笙的手在裙子上捏了捏，脸上的紧张根本就藏不住。既然她都这么开口问了，肯定就是知道了。

“回答我！”时妈妈继续出声，连声调都比刚才高了不少。

时笙叹了一口气：“你都知道了，我也就不多说什么了。”

电话那头的时妈妈直接被气得闭上眼睛：“时笙，你是真的想气死我。”

时笙所在的美术学院跟时爸爸所在的考古学院不在一个校区，时爸爸这天刚好有事去了时笙所在的那个校区，在路上碰到了时笙他们院的院长。

时爸爸和院长的关系说不上有多好，但总归是认识。

当初时笙进校的时候，时爸爸没瞒着这件事情，院长也知道他们的父女关系，这次一见面就说：“老时，你怎么都不劝劝你家闺女，好好的保研机会怎么能说要就不要呢？”

“保研？”时爸爸有点儿惊讶，这件事情时笙根本就没跟他提起过。

虽然他经常不在家，但他们父女俩还是会通电话的。时笙并没有主动跟他说过学校的事情。

院长点头道：“是，我是真的觉得她是个苗子，深造一下总是好的。结果你说这孩子，机会说不要就不要，她是不是打算去国外进修？”

时笙这四年来成绩一直很稳定，文化课能保持在院系前五，专业课能保持在前三，在校的综合表现可以称得上优秀。

这样优异的表现，保研是板上钉钉的事情，更是别人求都求不来的机会。

结果时笙的导师当初跟她谈这件事情的时候，她二话没说就拒绝了。给她的那张申请表，从发下去就没收回来过。

时爸爸摇头，笑得有些勉强：“我暂时还不知道。”

他确实是失职，这么大的事情他竟然都不知道。

跟院长又寒暄了几句，时爸爸办完事情就回家了。一问，原来不止他不知道，就连时妈妈也不知道。

其实他的情绪并没有太大的波动，毕竟孩子大了，总会有自己的想法。

但时妈妈明显不这么认为。她一副恨铁不成钢的样子，抓起旁边的手机就给时笙打了过来。

只不过一开始接电话的人是喻文州，好歹也算是缓解了一下她的怒气。

“时笙，你保研的事情为什么不跟家里说！”

时妈妈的怒吼直接从电话那头传过来，时笙转头将手机拿远一些。

时笙闭嘴不答，那边的怒吼还在继续：“说话！”

时笙闭眼吐了一口气，还真的是和以前的无数次一模一样的台词和语气，没有任何变化。只是这次，她的心态好像没有那么恐惧了。

“我有自己的打算。”她道。

“你能有什么打算？就算你现在不想当老师，读研期间你还可以再考虑考虑，结果这么好的机会你就这么白白放弃了？！”

“我真的有自己的打算。”时笙继续解释。

“时笙，你这么做是不是就是为了气我！”时妈妈的语气越发激动，甚至有了声嘶力竭的趋势。

“妈，我从来都没想过要气你什么，我真的只是想要自己做一次选择，我已经不是小孩子了。”时笙无奈地说道。

“时笙、时笙，你就是为了报复我是不是？是不是！”时妈妈开始恶意揣测。

时笙真的受不了这种被质问的语气：“我说了我没有！”

“你给我回来，就知道在外面玩，你现在立刻马上给我回来！”语毕，电话那头传来一阵“嘟嘟嘟”的声音。

时笙深呼吸一口气。她想缓解一下心情，但眼泪还是不争气地掉了下来。

果然，曾经渴望过的东西，就算没有得到也一直都放不下。

喻文州在里面见时笙放下了手机，赶紧走出来。他看到她掉眼泪也有点儿慌，伸手拂去她脸上的泪水，问：“怎么了？”

喻文州的语气一如既往温柔，还有眼中对她毫不掩饰的关心。

时笙越想忍着，眼泪就越往下掉。

“走吧，我们先去坐着。”说完，他揽着时笙的肩膀先进去了。

有时候哭也不一定需要安慰，只要有人能静静地坐在那里陪着就好了。

喻文州将凳子搬到时笙旁边，只是默默地给她递纸巾，并不催她。

这次时笙的眼泪还算止住得比较快。见她不哭了，喻文州又递了一杯水过来。

时笙喝了一口，随即转头抱歉地看着他：“州州，对不起，我们可能要先回去了。”

有些事情可能还是需要当面解决才行，只是她要回去，喻文州肯定也得走。他难得休假，结果到头来就玩了这么几天，她是真的很抱歉。

喻文州摸摸她的头说：“没关系，以后我们还有机会。”

未来还有几十年，他们还有很多一起出游的机会。

又一次因为自己连累到其他人，时笙是真的很愧疚：“对不起。”

喻文州吻了吻她的额头：“以后‘对不起’这种话，还是留给陌生人说吧。”

他们本就是夫妻，没有那么多对不起和谢谢。

时笙看着他，欲言又止。

菜在她打电话的时候就已经端上桌了，喻文州转移话题道：“先吃饭吧。”

时笙点了点头：“嗯。”

话是答应了，但吃饭的时候她明显心不在焉。

与其这么吃下去消化不良，还不如先解开心结。喻文州放下手里的碗筷，看向对面抓着筷子一动不动的时笙，认真地说道：“笙笙，看我。”

时笙抬头，有一瞬间的茫然。

喻文州笑了笑：“有什么事情，可以告诉我吗？”

时笙看着他，组织了一下语言，还是把事情的原委都讲给了喻文州听。

学美术的，其实最终能被称为画家和艺术家的人少之又少。她不想走学术这条路，也就不能白白占了那个名额。

如果读了研，最后出来却没有走学术这条路，时笙只会觉得自己对不起老师的栽培。

如果她放弃，至少还能给真正想要深造的人一个机会。

她承认自己没有什么远大的理想，能做个插画师，每天过得开开心心真的就已经很不错了。

有输入才有输出那句话不假，所以到现在她也还在不断地学习。导师也承诺过她，如果以后有需要，欢迎她随时回学校蹭课，或者私下联系他都可以。

未来本就有千千万万条路可以选择，没有谁该永远活在谁的安排之下。

人生短短几十载，应该为了自己而活。为了梦想，为了热爱。

相信大多数父母对于子女的安排都是出于好意，但好意并不代表着一定就对。

时笙也不知道自己为什么就是突然想通了，与其这样一直躲下去，不如一家人痛痛快快地当面说清楚。

如果可以得到理解，那是最好的；如果不能得到理解，那也没关系。毕竟人生而不同，没有谁能够真正地感同身受。

她是一个独立的人格，有自己的思想和感受，她不应该让自己永远活在童年的阴影下。未来的路很长，她想要自己做决定。

喻文州耐心地听完，喊她：“笙笙。”

时笙抬头望着他，眼中有些疑惑，显然是在想他要说什么话。

“你很棒，很勇敢。”他道。

在长时间受到压抑的情况下，其实是很难在一朝一夕之间得到改变的。

时笙的父母如此，时笙本人亦是如此。但时笙能在短时间内做出这样的决定，是真的需要勇气。

时笙突然就笑了出来，最近得到的夸奖好像比小时候加起来还多。明明只是做了一件小小的事情，结果喻文州还是可以毫不犹豫地对她说出表扬的话。

曾经期待而不曾得到的东西，好像在这一刻都圆满了。

虽然时笙的心情确实受到了影响，但有喻文州在，她还是简单地吃了点东西。

现在也没什么玩的心情了，喻文州就陪着时笙在沙滩边坐了一下午。

两个人靠在一起，牵着对方的手，吹着海风，看着日落。

两个人买了第二天回去的机票，回家的路上，时笙显得有些紧张。

喻文州握着她的手安慰道：“不紧张，有我在。”

时笙笑着看他一眼：“我说不紧张你肯定不信，其实我是在组织语言。”

她是个社恐，平常在大众面前讲话的机会少之又少，待会儿要跟家里的两位老师比口才，确实要精心准备一下才行。

“要不打个草稿？”喻文州笑道。

他本来只是随口一提开个玩笑，结果时笙还当了真，欣然采纳：“我觉得这个主意不错。”

于是接下来的时间，时笙就抓着手机，一直在备忘录里删删减减地打字。

飞机落地，一切准备就绪。

坐三个多小时的飞机还是很累的，喻文州本来还想让时笙先回去休息休息再说。

结果她非常郑重地看着他说：“一鼓作气懂不懂？”

喻文州笑着摸了摸时笙的头：“好，懂，去吧。”反正他会永远站在她的身后为她保驾护航。

在路上的时候时笙就给时妈妈发了消息，门铃按响不过几秒钟，门就从里面打开了。

“妈。”时笙和喻文州手牵着手站在门口，异口同声地喊人。

时妈妈没有讲话，看了两个人一眼后将门口的位置让开了。

两个人跟着去了客厅，时爸爸正坐在那里。

时笙深呼吸了一下，对着坐着的时爸爸和时妈妈先开口：“爸、妈，我有事情想跟你们说。”

时妈妈看她一眼：“你一天天就是不让人省心，先把保研的事情给我解释清楚再说！”

她的语气非常不好，甚至连眼神中都带着一丝说不清道不明的意味。

时笙也跟着放大了音量：“能不能先听我讲完！”

曾经的无数次，她想要解释的话全被拦在了嘴边。那时候她不曾反驳过，委屈只能往肚子里咽，但这天的话她一定要说完。

“你……”时妈妈话还没说完，旁边的时爸爸就先拉住了她。

时爸爸也跟着叹了一口气：“笙笙先说吧，爸听着。”

喻文州捏了捏时笙的手指，然后坐到一旁的沙发上去。

“爸、妈，首先很感谢你们生我养我，但是从我出生的那一刻起，我就是一个独立的个体了。

“我知道妈觉得当老师会很稳定，有时候我也觉得安安稳稳地过一辈子挺好，但思前想后我就是不喜欢。我喜欢自由，我不喜欢被束缚，做插画师是我从小到大的梦想，不读研是因为我不想浪费那个名额。

“不告诉你是因为我知道你一定会阻止我的想法，但是这次我想自己做决定。现在我已经成年了，我有能力对自己的未来负责。不管以后我过成什么样子，一切都是我自愿的。

“妈也不用担心我以后过得不好，这几年靠画稿子我也攒了一笔钱，还可以养活自己。

“最后，我真的很想告诉妈，不是谁都一定要按照你的意愿去活，就算你是为了我好，你也应该问问我到底愿不愿意！

“今天说这番话可能会伤你的心，但这也是我想说很久的话了。你对我和姐姐的教育方式就是有问题，我和姐姐没有变得糟糕，甚至姐姐那么优秀，大部分都是姐姐自己的功劳。

“你永远是我妈，这是不会改变的事实。但如果你觉得我在不断地惹你生气，我们以后可以减少联系。”

“最后，真的很感谢你们生我养我。”说完，时笙深深地对着时爸爸和时妈妈鞠了一个躬。

她在说话的途中，时妈妈的情绪就一直在变差，要不是有时爸爸拦着，可能早就被打断了。

现在她讲完了，时妈妈就有些控制不住自己的情绪了，高声道：“时笙！”

“笙笙，你先走，我跟你妈有话要说。”时爸爸拖住时妈妈，赶紧对旁边的喻文州也使了个眼色。

喻文州赶紧拉着时笙出去，两个人一路走到电梯口都没有讲话。

刚刚时笙说话的时候声音有点儿抖，偶尔还会因为哽咽停顿一下，但她终究还是全说出来了。

喻文州摸了摸她的头，转移话题道：“还攒了一笔钱？原来我们笙笙是个小富婆？”

时笙看着他笑了笑：“那可不，你以后得对我好点，不然不给你零花钱。”

喻文州笑了，还知道开玩笑，看起来是真的还不错。

“好，都由我们家笙笙说了算。”他宠溺地又捏了捏她的脸。

一直到坐进车里，时笙才终于像泄了气一样靠在椅背上不动了。

把憋了这么久的心里话说了出来，她的心情是放松了，但身体无端疲惫。

天知道她刚刚说那些话的时候心跳得有多快，但其实真正开始说的时候，又发现一切并没有想象中那么难以启齿。甚至这天就算是有点儿哽咽，她也没有真的哭出来。

他们之间本就没有绝对的对错，说多了也只是观念不合罢了。与其无法互相理解对方，那不如就让距离产生美好了。